Christiane Fux
In stiller Wut

PIPER

Zu diesem Buch

Tollwut in Hamburg Wilhelmsburg? Der Leichnam auf dem Tisch ist dem jungen Bestatter Theo Matthies suspekt: Reinhold Lehmann soll sich an einem Fledermausbiss mit dem tödlichen Erreger infiziert haben. Noch irritierender für Theo: Der Tote war einst einer seiner Mitschüler. Als kurze Zeit darauf ein weiterer Tollwuttoter – und ebenfalls alter Bekannter – bei Theo landet, ist er alarmiert. Die Konfrontation mit der Vergangenheit zwingt Theo, sich mit seiner Rolle in einem bösen Spiel auseinanderzusetzen, das sich vor vielen Jahren zugetragen hat …

Christiane Fux, Jahrgang 1966, ist in Hamburg aufgewachsen und hat dort Germanistik mit den Schwerpunkten Journalistik und Psychologie studiert. Vor 20 Jahren hat es sie nach München verschlagen, wo sie in ihrer Freizeit auf die umliegenden Berge klettert. Sie schreibt als Medizinredakteurin für das Gesundheitsportal NetDoktor und entwickelt nebenbei in ihrem eigens gegründeten Verlag Krimispiele der Reihe »Mörderische Dinnerparty«.

Christiane Fux

IN STILLER WUT

Kriminalroman

PIPER

Mehr über unsere Autoren und Bücher:
www.piper.de

Von Christiane Fux liegen im Piper Verlag vor:
Das letzte Geleit
In stiller Wut
Unter dem Elbsand
Das Mädchen im Fleet

MIX
Papier aus verantwortungsvollen Quellen
FSC® C083411
FSC www.fsc.org

Originalausgabe
ISBN 978-3-492-30258-6
1. Auflage Juni 2013
2. Auflage März 2018

Umschlaggestaltung: Hauptmann & Kompanie Werbeagentur, Zürich
Umschlagmotiv: Dominic Wilhelm, Hauptmann & Kompanie
Satz: Fotosatz Amann, Aichstetten
Gesetzt aus der Adobe Garamond
Druck und Bindung: CPI books GmbH, Leck
Printed in Germany

Für die große Christiane & Yu-Hsi

PROLOG DER GEFANGENE

An das grünliche Zwielicht hatte er sich längst gewöhnt. An seine Situation nicht. Er hatte jegliches Zeitgefühl verloren – ein Zustand, der ihm nach vielen Jahren Suff nicht gänzlich fremd war. Anfangs hatte er noch rebelliert, gegen die kreisrunden Betonwände seines Gefängnisses getrommelt, gegen die schwere Eisentür getreten. Nach dem ersten Schrecken, eingesperrt zu sein in einem Raum, der ganz sicher keine Ausnüchterungszelle war, machte ihm anfangs vor allem der Mangel an Alkohol zu schaffen. Obwohl das Entzugsdelirium nun längst hätte hinter ihm liegen müssen, ging es ihm statt besser immer schlechter.

Ein Tropfen löste sich aus dem Wasserhahn, der in einer Ecke installiert war. Aus dem hatte er sich zu Beginn seiner Gefangenschaft versorgen können. Inzwischen verursachte ihm bereits das Geräusch Übelkeit, das das stete Tropfen erzeugte. Wann er zuletzt etwas getrunken hatte, konnte er nicht sagen. Seine Kehle war wie zugeschnürt.

In seiner Halsbeuge schmerzte eine Wunde, deren Herkunft er sich nicht erklären konnte. Zwei nebeneinanderliegende Pusteln, die brannten und pochten. Verdammt, dachte er, hab ich eine Blutvergiftung? »Willst du mich hier verrecken lassen, oder was?«, brüllte er mit erhobener Faust in Richtung des kleinen roten Lämpchens, das weit außerhalb seiner Reichweite unter der Decke leuchtete. Von dort aus ertönte auch die Stimme, die ihn immer und immer wieder dasselbe fragte. Was war das noch gewesen? Er konnte sich nicht mehr erinnern. Keuchend ließ er sich auf sein stinkendes Lager sinken, das aus einer alten Matratze und ein paar kratzigen Wolldecken bestand. Der Wutausbruch hatte ihn seine letzten Kraftreserven gekostet. »Soll ich hier verrecken?«, murmelte er noch einmal. Und ihm kam ein letzter heller Gedanke: Vielleicht war genau das der Plan.

Jenseits der Mauern, nur fünfzig Meter entfernt, saß eine Gestalt vor dem Überwachungsmonitor. Bald, bald ist es so weit, dachte sie. Mit einem Mausklick schaltete sie den Bildschirm aus.

KAPITEL 1

Der Körper lag lang ausgestreckt auf der Bahre. Das dunkelblonde Haar war struppig und fettig, der ungepflegte Bart zeigte erste Spuren von Grau. Unter den Augen hingen tiefe Tränensäcke, die Haut war voller grober Poren. Unterhalb der schmächtigen Brust wölbte sich ein Bauch, der angesichts der dünnen Arme und Beine grotesk wirkte. Der Mann sah definitiv ungesund aus, fand Theo Matthies – sofern man beim Anblick einer Leiche überhaupt noch von einem kranken Aussehen sprechen konnte.

Die Tatsache, dass er fast zwei Wochen in der Kühlkammer der Rechtsmedizin gelegen hatte, verbesserte seinen Anblick in keiner Weise. Mit leichtem Widerwillen machte der Bestatter sich daran, die Haare des Toten zu waschen. Das war im Bestattungsinstitut Matthies eine Selbstverständlichkeit, auch wenn wahrscheinlich niemand von dem Verstorbenen am offenen Sarg Abschied nehmen würde.

Theos Abneigung entsprang keinesfalls dem heruntergekommenen Aussehen des Mannes, dazu hatte er viel zu oft Demenzpatienten und andere verwahrloste Menschen für die Totenruhe vorbereitet. Er beruhte auf der Tatsache, dass er den Toten gekannt – und zu Lebzeiten nicht gemocht hatte.

Ich hätte ihn doch May überlassen sollen, dachte Theo, während er verbissen den tiefsitzenden Schmutz unter den Fingernägeln der Leiche entfernte. Ohne die junge, chinesische Bestatterin hätte Theo den Laden längt dichtmachen müssen.

Einzig seine Neugierde hatte Theo dazu getrieben, den Leichnam selbst herzurichten. Denn Reinhold Lehmann hatte nicht nur gemeinsam mit Theo Abitur am Gymnasium Kirchdorf gemacht, er war auch eines äußerst bizarren Todes gestorben. Und ebendas hatte Theos noch immer vorhandenes professionelles Interesse entfacht. Denn in seinem ersten Leben war er Mediziner gewesen. Erst nach dem Tod seiner Frau Nadeshda hatte er sich dem familieneigenen Traditionsunternehmen zugewandt: Bestattungsinstitut Matthies, gegründet 1926.

Gestern erst hatte sein ehemaliger Studienkollege Leo Jürgens von der Hamburger Rechtsmedizin ihn angerufen. »Hier wartet ein ganz spezieller Fall auf dich. Und du hast so was von Riesenglück, denn offenbar wollte der Typ ausgerechnet von dir bestattet werden.«

Das ließ sich vielleicht durch ihre, Lehmanns und Theos, gemeinsame Schulzeit erklären. Allerdings verwunderte es ihn, dass Reinhold überhaupt gewusst hatte, dass er das Metier gewechselt hatte – back to the roots sozusagen. Theo selbst hatte seit dem Abitur keinen Gedanken mehr an Lehmann verschwendet. Wobei – vielleicht noch im Grundkurs Psychiatrie, den er während seines Studiums absolviert hatte. Hier hätte man Lehmann glatt als Paradebeispiel des sadistischen Narzissten einordnen können. Lehmann war einfach ein fieser Mistkerl gewesen. »Wer weiß, Menschen ändern sich«, hörte er Nadeshda sagen. Theo blickte hinüber zur Fensterbank vor der Milchglasscheibe, auf der Nadeshda so oft gesessen und mit den Beinen gebaumelt hatte. Doch diese war leer. Er lächelte. Nadeshda hatte, im Gegensatz zu ihm, immer an das Gute im Menschen geglaubt.

Inzwischen hatte er sich an ihre sporadische Gegenwart gewöhnt – bis vor Kurzem hatte er sie nicht nur gehört, sondern auch gesehen. Er akzeptierte die neurologische Erklärung, dass es sich um eine bizarre Ausgeburt seines Hippocampus handelte, jener Hirnregion, die für das Speichern und Wiederabrufen von Gedächtnisinhalten zuständig ist. »Viele Menschen sehen Menschen, die ihnen sehr nahestanden, nach dem Tod«, hatte ihm ein spezialisierter Psychiater erklärt, den er nach langem Ringen doch noch aufgesucht hatte. Ein ganz normaler Prozess in der Trauerverarbeitung also.

Theo warf einen letzten Blick auf den Toten, bevor er das Laken über ihn ausbreitete. Von der Agonie, die Lehmanns letzte Stunden geprägt haben dürfte, war nichts zu sehen. Im Augenblick des Todes entspannten sich die Muskeln und gaben von den vorangegangenen Kämpfen nichts preis. »Armer Teufel«, sagte Theo. Nicht einmal ein Dreckskerl wie Lehmann hatte einen solchen Tod verdient.

»Tollwut«, hatte Rechtsmediziner Leo Jürgens triumphiert.

»Du machst Witze.«

»Keineswegs, der Typ hier ist eindeutig an Tollwut zugrunde gegangen.«

»Hat er sich im Ausland infiziert?« Davon ging Theo aus. Die Tollwut war in Deutschland weitgehend ausgerottet.

»Eigentlich sieht der Kamerad hier nicht so aus, als ob er sich eine Auslandsreise leisten konnte.«

Als Theo den Toten betrachtet hatte, verstand er, warum. Reinhold sah aus wie ein Penner.

»Hier haben wir offenbar die Infektionswunde.« Leo hatte auf zwei punktförmige nebeneinanderliegende Wunden am Hals des Toten gedeutet. Sie sahen rot und entzündet aus.

»Ein Biss?«

Leo nickte.

»Verdammt, was für ein Vieh erwischt einen denn an der Stelle?«

»Fledermaus.«

»Eine Fledermaus? Bist du sicher?«

Der Gerichtsmediziner hatte erneut genickt. »Hat bereits ein

Experte bestätigt. Das passt auch – Fledermäuse sind in Deutschland das letzte Reservoir für Tollwuterreger.«

»Aber Fledermäuse gehen doch nicht auf Menschen los!«

»Diese hier offenbar schon.«

Theo schob den Toten auf der Bahre in den Kühlraum. Übermorgen würde die Kremierung stattfinden. Die Beisetzung schon am Tag darauf. So, wie Lehmann ausgesehen hatte, würde es ihn sehr wundern, wenn außer ihm noch jemand dabei sein sollte.

Die Gummihandschuhe lösten sich mit leichtem Schnalzen von seinen Händen. Theo streifte den grünen OP-Kittel ab und ließ ihn in einen Wäschekorb neben dem Waschbecken fallen. Dann wusch er sich gründlich die Hände inklusive der Fingerzwischenräume, wie er es sich während des Medizinstudiums angewöhnt hatte.

Als er in die Diele des Bestattungsinstituts trat, öffnete sich die Haustür und May kam herein, triefend vor Nässe. Sie zog eine Tüte mit Gebäck unter ihrem Anorak hervor. Glücklicherweise legte sie beim Backwerk weniger Gleichgültigkeit gegenüber den Witterungseinflüssen an den Tag, als es bei ihrer Frisur der Fall war. Unter den linken Arm geklemmt trug sie die Post.

Sie war gekommen, um sich mit Theo die anstehenden Arbeiten aufzuteilen. Neben organisatorischen Dingen, wie die Belegung der Gräber, das Ordern der Särge und Urnen, die Buchung von Todesanzeigen und Blumenschmuck, die sie in Absprache mit den Hinterbliebenen auswählten, ging es dabei vor allem um das Herrichten der Toten für die Abschiednahmen. Letztere gehörten nicht zum Standardprogramm hanseatischer Bestatter, wurden aber seit jeher beim Beerdigungsinstitut Matthies großgeschrieben. Es half den Hinterbliebenen, die Realität des Todes anzuerkennen und vielleicht letzte Worte im stummen Zwiegespräch mit den Toten zu wechseln. Das waren wichtige

Schritte im Trauerprozess und erleichterten es, den Verstorbenen tatsächlich loslassen zu können.

May drückte Theo die Post in die Hand. »Ich mach mal Kaffee«, sagte sie und verschwand in der kleinen Teeküche des Instituts.

Er ließ sich auf der Couch in seinem Büro nieder, dessen Einrichtung noch sehr von dem Gründer der Firma geprägt war. Nautische Instrumente standen in einer Vitrine und an der Wand hing eine große Seekarte. Theos Urgroßvater war Kapitän gewesen und hatte, als er in den Ruhestand ging, begonnen, Seebegräbnisse für Matrosen auszurichten – Start einer Dynastie in der nunmehr vierten Generation. Da Theo Medizin studieren wollte, hatte es lange so ausgesehen, als würde die Tradition mit Theos Vater enden.

Er sah die Post durch. Einen Katalog mit den neuesten Sargmodellen legte er zur Seite, ebenso die Rechnung seines Mobilfunkanbieters. Dann hielt er inne, als er eine Postkarte aus Südafrika entdeckte. Sie zeigte ein irgendwie gefährlich aussehendes murmeltierartiges Wesen. Auf der Rückseite stand: »Liebster Theo, kaum zu glauben, aber diese Viecher sind die nächsten lebenden Verwandten der Elefanten. Dassies heißen die Biester und sie sind ganz und gar nicht possierlich, auch wenn das südafrikanische Tourismusamt einen das glauben lassen möchte. Tatsächlich lauern sie ahnungslosen Reisenden auf, um ihnen die Zuckertüten zu rauben, die zum Kaffee gereicht werden. Ich habe ihnen meine kampflos überlassen. Tausend Küsse, Hanna.«

Theo lächelte. Er wusste, dass Hanna ihren Kaffee am liebsten mit sehr viel Zucker trank. Folglich mussten diese Dassies für sie wahrhaft furchterregende Wesen sein.

Hanna war jetzt schon seit mehr als drei Monaten in Südafrika. Und obwohl er und die Journalistin sich seitdem regelmäßig zunehmend vertraulichere E-Mails schrieben, freute er sich doch sehr über jede Postkarte, die sie ihm außerdem schickte. Auch diese hatte sie in der Hand gehabt. An ihr klebten sicherlich noch Hanna-Atome ... Was bin ich doch für ein verliebter Trottel, dachte er und legte die Postkarte beiseite.

Als er den letzten Briefumschlag öffnete und das Papier entfaltete, stöhnte er auf. »17 Jahre Abi – Zeit für ein Wiedersehen!«, stand da. Und weiter: »Liebe Exmitschüler, mit Schrecken habe ich festgestellt, dass wir unser 15-jähriges Abitreffen versäumt haben. Aber das ist kein Grund, bis zum 20. zu warten! Leider hat es gedauert, so viele wie möglich von Euch ausfindig zu machen – aber nun steht einem Wiedersehen nichts im Wege. Am 17. Juni um 19 Uhr in der Bar über dem Tivoli-Theater. Gruß Eure Pia.«

Typisch Pia, ein Treffen in einer Wilhelmsburger Lokalität kam für sie nicht infrage, auch wenn immer wieder prophezeit wurde, dass Wilhelmsburg bald ein angesagtes Wohnviertel sein würde. Trotz diverser Renovierungsarbeiten und Umgestaltungen im Zuge der anstehenden Internationalen Bauausstellung kam jedoch der Stadtteil nicht so recht aus dem Tee. Ein Umstand, den Theo nicht ausschließlich negativ bewertete.

Vor ein paar Wochen hatte Pia ihn bereits angerufen und mit dem Jahrgangstreffen gedroht. Und jetzt hatte sie offenbar Ernst damit gemacht. Auch typisch für Pia, die Einladung hochoffiziell mit der Post zu versenden, statt einfach per E-Mail, dachte Theo.

May kam aus der Küche und stellte einen Espresso vor ihn auf den Tisch. Außerdem zwei Teller, auf denen ein süßes Franzbrötchen für Theo und ein mit Käse belegtes Brötchen für sie selbst lagen. Sie bemerkte Theos säuerliche Miene. »Schlechte Nachrichten?« Sie nippte an ihrem Milchkaffee.

Er hielt ihr die Einladung vor die Nase.

»Abitreffen? Mein Beileid.« Sie blickte ihn spöttisch an. »Ich hab mit den Mitschülern damals wenig zu tun gehabt und könnte auch heute noch ganz gut darauf verzichten.«

Das konnte sich Theo allerdings sehr gut vorstellen. May war eine spröde, mitunter kratzbürstige Person. Sie ließ so schnell niemanden an sich heran und stieß die Leute gern vor den Kopf. Dieses Verhalten stand allerdings in scharfem Kontrast zu ihrem einfühlsamen Umgang mit den Hinterbliebenen und Toten, bei dem sich ihre sonst verborgene, sanftmütige Seite offenbarte.

Bei Theo hingegen war die Sache anders gelagert. Zum fünfjährigen Abitreffen, das ebenfalls Pia organisiert hatte, war er noch voller Neugierde gegangen. Er hatte damals gerade als Arzt im Praktikum an der Uniklinik Eppendorf angefangen. Eine Karriere als brillanter Chirurg lag vor ihm und er war seit siebzehn Monaten mit Nadeshda liiert gewesen – für ihn ein absoluter Rekord, was Beziehungen betraf. Die blonde Illustratorin hatte ihm vollkommen den Kopf verdreht. Ganze zwei Monate hatte sie ihn zappeln lassen, bis sie ihn endlich mit nach Hause nahm. Das war Theo zuvor noch nie passiert.

Doch mit Nadeshdas Tod war sein Leben komplett aus den Fugen geraten. Die Tatsache, dass er, der Mediziner, weder seine Frau noch die ungeborene Tochter hatte retten können, hatte ihn in eine tiefe Krise gestürzt und ihn in das familieneigene Bestattungsinstitut flüchten lassen.

Nun graute ihm davor, seinen Klassenkameraden von einst von seinem Schicksalsschlag berichten zu müssen. Er verabscheute die mitleidigen Blicke, die verlegene Sprachlosigkeit, die unvermeidlich aufkam, sobald er die Geschichte in dürren Fakten erzählte. In Deutschland hatten die Menschen angemessene Reaktionen auf den Tod verlernt, zumindest solange er nicht alte oder kranke Menschen traf. Jung gestorben wurde anderswo auf der Welt, und falls es doch anders kam, wusste man nicht damit umzugehen.

»Schon komisch«, sagte Theo. »Erst mache ich einen Mitschüler für seine Beerdigung fertig und dann flattert mir diese Einladung ins Haus.«

May biss in ihr Käsebrötchen. »Vergiss es einfach. Kein Mensch zwingt dich, da aufzutauchen.«

Stimmt, dachte Theo und legte den Brief beiseite. Er hätte sich nicht träumen lassen, dass es ganz anders kommen sollte.

KAPITEL 2

Kurz nachdem May gegangen war, kam ihre Tochter Lilly hereinspaziert: zehn Jahre alt, gewitterschwarze Augen und raspelkurzes Haar. In den Händen trug sie einen Pappkarton.

»Wo sind deine Haare abgeblieben?« Noch am Vortag hatte die Tochter seiner Mitarbeiterin May einen dicken schwarzen Zopf getragen.

»Abgeschnitten.«

»Aha.«

»Haben mich genervt.«

Theo wunderte sich nicht. Lilly war ein ungewöhnlich entschlossenes kleines Mädchen.

Sie hielt ihm den Pappkarton unter die Nase.

»Was ist das, ein Geschenk?«

»Nicht direkt.« Sie klappte den Deckel hoch und gab den Blick auf einen toten Hamster frei.

»Wo hast du den denn her?« Theo wusste, dass May Haustiere unhygienisch fand.

»Der gehört Melinda-Marie.«

Was für Namen manche Leute ihren Kindern geben, dachte Theo.

»Sie hat geheult und da hab ich ihr versprochen, dass der Hamster ein ordentliches Begräbnis kriegt.«

»Und wo steckt diese Melinda-Marie?«

Lilly nickte in Richtung Tür. »Draußen. Die traut sich nicht rein, weil es hier doch Tote gibt«, sagte sie und verdrehte die Augen.

Melinda-Marie entpuppte sich als pummeliger blonder Lockenschopf, der Theo neugierig anstarrte.

»Sie sehen gar nicht aus wie ein Bestatter.«

»Ach nein?« Theo war amüsiert. Er war verblüffte Reaktionen gewöhnt. Er war sechsunddreißig Jahre alt, schlank mit dunklen Locken und einem Lächeln, das Frauen dahinschmelzen ließ – zumindest, bis sie erfuhren, womit er sein Geld verdiente. Nur Hanna schien das nicht abzuschrecken. Als Journalistin fand sie seinen Beruf vor allem spannend.

»Wir dachten, du könntest Mäxchen einfach mit in einen Sarg schmuggeln.« Lilly blickte ihn treuherzig an. »Du hast doch gestern die alte Frau Menck fertig gemacht. Die hat Tiere so gern gehabt. Das weiß ich.«

»Na, ihr kommt vielleicht auf Ideen.«

Stattdessen beerdigte Theo den Hamster hinterm Haus, das sich nur wenige hundert Meter vom Bestattungsinstitut entfernt befand. Auch das war zwar wegen des hohen Grundwasserspiegels auf der Elbinsel Hamburg-Wilhelmsburg eigentlich nicht erlaubt. Aber Theo war zuversichtlich, dass so eine klitzekleine Hamsterleiche keinen Schaden anrichten würde.

Glücklicherweise machte der Regen eine Pause. Nachdem die Mädchen das Grab mit einem Holzkreuz und Blumen geschmückt hatten, zog Melinda-Marie zufrieden davon.

»Und was ist mit dir?«, fragte Theo.

»Kann ich mir mal deinen neuen Toten angucken?« Lilly warf ihm einen bettelnden Blick zu.

»Kommt nicht infrage.«

»Ach komm schon, Theo. Mama hat gesagt, der ist an einer seltenen Krankheit gestorben, und ich will doch mal Ärztin werden.« Lilly zog eine Flunsch.

»Der sieht aus wie alle anderen Toten auch. Und Leichen sind keine Ausstellungsstücke.«

Lilly kapitulierte. Meistens bekam sie Theo herum. Manchmal aber biss sie auf Granit. Sie wusste, wann es so weit war. »Und woran ist der jetzt eigentlich gestorben?«

»Tollwut.«

Lilly riss beeindruckt die Augen auf. »So richtig mit Schaum vor dem Mund?«

»Vermutlich. Den haben die im Krankenhaus aber schon abgewaschen. Der ist nämlich ziemlich ansteckend.«

»Und woher kommt der Schaum eigentlich?«

Theo ergab sich in sein Schicksal. Er wusste, dass Lilly nicht lockerlassen würde, bevor sie das letzte gruselige Detail aus ihm herausgequetscht hatte. Und so begann er, von dem schrecklichen Verlauf der Krankheit zu berichten, die unweigerlich zum Tode führte, sobald sich das Virus erst einmal im zentralen Nervensystem eingenistet hatte. »Dann hilft auch keine Impfung mehr«, erklärte er.

Lilly lauschte gebannt.

»Zuerst bekommt man Fieber und es wird einem schlecht, dann kommen die Angstzustände. Wenn das Virus sich im Gehirn ausbreitet, fangen die Kranken an zu hecheln, sie entwickeln eine Abscheu vor Wasser, ihr Hals ist wie zugeschnürt und sie können kaum noch ihren eigenen Speichel schlucken. Daher kommt der Schaum vor dem Mund. Der Kranke ist verwirrt, leidet unter Halluzinationen. Ein paar Tage geht das so. Schließlich fällt er ins Koma und stirbt.«

»Und wie lange dauert das?«

»So genau weiß ich das nicht. Es hängt davon ab, wo der Biss erfolgt. Ist die Wunde unten am Knöchel, dauert es länger, als wenn man in den Oberschenkel gebissen wird.«

»Hört sich absolut grässlich an.« Lilly klang ungewohnt mitfühlend. »Vielleicht hatte der Hamster ja auch Tollwut.«

»Aber Lilly, Tollwut ist zum Glück in Deutschland fast ausgerottet. Die letzten Todesfälle, an die ich mich erinnern kann, hat es 2005 gegeben.« Damals, so erzählte er weiter, hatte sich eine junge Frau offenbar in Indien durch einen Hundebiss angesteckt. Durch einen unglaublich perfiden Zufall war sie, zurück in der Heimat, nicht an den tückischen Viren, sondern infolge eines

Unfalls gestorben. Sie war Organspenderin gewesen. Lunge, Herz, beide Nieren, die Leber sowie die Hornhäute ihrer Augen waren kranken Menschen transplantiert worden. Da Tollwut so gut wie gar nicht in Deutschland auftrat, wurden Organspender nicht darauf getestet.

Wie Trojanische Pferde hatten die Spenderorgane ihre tödliche Fracht in die Körper der Empfänger gebracht. Drei von ihnen hatten sich an den verseuchten Organen infiziert und waren ebenfalls gestorben. Nur die zwei Personen, die die Hornhäute bekommen hatten, überlebten – und der Mann, der die Leber bekommen hatte. Er war in seiner Jugend gegen Tollwut geimpft worden.

Lillys Augen glänzten vor Begeisterung.

»Das ist jedenfalls der erste Tollwuttote, den ich zu Gesicht bekommen habe, und wird wohl der letzte bleiben.«

Theo sollte sich irren.

Als er es sich endlich mit seinem Bier in der Hand in der Abendsonne hinterm Haus gemütlich gemacht hatte, klingelte sein Handy. »Hoffentlich kein Klient«, stöhnte er. Dann sah er auf dem Display den Namen der Anruferin.

»Wehe, du lachst«, sagte Hadice drohend.

Theo grinste. »Auf keinen Fall.«

»Ich hab mir den Fuß gebrochen.«

»Ach herrje.« Theo setzte sich aufrecht hin. »Wie ist denn das passiert?«

Hadice schwieg. »Ich hab versucht, eine Tür aufzutreten«, antwortete sie schließlich mürrisch.

Theo lachte laut.

KAPITEL 3

Als er eine gute Stunde später mit einer Tasche voller Waschutensilien und Kleidung im Wilhelmsburger Krankenhaus Großsand auftauchte, grinste er noch immer. Hadice hatte ihm aufgetragen, den Ersatzschlüssel zu ihrer Wohnung von ihrer Nachbarin zu holen und ihr das Nötigste zu bringen. »Bei dir weiß ich wenigstens, dass du nicht in meinen Sachen herumschnüffelst.«

»Ich weiß, Diskretion ist mein zweiter Name.«

Hadice Öztürk, seit Neustem Kommissarin bei der Hamburger Mordkommission, lag im Bett und sah ausgesprochen übellaunig aus. Ihr rechter Fuß steckte in einer klobigen Plastikverschalung.

»Wie im Kino, was?« Theo ließ die Tasche auf einen Stuhl plumpsen. »Die Frau Superkommissarin nimmt Anlauf und bäng!, sprengt sie die Tür auf und die Ganoven machen sich vor Schreck in die Hose.«

»Ganz genau«, sagte Hadice, »so läuft das immer. Aber der Kerl da, der war absolut paranoid. Der hatte seine Tür mit fünf Riegeln verbarrikadiert.«

Entnervt starrte sie auf ihren Fuß. »Da steckt jetzt ein halbes Pfund Nägel drin. ›Davon haben Sie lange was‹, hat der Orthopäde gesagt.« Stöhnend ließ sie sich in die Kissen sinken.

Theo konnte ihren Frust verstehen. Er kannte kaum einen Menschen, der weniger gut still sitzen konnte – und jetzt würde sie ihr Temperament noch wochenlang zügeln müssen.

»Erinnerst du dich noch an Reinhold Lehmann?«

»Du meinst Reinhold-den-Oberarsch-Lehmann?«

»Genau den.«

»Klar erinnere ich mich. Er hat mich immer ›Türkenschlampe‹ genannt. Jedenfalls, bis ich ihm mal was auf die Rübe gegeben habe.«

»Der ist tot.«

»Was?« Hadice richtete sich abrupt auf und verzog vor Schmerz das Gesicht.

»Hab ihn heute fürs Krematorium fein gemacht.«

»Na so was.« Hadice schwieg. Sie erinnerte sich noch gut an ein Klassenfest, bei dem Reinhold sie vor der Toilette abgefangen hatte. Er hatte sie überrumpelt und mit der ganzen Fläche seines Körpers an die Wand gepresst. »Ich hab gehört, ihr Türkinnen seid in Wirklichkeit ganz heiße Luder«, hatte er ihr ins Ohr geraunt. Sein Atem hatte nach Cuba Libre gestunken. Hadice hatte ihm ihre Stirn auf die Nasenwurzel gerammt, dass das Blut nur so sprudelte. Fortan hatte sie ihre Ruhe gehabt. Fünfzehn Jahre alt war sie damals gewesen, Reinhold sechzehn. Sie bezweifelte, dass er sich später zu einem besseren Menschen gewandelt hatte. »Hat er sich totgesoffen?«

»Nein. Es war Tollwut.«

Hadice starrte Theo an. »Die gibt's doch gar nicht mehr.«

»Offenbar doch.«

Theo und Hadice waren bis zur Oberstufe zusammen aufs Gymnasium gegangen, bis Hadices Familie ins feinere Harvestehude umzog. Sie hatten sich erst wieder getroffen, als Theo auf eigene Faust den mysteriösen Tod einer alten Dame untersucht hatte. Schon zu Schulzeiten hatte Theo die heutige Kriminalkommissarin bewundert, die sich nichts gefallen ließ, nicht mal von Reinhold und dieser schrecklichen Clique. Alle hatten Angst gehabt. Alle außer Hadice. Und sein bester Freund Lars vielleicht. Aber der war erst später zu ihnen gestoßen.

»Tollwut – das passt irgendwie, findest du nicht?« Hadice schaute ihn aufmerksam an.

»Wie meinst du das?«

»Na, die waren doch wie ein Rudel tollwütiger Hunde, Reinhold und die anderen.«

Nur knappe drei Kilometer Luftlinie von Hadices Krankenbett entfernt stand ein Schatten im Hintergarten eines Reihenhauses in der Peter-Beenk-Straße. Entspannt lehnte er an der Ziegelmauer der Garage, mit der er im Halbdunkel unter den Bäumen verschmolz. Hineinzugelangen war ein Kinderspiel gewesen. Er war einfach durch die offen stehende Garage geschlüpft. Die Dämmerung hatte eingesetzt, und da es ein wolkenverhangener Tag war, hatte die Familie bereits das Licht eingeschaltet. Durch das große Panoramafenster konnte der Schatten sie betrachten wie auf einer Kinoleinwand: Vater, Mutter und zwei Kinder, gruppiert um einen großen Esstisch. Wurst, Käse, Gurken, Tomaten – alles bio, wusste der Schatten. Die Blumen auf dem Tisch stammten aus dem Garten. Auf den ersten Blick war es das perfekte Idyll. Die Frau war schlank, fast dünn, mit sorgfältig frisiertem Haar. Der Mann noch immer attraktiv, auch wenn er sich über die Jahre einen kleinen Bauch zugelegt hatte. Das Mädchen war elf, nahm Reitstunden und spielte Klavier. Anders als viele Gleichaltrige hatte sie mit ihren runden Wangen und den puppenblauen Augen noch etwas sehr Kindliches an sich. Der fünfjährige Junge kam mit seinem dunklen Schopf nach dem Vater. Er zappelte auf seinem Stuhl und ließ einen bedrohlich wirkenden Plastikroboter auf dem Tisch umherspazieren.

Der Ausbruch kam plötzlich: Der Vater sprang auf, langte über den Tisch und riss dem Jungen den Roboter aus der Hand. Sein Gesicht hatte sich von einer Sekunde auf die andere dunkelrot verfärbt. Er brüllte etwas. Mit einer weit ausholenden Bewegung ließ er das Spielzug an der Wand zerschellen. Plastikgliedmaßen flogen in alle Richtungen, der Kopf rollte über den Boden, bis er torkelnd zum Stillstand kam. Sekundenlang war die Familie erstarrt, dann verzerrte sich das Gesicht des Mädchens. Sie weinte lautlos, wusste der Schatten, um den Vater nicht noch weiter zu reizen. Mit einer Handbewegung wischte der Vater seinen Teller mit dem Schinkenbrot vom Tisch, stieß den Stuhl zurück und verließ türenknallend den Raum. Er schlug seine Familie nie, das wusste der Schatten. Das hatte er nicht nötig. Er jagte ihnen auch so unbändigen Schrecken ein. Erst nach einer Weile rührten sich die Mutter und die Kinder. Jetzt fing auch der Junge an zu weinen, lautstark offenbar. Hilflos legte die Mutter den Arm um die schmalen Schultern ihres Sohnes.

Der Schatten löste sich von der Wand und glitt hinaus auf die Straße. Er wusste, wohin der Mann jetzt gehen würde. Heute soll es also geschehen, dachte der Schatten.

KAPITEL 4

Drei Tage später sah Theo zu, wie die Überreste von Reinhold Lehmann in die Erde gesenkt wurden. Als Hartz-IV-Empfänger hatte er ein Begräbnis auf Staatskosten erhalten: eine schmucklose Urne und ein nur ein Quadratmeter großes Stück Fläche auf dem Urnengräberfeld. Die Grundstückspreise waren hoch in Hamburg – das galt auch für die Toten. Kurti, der bärenhafte Sportstudent, verdiente sich mit seinem Job als Aushilfsbestatter ebenso ein Zubrot wie der alte Krause, der schon für Theos Vater gearbeitet hatte. Theo setzte den alten Herrn nur noch bei Urnenbeisetzungen ein – ihm fehlte inzwischen die Kraft, einen Sarg in die Erde hinunterzulassen. Routiniert lösten die beiden die Seile, an denen die Urne in das Loch herabgelassen wurde, und traten dann zurück. Theo nickte ihnen zu.

Es war ein weiterer grauer Tag in diesem bislang so regnerischen Frühsommer. Der Wind trieb die Wolken über den Horizont. Von der nahen Elbe hörte man das Tuten eines Lastschiffes.

Da Lehmann nicht der Kirche angehört hatte, sprach auch kein Pastor über Vergebung und Auferstehung. Daher übernahm Theo es, ein paar unverbindliche Sätze über die Vergänglichkeit menschlichen Lebens zu sagen. Niemand sollte ohne ein paar besinnliche Worte zu Grabe getragen werden. So hatte es sein Vater gehalten und so machte es auch Theo.

Zu Theos Überraschung war doch noch ein Trauergast zur Beisetzung erschienen. Eine hagere Frau, deren billige Strickjacke kaum Schutz vor den Windböen bot. Ihr zu Stroh gebleichtes

Haar flatterte, tiefe Falten durchzogen das ungeschminkte Gesicht. Theo vermutete, dass sie wesentlich jünger war, als sie aussah. Eine Zechkumpanin von Lehmann, vielleicht sogar seine Lebensgefährtin. Die Frau lauschte unbewegt Theos Worten. Sie schien die Kälte nicht zu spüren.

Sie ergriff die kleine Schaufel, die Theo bereitgestellt hatte, und warf eine Schütte auf die Urne. Die Erde war feucht und schwer. Sie traf die Urne mit einem blechernen Geräusch.

»Erde zu Erde, Asche zu Asche, Staub zu Staub – und Dreck zu Dreck«, sagte die Frau. Dann blickte sie Theo an. Herausfordernd, wie ihm schien. »Kommst du noch mit, Herr Bestatter? Auf einen Drink zur Erinnerung an den Scheißkerl, der hier ruht? Ich geb einen aus!«

Theo zögerte.

»Immerhin hast du ihn doch gekannt, oder?« Ihr spöttisches Lächeln entblößte schlechte Zähne.

Theo nickte überrumpelt. Er hatte eigentlich keine Lust, die Frau in die nächste Kneipe zu begleiten. Andererseits war er neugierig.

Kurz darauf standen sie am Tresen einer Baracke, die zwar unweit vom Friedhof lag, die Theo dennoch nie betreten hatte. Der winzige Gastraum war zu seiner Überraschung blitzsauber. Vor den Fenstern hingen leuchtend weiße Spitzengardinen. Hinter der Bar stand ein kleiner Mann mit tonnenförmiger Figur, der kaum an die Zapfhähne heranreichte. »Na, Iris, wie immer?«

Iris nickte. »Und das Gleiche hier für meinen neuen Freund.«

Theo wollte schon protestieren, als der Wirt mit dem Geschick eines Jongleurs beidhändig zwei Flaschen Apfelsaft hervorzog und schwungvoll öffnete. Iris grinste zu Theo hinüber.

»Hattest wohl mit was Härterem gerechnet?«

Theo lachte. Sie prosteten einander zu.

»Iris«, sagte Iris.

»Theo«, sagte Theo.

»Ich weiß.«

»Wieso eigentlich? Ich hätte nicht gedacht, dass Lehmann, ich meine Reinhold, groß über mich spricht. Ich meine, wir hatten seit siebzehn Jahren nichts mehr miteinander zu tun.«

»Das kann ich dir auch nicht verdenken.« Iris lachte lautlos in ihr Glas.

»Und wie standest du zu ihm?«

»Reinhold und ich, wir waren mal ein Paar. Jedenfalls bis ich Schluss gemacht hab mit dem Alk. Bin jetzt seit zwei Jahren trocken.«

»Alle Achtung«, sagte Theo und meinte es ernst.

Iris nickte stolz.

»Ihm ist es ja offenbar nicht so gut ergangen, dem Reinhold«, wagte Theo einen Vorstoß.

»Kann man so sagen. Das Abitur hat er wohl noch ganz gut hingekriegt, aber dann in der Ausbildung fing's wohl an, schiefzulaufen.« Sie drehte das Glas, das vor ihr auf dem Tresen stand. »Reinhold hat immer von seiner Schulzeit geschwärmt. Da war er offenbar so eine Art großer Zampano?« Fragend blickte sie zu Theo.

»So könnte man es auch sagen.« Theo dachte an Lehmanns böses Treiben.

»Jedenfalls haben die ihm in der Ausbildung die Tour nicht durchgehen lassen.«

Das hätten wir vielleicht auch nicht sollen, dachte Theo.

»Irgendwann hat er angefangen zu trinken und das war's dann.« Sie zuckte mit den Schultern. »Zu Anfang hab ich ihn richtig bewundert. Reinhold war ganz schön schlau, mit seinem Abitur und so. Ich war in der Schule nie so helle. Außerdem war er zu mir meistens ganz okay. Ich meine, mitunter hat er schon ein paar fiese Sprüche abgelassen, aber wenn man selbst benebelt ist, tut einem das nicht besonders weh.« Sie nahm noch einen Schluck Apfelsaft. »Außerdem fühlt man sich scheiße, wenn man alleine säuft. Wenn man sich gemeinsam betrinkt, dann … dann ist das irgendwie normaler. Dann schämt man sich nicht so vor sich selbst.«

»Und als du es geschafft hast, nüchtern zu bleiben, war's vorbei mit Reinhold.«

»Klar. Du kommst nicht weg von der Flasche, wenn neben dir einer ein Bier nach dem andern zischt.«

»Schon klar«, sagte Theo.

Sie schwiegen.

»Du hast ihn wohl nicht gemocht?«, fragte Iris nach einer Weile.

»Nicht besonders. Ehrlich gesagt konnte ich ihn nicht ausstehen.«

»Schon gut. Netter Zug, dass du ihn trotzdem so stilvoll unter die Erde gebracht hast.« Sie grinste. »Als er gehört hat, dass du doch noch Bestatter geworden bist, hat er sich halb totgelacht. Du warst doch früher mal Arzt oder so was?«

»Chirurg.«

»Entschuldige, wenn ich so direkt frage: Wieso schmeißt man denn so einen Job hin und wird dann Totengräber?«

»Bestatter.«

»Dann eben Bestatter.«

»Ich hab meinen Glauben verloren – den an meinen Beruf, meine ich.«

Iris nickte nachdenklich.

»Meine Frau ist gestorben und unsere ungeborene Tochter gleich mit«, hörte Theo sich sagen. Normalerweise sprach er nicht über die Tragödie.

»O Mann.« Iris legte ihm eine Hand auf den Arm. »Das muss echt scheiße sein, wenn einem die Frau wegstirbt und man ist Arzt.«

»Total scheiße.«

Schweigend tranken sie ihren Apfelsaft aus.

Iris rülpste diskret, fummelte dann einen Fünfer aus der Tasche ihrer Jeans, die lose um ihren ausgezehrten Leib schlabberte.

»Danke jedenfalls, dass du noch mitgekommen bist.«

»War mir eine Ehre.«

»Mir auch«, sagte Iris.

KAPITEL 5

Am nächsten Morgen war Theo schon früh aufgewacht. Er schlüpfte in seine Joggingklamotten. Dann schlug er den Weg zur Bundhausspitze ein. Sie war der südlichste Punkt der Elbinsel Wilhelmsburg und noch immer stand hier ein kleiner Leuchtturm, der einst den Elbschiffern den Weg gewiesen hatte. Inzwischen war er schon lange stillgelegt. Aber man konnte noch immer auf die Plattform rund um das Leuchtfeuer hinaufkraxeln, die sich vielleicht gerade mal fünf Meter über dem Boden befand. Theo stieg hinauf und genoss den Blick über das Schilf hinaus aufs Wasser der Elbe, über der noch letzte Morgennebel trieben. Schon erstaunlich, dachte er wie so oft. Hier war man weitab von allem und doch in fünfzehn Minuten am Hamburger Hauptbahnhof, sofern man rote Ampeln ignorierte. Nach wie vor fand Theo, dass Wilhelmsburg etwas ganz Besonderes war. Dabei hatte die Insel zwischen Norder- und Süderelbe den denkbar schlechtesten Ruf, früher als Arbeitersiedlung, heute als sozialer Brennpunkt mit hohem Migrantenanteil. Aber dann gab es eben auch solche Ecken wie diese hier, ländliches Idyll pur, nichts als reetgedeckte Häuser und ein paar Schafe, die mit ihren schmalen Hufen die Löcher einstampfen sollten, die die Wühlmäuse in den Deich gruben. Diese Insel war sein Zuhause, auch wenn der in den frühen Siebzigern errichtete Hochhausmoloch Kirchdorf-Süd die Landschaft verschandelte. Und auch die schnell hochgezogenen Bauten der Nachkriegsarchitektur waren wirklich keine ästhetische Bereicherung.

Wie immer, wenn Theo beim Leuchtturm war, musste er an Anna Florin denken, die man hier an einem eisigen Wintermorgen gefunden hatte. Ohne Anna hätte er Hanna niemals kennengelernt. Hanna. Er warf einen Blick auf seine Armbanduhr. In drei Stunden würde er sie wiedersehen.

Er joggte zurück über den Deich und genoss die morgendliche Stille. Vor dem kleinen zur Elbe hin gelegenen Friedhofstor legte er noch einen letzten Sprint hin. Dann stand er vor dem Grab seiner Frau und seiner Tochter. Wie üblich machte er hier seine Dehnübungen und berichtete von seinen Plänen für den Tag. Heute jedoch beschlich ihn dabei ein beklommenes Gefühl. Nadeshda von Hanna zu erzählen, der ersten Frau, in die er sich seit ihrem Tod ernsthaft verliebt hatte, war ihm blödsinnigerweise unangenehm. Angenommen, die Toten waren tatsächlich noch auf die eine oder andere Weise präsent – was er manchmal nicht unwahrscheinlich fand. Wären sie dann über kleinliche menschliche Gefühle hinweg? Wenn er sich vorstellte, Nadeshda wäre noch am Leben und er müsste zuschauen, wie sie einen anderen küsste, würde er sicher auch als Toter krank vor Eifersucht sein.

Den Weg zurück zu seinem Häuschen nahe am Friedhof ging er gemäßigten Schrittes. Mitunter waren auch früh am Morgen schon alte Damen unterwegs, die Unkraut von den Gräbern ihrer Verblichenen zupften. Da fand er Joggen etwas pietätlos – zumal in seiner Eigenschaft als Bestatter.

Zweieinhalb Stunden später stand er nervös in der Ankunftshalle des Hamburger Flughafens und kam sich mit seinem großen Blumenstrauß ziemlich albern vor. Auf der Anzeigetafel las er, dass die Maschine aus Kapstadt bereits gelandet war. Theo versuchte auszurechnen, wie lange die Passagiere brauchen würden, um die endlosen Gänge bis zur Gepäckausgabe zu marschieren. Und wie lange es anschließend dauern würde, bis das Gepäckband Hannas Koffer ausspuckte. Wahrscheinlich noch eine halbe Stunde. Sein Mund war trocken, aber er wollte jetzt auch nicht weggehen. Womöglich verpasste er sie dann noch. Die Anzeigetafel sprang um und jetzt blinkte »Gepäck« hinter dem Flieger aus Kapstadt. Er straffte sich. Jedes Mal, wenn sich die Türen zur Halle öffneten und Menschentrauben daraus hervorquollen, stieg seine Spannung und gleich darauf wurde er enttäuscht.

Als sie endlich auftauchte, sah er sie sofort. Ihre tiefschwarzen Locken waren wie üblich wild und zerzaust. Hanna, dachte Theo, endlich! Sie zerrte einen großen Koffer hinter sich her, über ihrer Schulter baumelte eine riesige vollgestopfte Tasche. Als sie ihn entdeckte, winkte sie und lachte. Dabei entblößte sie die Lücke zwischen ihren Schneidezähnen, die Theo so an ihr liebte. Theo ging ihr entgegen und plötzlich war sie da, in seinen Armen. Ihr Parfüm roch nach frisch gemähtem Gras. Es roch nach Hanna.

»Mein Gott, was habe ich dich vermisst.«

Sie lachte ihn an. »Und ich dich erst«, sagte sie, mit einer Stimme so tief, dass Theo sie anfangs für die eines Mannes gehalten hatte. In seiner Brust löste sich der Knoten aus Sorge, dass ihr Wiedersehen eine verkrampfte Angelegenheit werden könnte.

Er warf sich die Tasche über die Schulter und nahm ihr den Rollkoffer ab. Sie ergriff seine freie Hand. Und ließ sich zu seinem alten Citroën lotsen, seine Gangsterkarre, wie Hanna ihn scherzhaft nannte. Mit einem Seufzer ließ sie sich in die Ledersitze fallen. »Ich bin fix und alle«, sagte sie und steckte die Nase in den Blumenstrauß.

Über drei Monate war sie weg gewesen, und da sie sich zuvor noch nicht besonders lange gekannt hatten, war das eine ziemlich lange Zeit.

Obwohl sie sich gleich zueinander hingezogen gefühlt hatten, waren sie irgendwie nicht richtig in die Gänge gekommen.

Theo hatte Schuldgefühle Nadeshda gegenüber, Hanna hatte Angst, verletzt zu werden. Bis auf ein heftiges Geknutsche, bei dem Hanna überdies noch eine schwere Erkältung gehabt hatte, war zwischen ihnen nichts gelaufen. Und dann, als Theo hoffte, dass sich zwischen ihnen alles klären würde, war Hanna für einen größeren Auftrag nach Südafrika abgereist.

Anfangs war Theo unvernünftigerweise sauer auf sie gewesen, weil sie schon wieder einfach so aus seinem Leben verschwunden war. Aber dann hatten sie einander immer längere E-Mails geschrieben. Er war überrascht, wie nahe man sich durch ein paar virtuelle Worte kommen konnte. Und jetzt saß sie hier leibhaftig neben ihm. Er legte ihr die rechte Hand aufs Knie. Es fühlte sich ganz selbstverständlich an.

Kurz darauf langten sie bei Hannas Wohnung im Stadtteil Eimsbüttel an. Ein gnädiges Schicksal bescherte ihnen eine Parklücke fast direkt vor ihrer Haustür. Die Treppe in den vierten Stock des Jugendstilhauses kam Theo endlos vor. »Was hast du da bloß in dem Koffer?«

»Mitbringsel, viele, viele Mitbringsel«, sagte sie fröhlich. »Für dich ist auch was dabei, also meckere nicht.«

Hanna schloss die Tür auf und blickte sich um. »Wenn man länger nicht zu Hause war, kommt einem alles ein bisschen fremd vor.« Sie durchquerte die Wohnung und öffnete die Tür des kleinen Balkons, der auf die ruhige Seitenstraße hinausging. Der Aschenbecher stand noch auf seinem Platz. Sie kippte das Regenwasser aus und zündete sich die erste Zigarette seit Stunden an. Es wäre ihr vor Theo peinlich gewesen, das schon am Flughafen zu tun, obwohl ihr Körper nach Nikotin gelechzt hatte. »Herrlich«, sagte sie, »das habe ich vermisst«, und meinte den Ausblick.

Theo umschlang sie von hinten und vergrub seine Nase in ihren Locken.

Sie machte sich los. »Ich glaube, ich gehe erst mal duschen.«

Während er das Wasser plätschern hörte, setzte sich Theo an den Tisch in der geräumigen Altbauküche. Bislang war er erst zwei Mal in Hannas Wohnung gewesen und da hatte er wahrscheinlich die ganze Zeit nur sie angestarrt. Er betrachtete die Wand, an der allerlei Fotos und Erinnerungsstücke hingen. Er blieb an einem Bild hängen, auf dem Hanna mit einer blonden Frau mit schmalem Gesicht zu sehen war. Beide hatten Zigaretten in der Hand und beide lachten in die Kamera. »Meine allerliebste Nachbarin.« Hanna kam in einen riesigen Bademantel gewickelt aus dem Bad. Züchtig hielt sie den Kragen verschlossen. Ihr Haar war feucht und ringelte sich schwarz auf dem weißen Frottee.

»Komm her«, sagte Theo.

Sie setzte sich rittlings auf seinen Schoß und sie begannen sich zu küssen.

»Und? Warst du mir auch treu?« Hanna kicherte.

Theo zögerte. Es war nur ein winziger Moment, aber Hanna kapierte schnell.

»Sag, dass das nicht wahr ist.«

»Mensch, Hanna.«

Sie stand mit einem Ruck auf. »Das gibt's doch nicht. Schreibt mir Hunderte Schmacht-Mails und vögelt nebenbei herum.«

»Ich hab nicht rumgevögelt. Es war nur ein einziges Mal, kurz nachdem du abgehauen bist.«

»Ich bin nicht abgehauen, ich hab gearbeitet.«

»Es hat sich aber so angefühlt.«

»Konntest du uns nicht einfach ein bisschen Zeit geben?«

Theo schwieg. Er war gekränkt gewesen und verwirrt, weil Hanna sich ihm auch schon vor ihrer Abreise entzogen hatte. Und als sie ihn schließlich zum Essen eingeladen hatte, war er voller Hoffnung gewesen. Stattdessen hatte sie ihm eröffnet, dass sie einen tollen Reportageauftrag in Südafrika übernommen hatte.

»Du hattest auch vor Südafrika nicht besonders viel Zeit für mich.« Er fand selbst, dass er wie ein beleidigter Schuljunge klang.

»Du weißt genau, dass ich da an der Spiegel-Geschichte gearbeitet habe.«

»Davon rede ich nicht. Du warst plötzlich total distanziert.«

Hanna schloss die Augen und stöhnte. Sie wusste, dass er recht hatte. Sie war damals in Panik geraten. Theo war einfach eine Nummer zu groß für sie, hatte sie gedacht. Er sah einfach so verdammt gut aus, war außerdem noch engagiert, klug und ein wirklich feiner Mensch. »Zu gut für dich«, hatte ihr eine fiese kleine Stimme eingeflüstert, die irgendwo tief im Inneren der ansonsten souveränen Journalistin lauerte. Sie setzte sich auf einen Stuhl. »Warum, lieber Gott, kann es nicht einmal einfach sein mit mir und den Männern.«

Theo schwieg. Ihm war elend. Warum nur dieser überflüssige One-Night-Stand? Hätte er sein gekränktes Ego nicht auf andere Weise hätscheln können?

»Hanna, können wir das nicht einfach vergessen. Es war wirklich bedeutungslos.«

»Dann hättest du es ja auch lassen können.«

»Ja, das hätte ich auch besser. Aber es ist nun mal passiert.«

»Ich bin gerade mal eine Stunde da und schon streiten wir.«

Er beugte sich zu ihr und strich ihr eine feuchte Locke von der Wange.

Sie hielt seine Hand fest. »Ich muss das jetzt erst mal alles verdauen.«

»Soll ich gehen?«

»Ist vielleicht besser.« Sie lächelte schief. »Das heißt aber nicht, dass du nie mehr wiederkommen darfst.«

Er gab ihr einen Kuss auf die Stirn. Hanna begleitete ihn zur Tür.

»Ruf einfach an, wenn dir danach ist, okay?«, sagte Theo niedergeschlagen.

Sie nickte. Dann schloss sie die Tür hinter ihm.

KAPITEL 6

Frustriert steuerte er den Citroën in Richtung Wilhelmsburg. Normalerweise erfreute er sich immer an dem kühnen Schwung der Elbbrücken, dieser Stahlkonstruktionen mit ihren mächtigen Pfeilern und den gigantischen Nieten. 1887 eingeweiht, waren sie unmittelbare Zeitgenossen des Pariser Eiffelturms und auf ihre Weise ebenso schön. An diesem missratenen Tag hatte Theo dafür keinen Blick. Er schloss sein Handy an die Freisprecheinrichtung an und wählte die häufigst benutzte Kurzwahl.

»Na, Alter«, meldete sich sein bester Freund Lars, »wie hast du es diesmal versemmelt?«

»Wie kommst du darauf?«

»Du hast Hanna erst vor drei Stunden vom Flughafen abgeholt, und schon hab ich dich an der Strippe. Dafür gibt's nur eine Erklärung: Du hast es versemmelt.«

»Mann, Lars, du kannst einen wirklich aufbauen.«

»Du hast ihr von der Schönen aus der Bar erzählt.« Lars war an jenem Abend, als Theo die attraktive lettische Geschäftsfrau kennengelernt hatte, mit ihm um die Häuser gezogen. »Ich hoffe, du weißt, was du tust«, hatte Lars noch gesagt, bevor Theo sich von der resoluten, etwa zehn Jahre älteren Frau hatte abschleppen lassen.

»Dir erzähl ich überhaupt nichts mehr«, sagte Theo und berichtete detailliert von dem Desaster.

»Na, das klingt doch gar nicht mal völlig hoffnungslos.«

»Danke, das wollte ich hören.«

»Immerhin hat sie gesagt, du darfst wiederkommen.«

»Immerhin«, bestätigte Theo trübselig. In seiner Brusttasche vibrierte sein Diensthandy. »Du, ich muss Schluss machen.«

»Alles klar.«

Theo fummelte das Mobiltelefon aus der Tasche. »May, was ist denn los, heute hast du doch Bereitschaft.«

»Tut mir leid, ich weiß.« Mays Stimme klang angespannt, was untypisch für sie war. »Aber ich denke, den Fall hier solltest besser du übernehmen.«

Da May nicht dazu neigte, vorschnell das Handtuch zu werfen, wusste Theo, dass es ernst war. »Okay, ich bin gleich da.«

Zehn Minuten später parkte er vor dem Bestattungsinstitut. May öffnete die Tür. »Das ging ja fix. Ich dachte, du wärst bei Hanna.«

»War ich ja auch.«

May zog eine Augenbraue hoch. Du hast's versemmelt, sagte ihr Blick.

Die Frau, die im Büro auf ihn wartete, war schlank und perfekt frisiert. Theo schätzte sie auf Anfang dreißig. Trotzdem gruben sich bereits tiefe Kerben um ihre Mundwinkel. Sie erhob sich nervös, als Theo eintrat.

»Guten Tag, ich bin Theo Matthies.« Theo streckte ihr die Hand entgegen.

»Klasen. Sabine Klasen.«

Sie ließ sich wieder in den tiefen Ledersessel sinken, als ob ihre Kraft nicht dafür ausreichte, sich länger auf den Beinen zu halten.

Theo musterte sie rasch. Sie sah nicht aus wie in tiefer Trauer, eher zutiefst verstört.

»Es geht um meinen Mann. Sebastian. Er ist heute früh gestorben.«

»Das tut mir sehr leid.«

»Ich habe gehört, Sie übernehmen auch ... schwierige Fälle?«

»Natürlich.«

»Mein Mann – er ist an einer ansteckenden Infektionskrankheit gestorben.«

Theo ahnte, was kommen würde.

»Tollwut.« Sabine Klasen rang die Hände. »Wie kann man heutzutage nur an Tollwut sterben?«

»Sebastian.« Theo lehnte sich in seinem Bürostuhl zurück. »Sebastian Klasen? Ich glaube, den habe ich sogar gekannt.«

Nachdem er die Witwe hinausbegleitet hatte, blieb Theo ein paar Minuten grübelnd am Fenster stehen. Dann zog er sein Mobiltelefon heraus.

»Hadice?« Er hörte es im Hintergrund poltern. Dann war sie am Apparat.

»Diese verdammten Krücken bringen mich noch mal um.«

»Kann ich vorbeikommen? Ich würde gern was mit dir besprechen.«

»Jederzeit. Ich kann hier sowieso nicht weg und mir fällt so was von die Decke auf den Kopf.«

»Dann bis gleich.« Er legte auf und schmunzelte in sich hinein. Hadice war nach ihrer Operation immer noch krankgeschrieben und ging offenbar förmlich die Wände hoch.

Als er kurz darauf an der Tür ihrer kleinen Zweizimmerwohnung in der Mannesallee klingelte, öffnete ihm eine ältere Frau. Sie war etwa halb so groß wie er, aber doppelt so breit. Die schwarzen Augen unter dem Kopftuch musterten ihn scharf. Der Blick glich dem von Hadice. »Hadice ist krank«, teilte sie ihm mit.

»Nine, lass ihn rein«, rief die Patientin aus dem Hintergrund, »das ist ein Freund von mir.«

»Ich bin Theo«, stellte er sich vor. »Ich kenne Hadice noch aus der Schule.«

Der kühle Blick der alten Frau erwärmte sich um circa drei Grad. Womöglich doch keiner, der es auf die Unschuld ihrer Enkelin abgesehen hatte. Sie trat beiseite, sodass Theo durch den schmalen Flur in Hadices Wohnzimmer gehen konnte. Sie lümmelte auf dem Sofa, der verletzte Knöchel ruhte auf dem Couchtisch. Links und rechts von ihr lehnten griffbereit die verhassten Krücken.

»Gut, dass du kommst. Ich krieg hier noch einen Lagerkoller.«

Hadices Großmutter wieselte wenig später ins Zimmer und servierte Theo einen türkischen Mokka, dazu eine große Schüssel honigtriefenden Gebäcks. »Essen Sie! Sie viel zu dünn für erwachsene Mann!«

Hadice verdrehte die Augen. »Kannst du dir vorstellen, wie ich hier gemästet werde? Noch eine Woche und ich bin fett wie eine Stopfgans.«

Es klingelte erneut.

»Ich hab Lars auch Bescheid gesagt«, erklärte Theo.

»Noch mehr Männer?« Die Großmutter ging, um die Tür zu öffnen.

Als Erster spazierte würdevoll ein kugelrunder Mops herein. Er steuerte schnurstracks auf Hadice zu und hockte sich anbetend vor sie.

»Paul«, rief Hadice entzückt und kraulte dem Tier den dicken Schädel. Paul grinste. Lars lehnte im Türrahmen und schien sich ebenfalls zu freuen. Er war noch einen halben Kopf größer als der nicht gerade kleinwüchsige Theo. Sein Haar stand wie üblich wirr vom Kopf ab und seine Augen blickten liebenswürdig durch die Nickelbrille. Lars Hansen war ein Mensch, der, wo er auch auftauchte, heitere Gelassenheit verbreitete. Er war mit Hadice und Theo zur Schule gegangen und hatte im Anschluss daran einen Doktor in Philosophie gemacht, was enorm gut zu ihm passte, wie Theo fand. Inzwischen arbeitete er jedoch als Entrümplungsunternehmer. Den größten Teil seiner Zeit widmete er aber seinem Hauptgeschäft: Er schuf mit etwas Farbe und handwerklichem Geschick Kunstwerke aus Krempel.

»Komm rein und lass dich mästen«, begrüßte ihn Hadice.

Nachdem auch Lars einen Mokka bekommen hatte, sagte er: »Nu mal Butter bei die Fische, Theo.«

Und Theo erzählte.

Anschließend herrschte Stille. Hadice massierte ihre Nasenwurzel, ein Signal äußerster Konzentration. »Also gut. Was haben wir? Wir haben zwei Todesfälle, beide Male Tollwut, eine Krankheit, die hierzulande als ausgerottet gilt. Und beide haben sich offenbar an einem Fledermausbiss infiziert. Der erste Tote war Reinhold Lehmann, ein arbeitsloser Trinker, der andere Sebastian Klasen, erfolgreicher Bauingenieur mit Frau und zwei Kindern. Auf den ersten Blick haben die beiden nicht viel miteinander zu tun. Wir drei allerdings wissen, dass die beiden sich gekannt haben. Mehr noch, wir wissen, dass sie beide ausgemachte Drecksäcke waren, sofern sie sich nicht in den letzten Jahren grundlegend geändert haben. Und!« Hadice machte eine dramatische Pause. »Wir wissen, dass die beiden früher allerbeste Kumpels waren, deren Hauptvergnügen darin bestand, ihre Mitschüler zu tyrannisieren. Die Frage ist nur, kann das Zufall sein?« Sie blickte in die Runde.

»Glaub ich nicht«, sagte Theo. »Darum sitze ich ja hier.«

»Wenn das nicht alles nur ein unglaublich schräger Zufall ist, würde das bedeuten, dass ihr Tod tatsächlich etwas mit ihrem Treiben während der Schulzeit zu tun hat«, sagte Hadice.

»Du meinst, jemand rächt sich? Nach so vielen Jahren? Und dann gleich mit einem Mord?« Lars klang zweifelnd.

»Ich weiß, das klingt ziemlich unwahrscheinlich, aber trotzdem …« Theo war überzeugt davon, recht zu haben.

»Na ja, es muss ja nicht unbedingt etwas mit der Schule zu tun haben. Mal angenommen, die zwei hatten noch Kontakt. Irgend so ein Männerding, was weiß ich, gemeinsam unter irgendeiner Brücke angeln, wo die Viecher hausen. Und da haben sie sich dann beide infiziert.« Hadice blickte fragend in die Runde.

Theo schüttelte den Kopf. »Seiner Frau war der Name Reinhold Lehmann jedenfalls kein Begriff.«

»Was nicht heißen muss, dass sie nicht doch noch Kontakt hatten«, wandte Lars ein.

»Der erfolgreiche Geschäftsmann und der versiffte Trinker? Klingt irgendwie ein bisschen unwahrscheinlich, oder?« Theo grinste.

Sie versanken wieder in brütendes Schweigen.

»Ich find ja noch was ganz anderes komisch an der Sache. Ich meine, wenn mich ein Tier attackiert, dann geh ich doch damit zum Arzt. Mich hat als Kind auch mal ein Pitbull gebissen.« Hadice krempelte die Hose an ihrem gesunden Bein hoch und deutete auf ein paar nicht erkennbare Narben. »Das Erste, was ich bekommen hab, war eine Spritze gegen Tollwut.«

»Genau«, sagte Theo. »Das hat mich auch stutzig gemacht. Und es gibt noch etwas Mysteriöses an dem Fall.«

»Und das wäre?«

»Sebastian Klasen war einige Tage verschwunden. Seine Frau hatte ihn als vermisst gemeldet.«

»Ach was!« In Hadices Augen glomm etwas auf, das Theo als Jagdtrieb identifizierte.

»Man hat ihn erst aufgegriffen, als er schon halb im Delirium war. Seiner Frau zufolge hat niemand einen Schimmer, wo er so lange gesteckt hat.«

»Du glaubst, jemand hat ihn festgehalten, damit er nicht zum Arzt gehen konnte?« Lars verzog grimmig das Gesicht. »Das wäre wirklich hinterhältig.«

»Damit sieht die Sache natürlich noch mal ganz anders aus«, sagte Hadice. Sie griff zum Telefon. Sie wählte ihre alte Dienststelle in der Polizeiwache in Wilhelmsburg an.

»Lübke, Öztürk hier. Hör mal, kannst du mir sagen, wer mit der Vermisstensache Klasen befasst gewesen ist?« Sie trommelte nervös mit den Fingern auf ihrem Oberschenkel. »Wer? Ausgerechnet! Na, dann kann man nichts machen. Stellst du mich durch? Danke …« Sie schwieg einen Moment und starrte finster vor sich hin. »Markus? Hadice hier. Du, ich hab hier zwei Herren, die in der Vermisstensache Klasen eine Aussage machen wollen.« Sie schaute zu Theo und verdrehte die Augen.

»Der Fall ist abgeschlossen? Das glaube ich eher nicht.« Sie runzelte die Stirn. »Pass auf, ich schick dir die beiden, dann kannst du dir selbst ein Bild machen, okay?«

Sie legte auf. »Pech«, sagte sie, »ausgerechnet Markus Müller betreut den Fall. Der ist echt eine Katastrophe – stinkfaul. Der versteckt sich hinter seinem Beamtenstatus, um ja nicht den Hintern hochkriegen zu müssen. Aber es hilft nichts, da müsst ihr jetzt durch.«

»Wenn du das sagst ...« Theo stöhnte.

»Es geht ja nicht nur um Reinhold und Sebastian. Wenn an unserer schrägen Geschichte was dran ist, hat der Täter vermutlich noch jemand ganz anderen im Visier.«

Theo musterte den Mann vor sich mit spontaner Abneigung. Hadices ehemaliger Kollege war vielleicht Anfang vierzig, hatte aber schon jetzt etwas undefinierbar Rentnerhaftes an sich. Sein aschblondes, ausgedünntes Haar klebte an seinem Schädel. Zu einer beigen Bundfaltenhose trug er ein kleinkariertes Hemd. Der Schnitt verriet, dass es schon mindestens zwanzig Jahre alt war. Theo musste an einen alten Song von Marius Müller Westernhagen denken: »Horst ist noch kein alter Mann, doch er zieht sich schon so an.«

»Bitte schön, nehmen Sie Platz, was kann ich für Sie tun?« Kommissar Markus Müller nestelte an seinen Hemdärmeln.

»Eigentlich hoffen wir ja eher, Ihnen helfen zu können«, sagte Theo und berichtete. Lars hielt sich zurück. Zwischen ihnen hockte Paul auf dem Boden. Statt sich wie sonst üblich hinzufläzen, hielt er sich aufrecht und starrte den Kommissar unentwegt an, was diesen offensichtlich irritierte.

Als Theo geendet hatte, legte Müller die Fingerspitzen aneinander, sodass sie ein Dreieck bildeten. »Wenn ich mal zusammenfassen darf, Sie sind Bestatter und haben zwei Tollwuttote hier in Wilhelmsburg. Das ist natürlich beunruhigend und der Sache werden wir zweifellos in Zusammenarbeit mit dem Robert Koch-Institut nachgehen.« Er blickte demonstrativ auf die Uhr an der Wand. Theo registrierte den Blick. Die Zeiger standen auf fünf vor drei. Offenbar Zeit für die Kaffeepause, dachte er.

»Wir werden den Seuchenherd aufspüren und umgehend sichern«, fuhr Müller fort. »Aber der Rest Ihrer Geschichte klingt, gelinde gesagt – unwahrscheinlich.« Er lächelte schmal. »Sie glauben also, dass es sich um einen Racheakt handelt? An zwei Männern, die als Jungen in der Schule ein bisschen über die Stränge geschlagen haben?«

»So würde ich das nicht ausdrücken«, schaltete sich Lars in das Gespräch ein. »Unser Mitschüler Jonas Brenner hat damals infolge der ständigen Quälereien sogar einen Selbstmordversuch unternommen.«

»Wie lange ist das jetzt alles her, sagten Sie?« Der Kommissar zeigte sich unbeeindruckt.

Theo und Lars warfen einander einen Blick zu. »Es hat in der neunten Klasse angefangen und sich bis zum Abitur hingezogen«, sagte Theo.

»Das war vor siebzehn Jahren«, ergänzte Lars.

Müller beugte sich vor. »Ganz ehrlich, meine Herren, es erscheint mir höchst unwahrscheinlich, dass jemand nach so langer Zeit plötzlich beschließt, seine Quälgeister von einst zu ermorden.«

»Finde ich nicht«, erwiderte Lars. »Es kann einen Auslöser gegeben haben, der die Sache wieder hochgeholt hat. Bei Traumata ist das gar nicht so selten.«

»Und Sie sind Psychologe?«

»Nein. Entrümplungsunternehmer.«

»Aha.« Müller blickte verständnislos. »Abgesehen davon, wie stellen Sie sich den Hergang vor? Glauben Sie vielleicht, jemand hat eine tollwutkranke Fledermaus so abgerichtet, dass sie auf Kommando jemanden beißt?«

»Nein«, sagte Theo mit unbewegtem Gesichtsausdruck, »dazu würde so ein krankes Tierchen viel zu schnell sterben, als dass man es noch abrichten könnte.«

»Zumal die Bisswunden in beiden Fällen am Hals erfolgten«, ergänzte Lars und deutete auf seine Kehle.

Müller runzelte die Stirn.

Lars konnte sich einfach nicht zurückhalten. »When you have excluded the impossible, whatever remains, however improbable, must be the truth«, zitierte er.

Theo sah ihn belustigt an. Müller schien nicht folgen zu können.

»Wenn man das Unmögliche ausgeschlossen hat, ist das, was übrig bleibt, unweigerlich die Wahrheit, auch wenn sie noch so unwahrscheinlich scheint«, übersetzte Lars.

»Sherlock Holmes«, ergänzte Theo.

Müller starrte ihn an. Was für seltsame Vögel hatte seine Exkollegin Öztürk da bloß auf ihn losgelassen? »Also, wie soll es abgelaufen sein, Ihr Attentat«, versuchte er, Boden wettzumachen.

Theo zuckte die Schultern. »Vielleicht eine Injektion ...«

Triumphierend zog Müller eine Akte zu sich heran und schlug sie auf. »Nein, es waren zweifellos Bisse. Bisse einer Fledermaus. Der Experte tippt auf ...«, Müller warf erneut einen Blick in die Akte. »Eptesicus serotinus«, las er stockend vor, »ernährt sich von Insekten.«

»Eine Breitflügelfledermaus also«, ergänzte Lars.

Woher weiß der das nun schon wieder, dachte Theo. Lars war ein steter Quell überraschenden Expertenwissens.

Müllers Gesicht verzog sich zunehmend zu einer Grimasse. Klugscheißer konnte er nicht ausstehen.

»Wie dem auch sei.« Er schlug den Aktendeckel zu. »Ich sehe keinerlei Veranlassung für eine weitere Untersuchung der Todesfälle. Den Fledermäusen hingegen werden wir auf den Pelz rücken.« Er wollte sich erheben, um die beiden Pappnasen loszuwerden, die ihm seine kostbare Zeit raubten. Schließlich war die wohlverdiente Pause seit sieben Minuten überfällig.

Theo hob die Hand. »Moment noch. Gesetzt den Fall, dass wir recht haben, ist ganz sicher eine weitere Person in Gefahr.«

»Gewissermaßen das Haupt der Medusa«, ergänzte Lars.

Wovon faselt der Kerl?, dachte Müller.

»Nathalie Stüven.« Der Name reichte aus, damit Müller sich aufrecht hinsetzte. Nathalie Stüven war eine der einflussreichsten Bürgerinnen der Elbinsel. Sie stand im Hamburger Senat der Behörde für Stadtentwicklung und Umwelt vor, das wusste er. »Die Senatorin, meinen Sie?«

»Ganz genau.« Lars kraulte Paul den Schädel.

Müller überlegte. Mit einer derart lächerlichen Geschichte konnte er unmöglich bei der Senatorin aufschlagen. Schon gar nicht, wenn er in dem Zusammenhang mögliche Verfehlungen ihrerseits in der Schulzeit würde ansprechen müssen. Völlig ausgeschlossen.

»Meine Herren, vielen Dank, dass Sie sich die Mühe gemacht haben. Ich versichere Ihnen, die Angelegenheit ist bei uns in den besten Händen.«

Er beschloss, keine Aktennotiz anzufertigen. Nur für den unwahrscheinlichen Fall, dass doch etwas passieren sollte.

Theo und Lars erhoben sich. »Na, dann war's das wohl fürs Erste.«

Draußen, auf der Treppe des weißen Neubaus, in dem die Polizeiwache Wilhelmsburg untergebracht war, sahen sie einander an.

»Denkst du das Gleiche wie ich?«, fragte Theo.

»Sicher.« Lars runzelte die Stirn. »Der Typ da drin wird keinen Finger krumm machen.«

»Mist.« Theo kratzte sich am Kopf. »Dann müssen wir das

wohl übernehmen. Und ich hab wirklich so was von gar keine Lust, Nathalie einen Besuch abzustatten.«

»Ich würde ja mitkommen, aber das wäre wohl kaum hilfreich.«

Nein, dachte Theo. Nathalie hatte es nicht ausstehen können, dass es jemanden gab, den sie weder um den Finger wickeln noch fertigmachen konnte. Jemanden wie Lars.

KAPITEL 7

Theo beschloss, die unangenehme Geschichte nicht lange aufzuschieben. Nachdem er sich von Lars und dem Mops verabschiedet hatte, fuhr er schnurstracks nach Hause. Sein reetgedecktes Haus lag praktischerweise direkt neben dem Bestattungsinstitut.

Er und Nadeshda hatten fast alle Zwischenwände entfernen lassen, sodass eine großzügige Wohnküche den Großteil des Erdgeschosses einnahm. Theo mochte den Mix aus altem Gemäuer und moderner Ausstattung. Während er den Rechner startete, machte er sich einen großen Kaffee mit viel Milchschaum. Anschließend googelte er Dr. Nathalie Stüven im Hamburger Senat und rief umgehend an.

»Frau Dr. Stüven hat das Haus bereits verlassen«, teilte ihm die wohltemperierte Stimme am anderen Ende der Leitung mit.

»Ich muss sie dringend sprechen. Es ist wirklich wichtig. Wichtig für Frau Stüven. Würden Sie ihr bitte eine Nachricht hinterlassen?«

»In welcher Angelegenheit?«

»Das ist privat.«

Die Dame zögerte. »Sicher, Dr. Matthies. Darf ich die Nummer auf dem Display notieren?«

Theo war beeindruckt. Die Assistentin hatte sich seinen Namen vom Anfang des Gesprächs gemerkt. »Nein, geben Sie ihr besser meine Mobilnummer.«

»Natürlich. Ich notiere.«

Doch Nathalie sollte erst am nächsten Tag von sich hören lassen.

Stattdessen rief May ihn an.

»Theo«, sagte sie, »die Schule hat angerufen. Kannst du Lilly abholen? Ich kann hier nicht weg.«

Sie betreute gerade eine Familie, bei der eine alte Frau daheim im Kreise ihrer Lieben gestorben war. Ein Umstand, der selten war, obwohl die meisten sich genau das wünschten.

»Ist ihr was passiert?«

May schnaubte. »Es scheint eher so, als wär jemand anderem was passiert. Jedenfalls sitzt sie bei der Schulleiterin.«

»Großartig. Ich fahr gleich los.«

Für den Weg zur Ganztagsschule am Stübenhoferweg brauchte er nur wenige Minuten. Vor den flachen blauen Gebäuden erstreckten sich Weiden, auf denen Pferde grasten. Ein Teil der Wiesen war für den Kinderbauernhof abgeteilt, auf dem allerlei Getier von Schweinen, über Ziegen und Geflügel bis hin zum Esel besucht und gestreichelt werden konnte. Hinter der Schule hingegen ragte die Hochhaussiedlung Kirchdorf Süd auf, ein monströses Beispiel sozialen Wohnungsbaus der Siebzigerjahre.

Theo parkte seinen Wagen und betrat das Gebäude. Seit er selbst hier vor fast dreißig Jahren eingeschult worden war, hatte sich einiges verändert. Man hatte großzügig an- und umgebaut, sodass auf dem Gelände neben der Grundschule inzwischen auch eine Stadtteilschule untergebracht war, die die Schüler bis zum Abitur besuchen konnten.

Da noch Unterricht herrschte, waren die Gänge wie ausgestorben. Theo folgte der Ausschilderung bis zum Büro der Schulleiterin.

Lilly saß auf einem Stuhl und baumelte mit den Beinen. Sie sah aus, als könnte sie kein Wässerchen trüben.

»Theo Matthies«, stellte Theo sich vor. »Ich bin hier, um Lilly abzuholen.«

Die Schulleiterin, eine etwa fünfzigjährige Frau mit kurzen blonden Haaren, erhob sich und gab ihm die Hand.

»Sind Sie der Vater?«

Theo schüttelte den Kopf. »Eher ein Freund der Familie. Die Mutter ist gerade verhindert. Aber ich habe hier eine Vollmacht.« Er reichte der Schulleiterin ein Blatt Papier, das May schon vor einiger Zeit ausgestellt hatte – für alle Fälle.

»Lilly, wenn du kurz draußen warten würdest?« Die Schulleiterin blickte streng über den Rand ihrer Brille.

Lilly ließ sich in Zeitlupe vom Stuhl rutschen und schlenderte hinaus. Sie trug noch immer eine betont gleichmütige Miene zur Schau.

Theo seufzte. »Was hat sie denn nun ausgefressen?«

»Sie hat einen Jungen aus ihrer Klasse verprügelt, soweit ich es verstanden habe. Er hatte starkes Nasenbluten und eine Platzwunde an der Stirn.«

Theo starrte die Rektorin verblüfft an. Körperliche Gewalt lag Lilly normalerweise fern. Sie hatte eine derart scharfe Zunge, dass sie ihre Schlachten mühelos verbal ausfechten konnte.

»Haben Sie eine Ahnung, warum?«

Die Schulleiterin hob hilflos die Hände. »Die beiden verweigern jegliche Aussage.«

Als Theo aus dem Büro kam, stand Lilly mit geschlossenen Augen auf einem Bein. Den anderen Fuß stützte sie angewinkelt seitlich auf dem Knie ab. Die Arme hielt sie über dem Kopf, wobei sie ihre Hände flach aneinanderpresste.

»Lilly, was treibst du da?«

»Yoga.«

Er seufzte und nahm ihren Schulranzen, auf dem phantastische Schmetterlinge flatterten. »Abmarsch.«

Auf dem Weg nah Hause sah Lilly gleichmütig aus dem Fenster. Sie sagte kein Wort.

So einfach kommst du mir nicht davon, Fräulein, dachte Theo.

Er nahm sie mit zu sich und wies sie an, sich an den Küchentisch zu setzen. Er selbst lehnte mit überkreuzten Armen an der Anrichte. »Und nun mal raus mit der Sprache. Seit wann verprügelst du deine Mitschüler.«

»Aber Theo. Der Typ ist ein wirklich übles Subjekt.« Sie sah ihn treuherzig an.

Theo musste sich ein Lachen verbeißen. Er staunte immer wieder über Lillys ungewöhnliches Vokabular.

Lilly schniefte. »Der Typ, also René heißt der, der ärgert immer die anderen Kinder. Wirklich Theo, der ist wirklich total fies.«

»Aber normalerweise verprügelst du ihn doch wohl nicht.«

»Heute hat er wieder Abena fertiggemacht. Abena Frimpong. Er nennt sie immer ein dreckiges Niggermädchen. Nur weil sie aus Ghana kommt und noch nicht so gut Deutsch spricht.«

»Und dann?«

»Jedenfalls hat er heute ihren Schulranzen weggenommen und den Inhalt die Treppe runtergeworfen. Das war wirklich gemein. Und Abena hat geheult.«

»Und da hast du ihn verprügelt.«

»Nicht wirklich.«

»Wie denn?«

»Nur ein bisschen geschubst.« Sie sah ihn mit großen Augen an. »Aus Versehen ist er dann die Treppe runtergefallen. Aber nur ein paar Stufen.«

»Himmelherrgott Lilly!« Theo verdrehte die Augen. Insgeheim konnte er ihr nicht wirklich böse sein. Wenn jemand vor Jahren Nathalie oder Sebastian ein bisschen mit Nachdruck geschubst hätte, wäre das Leben vielleicht für ein paar seiner Mitschüler deutlich besser verlaufen.

Als Theo am nächsten Morgen aus der Dusche kam, griff er mit noch nassen Händen nach seinem quäkenden Mobiltelefon.

»Ich verbinde mit Frau Dr. Stüven«, sagte die Senatssekretärin.

»Theo Matthies?« Er erkannte die Stimme sofort wieder.

»Nathalie, warum hast du dich nicht eher gemeldet.«

»Du, ich bin wirklich sehr beschäftigt. Was gibt's denn?«

Er hörte die Ungeduld in ihrer Stimme und wurde sauer. »Das sollten wir besser nicht am Telefon bereden.«

Sie schwieg. Theo spürte, wie es in ihr arbeitete. Vermutlich überlegte sie, ob er irgendeine unangenehme Geschichte über sie ausgegraben hätte.

»Na gut«, sagte sie endlich. »Du kannst um 18 Uhr vorbeikommen. Hier in meinem Büro im Rathaus. Viel Zeit habe ich aber nicht.«

Zicke, dachte Theo. »Ich schaue, ob ich es einrichten kann«, sagte er lässig. Dann beendete er das Gespräch mit der schwachen Befriedigung, das letzte Wort gehabt zu haben.

Nach einem komplizierten Gespräch mit zwei Schwestern, die sich nicht über die Beerdigung ihrer Mutter einigen konnten, nutzte Theo eine kurze Arbeitspause, um sich über Nathalie zu informieren.

Seit dem Abitur hatte sie eine Bilderbuchkarriere hingelegt. »War zu erwarten«, murmelte Theo. Sie hatte Jura studiert, ihr Staatsexamen mit Bestnoten abgeschlossen und in Rekordzeit ihren Doktor gemacht. Anschließend hatte sie ein paar Jahre in einer renommierten Anwaltskanzlei gearbeitet, bis sie in die Hamburger Politik eingestiegen war. Sie war eine der jüngsten Senatorinnen, die die Hansestadt je gehabt hatte.

Theo erinnerte sich noch gut daran, wie Nathalie erstmals in seiner Klasse aufgetaucht war: groß, schlank, mit klassischem blonden Pferdeschwanz – Typ Hanseatentochter. In einer Gegend wie Wilhelmsburg war das eine eher seltene Spezies. Während die anderen Mädchen noch auf der Suche nach ihrem Stil und ihrer Persönlichkeit waren und sich im Chaos pubertärer Dramen verstrickten, schien Nathalie um Jahre reifer, als sie war: ein Schwan im Ententeich. Als sie in der neunten Klasse zu ihnen stieß, waren alle hingerissen gewesen: Die Mädchen hatten ihre Freundschaft gesucht, die Jungen waren im respektvollen Abstand um sie herumscharwenzelt. Keiner hatte geahnt, dass die schöne Nathalie eine Schreckensherrschaft errichten würde.

Auch Theo hatte anfangs für sie geschwärmt. Und da er ein hübscher Junge war, hatte er durchaus Gnade vor ihren Augen gefunden. Bis Nathalie herausgefunden hatte, welchem Beruf sein Vater nachging.

»Bestatter?«, hatte die Arzttochter gesagt und ihr Näschen verzogen. »Das ist ja widerwärtig.«

Theo war vor Scham ganz bleich geworden. Bislang war der Beruf seines Vaters seinen Mitschülern zwar etwas gruselig, aber zweifellos auch aufregend vorgekommen. Nathalie hatte diesen Blickwinkel mit einem einzigen Satz für immer verschoben. Fortan war Theos Familie ein Makel. Nathalie würdigte ihn kaum noch eines Blickes. Wenn sie in seiner Nähe war, rümpfte sie stets diskret die Nase, als sei ihr ein unangenehmer Geruch in selbige gestiegen. Stattdessen zog sie die Gesellschaft von Reinhold und Sebastian vor, die sie wie ihre Lakaien behandelte.

Theo besann sich der Mischung aus ohnmächtiger Wut und Scham, die ihn jedes Mal packte, wenn er sie sah. Dabei hatte er noch Glück. Ihn ignorierte sie bloß. Andere machte sie richtig fertig. Und jetzt würde er sie also wiedersehen. Ein vertrautes Gefühl der Beklommenheit machte sich bei dieser Aussicht in ihm breit. Zornig schüttelte er es ab.

Wie immer, wenn er in die Innenstadt wollte, verzichtete Theo auf sein Auto und stieg stattdessen in die S-Bahn. Dazu fuhr er die quietschgelbe Rolltreppe hinauf, über die er den Zugang zum Bahnhof Wilhelmsburg erreichte. Er bezahlte mit Geldkarte und eilte die Stufen zum Bahnsteig hinunter, in den gerade der passende Zug einfuhr. In letzter Sekunde sprang er hinein. Es war ein vergleichsweise neues Abteil, aber Horden von Jugendlichen hatten ihm bereits ihren Stempel aufgedrückt. In zahllosen Graffitis hatten sie sich selbst und der Welt klargemacht, dass sie existierten. Am Bahnhof Veddel stiegen zwei Jungen ein, die Bierflaschen in den Händen hielten. Einer rülpste vernehmlich. Die beiden gackerten. Offenbar war es nicht das erste Bier des Tages. Dabei konnten die zwei höchstens fünfzehn sein. Theo war noch jung genug, um sich an ähnliche Eskapaden zu erinnern, als er im gleichen Alter gewesen war. Eine alte Dame zog sich von den jungen Biertrinkern zurück und setzte sich zu Theo. Schüchtern lächelte sie ihn an. Theo lächelte beruhigend zurück. Na bitte, ich bin noch immer der Traum aller Schwiegermütter, dachte er und straffte die Schultern.

Kurz darauf hielt die Bahn am unterirdischen Gleis des Jungfernstiegs. Es waren viele Leute unterwegs, sodass Theo es vorzog, die Treppe statt der Rolltreppe zu nehmen. Er warf einen Blick auf die Uhr und stellte fest, dass er noch eine Viertelstunde Zeit hatte. Die Sonne brannte gnadenlos auf den Boden des Rathausmarktes. Das Kupferdach des Rathauses hob sich grün vom blassblauen Himmel ab. Das Bauwerk war Ende des 19. Jahrhunderts nach einem Brand neu errichtet worden. Mit seinen reichen Verzierungen entsprach es nicht unbedingt Theos Geschmack, bot aber zweifellos eben den imposanten Anblick, den die Bauherren bezweckt hatten. In Hamburg hatte nicht der Adel das Sagen gehabt, sondern die Bürgerschaft der Freien und Hansestadt. Und so war es auch kein Zufall, dass oberhalb der Abbildungen verschiedener deutscher Monarchen Sinnbilder der bürgerlichen Tugenden die Fassade des Mittelturms schmückten: Weisheit, Eintracht, Tapferkeit und Frömmigkeit. Theo kaufte sich in einem der gläsernen Pavillons eine Cola, die er rasch und durstig trank. Dann überquerte er den Platz und betrat das Rathaus.

Die Assistentin von Nathalie Stüven sah haargenau so aus, wie Theo sie sich vorgestellt hatte: ein perfekt sitzender grau gesträhnter Pagenkopf, tadelloses anthrazitfarbenes Kostüm und ein Blick, der jeden Besucher in seine Schranken wies.

»Herr Dr. Matthies? Frau Dr. Stüven erwartet Sie schon.« Sie öffnete ihm die Tür zu Nathalies Büro.

»Hallo, Theo.« Nathalie kam hinter dem Schreibtisch hervor, um ihn zu begrüßen.

Theo blickte sich um. »Wirklich hübsch.«

Der Blick über den Rathausmarkt war eindrucksvoll. Wer hier am Fenster auf das Fußvolk schaute, das unten seinen Geschäften nachging, konnte sich zweifellos erhaben fühlen.

»Komm, setz dich.« Nathalie führte ihn zu einer kleinen Sitzgruppe.

Statt der gründerzeitlichen Ausstattung der offiziellen Räume bevorzugte Nathalie offenbar modernes Mobiliar. Sie hatte sich kaum verändert. Nur der Pferdeschwanz von einst war einer schicken Föhnfrisur gewichen.

Sie lachte. »Das ist wirklich ziemlich lange her.«

»Siebzehn Jahre.«

»Großer Gott. Und wie ist es dir ergangen?«

»Nathalie, ich bin nicht hier, um Smalltalk zu halten.«

Sie runzelte die Stirn. Noch immer konnte sie es nicht leiden, wenn jemand anderes bestimmte, wo es langging, noch nicht einmal, wenn es sich um ein Gespräch handelte.

»Wie du vielleicht weißt, bin ich inzwischen Bestatter.« Er zweifelte nicht daran, dass sie sich vor seinem Besuch über ihn informiert hatte.

»Ja. Nach dem Tod deiner Frau, nicht wahr? Das hat mir furchtbar leidgetan.«

Theo überging die Beileidsbekundung. »Nun, und in dieser Eigenschaft habe ich in den letzten vierzehn Tagen gleich zwei Tote bei mir auf dem Tisch gehabt, an die du dich noch sehr gut erinnern können wirst.«

»Tatsächlich?« Sie spielte mit der Perlenkette an ihrem Hals.

»Reinhold und Sebastian.«

Sie erstarrte einen Moment. Dann lächelte sie ihn bekümmert an. »Aber das ist ja schrecklich. Einer nach dem anderen, und so kurz hintereinander …«

Du hast den Punkt erfasst, dachte Theo. »Und das ist nicht die einzige Merkwürdigkeit«, fuhr er fort. »Sie sind beide eines äußerst ungewöhnlichen Todes gestorben: Tollwut.«

»Wie fürchterlich. Aber was hat das mit mir zu tun?«

»Komm schon, Nathalie, du glaubst doch nicht, dass das ein Zufall ist.«

»Nun, die beiden waren ja immer dicke Freunde …«

»Du willst sagen, ihr drei wart früher dicke Freunde.«

Sie unterbrach ihn mit einer kurzen Handbewegung. »Aber Theo, das ist Ewigkeiten her. Ich hatte zu Sebastian und Reinhold seit Jahren keinen Kontakt mehr.«

Glaub ich sofort, dachte Theo. Die waren ja auch nicht besonders einflussreich. »Nun, wie es aussieht, haben sich Sebastian und Reinholds Wege ebenfalls nach der Schule getrennt. Für Reinhold ist es nicht so gut gelaufen. Er hat getrunken. Und Sebastian hat ein leidlich erfolgreiches Unternehmen aufgebaut. Das passt nicht zusammen. Die Schulzeit war also ihr einziger Berührungspunkt.«

Nathalie schwieg. Sie war zweifellos eine hochintelligente Frau, die die Zusammenhänge blitzschnell durchschaute.

»Du weißt, worauf ich hinauswill, nicht wahr?«

Sie zuckte leicht mit den Schultern.

»Ich glaube, jemand hat die beiden umgebracht. Und zwar jemand, dem sie zu Schulzeiten zugesetzt haben. Und das heißt, dieser jemand hat vermutlich auch dich auf dem Kieker.«

»Mich? Aber das ist doch vollkommen absurd.« Sie lachte nervös.

O ja, dachte Theo, du weißt ganz genau, worum es hier geht.

Sie blickte ihn herausfordernd an. »Warst du mit dieser gewagten Theorie etwa schon bei der Polizei?«

»Die Polizei hat keine Ahnung, was ihr vor Jahren für grausame Spielchen getrieben habt. Aber ich weiß es. Und du weißt es auch.«

Sie erhob sich. »Nun, vielen Dank für deine Besorgnis. Aber ich glaube, die ist völlig unbegründet.«

»Nathalie, mir ist schon klar, dass dir nicht daran gelegen ist, dass deine unrühmliche Vergangenheit ans Licht kommt. Aber hier geht es um Wichtigeres. Wenn ich recht habe, will dich jemand umbringen. Und glaub mir, an Tollwut zu sterben, ist kein schöner Tod.«

Er starrte ihr in die Augen. Dann ging er, ohne ihr die Hand zu reichen, hinaus.

Erst als sich die Tür hinter ihm schloss, erlosch das selbstbewusste Lächeln auf ihrem Gesicht. Dr. Nathalie Stüven, jüngstes Senatsmitglied der Stadt Hamburg, ließ sich auf einen ihrer schicken weißen Lederstühle sinken. Fassungslos betrachtete sie ihre Hände, die unkontrolliert zitterten.

Das darf doch einfach nicht wahr sein, dachte sie.

Damals

Nathalie Stüven, sechzehn Jahre alt, saß im Büro des Schulleiters. Dr. Krüger war ein unscheinbarer Mann mit sandfarbenem Haar. Er bevorzugte Kleidung in Erdtönen und trug Bart und Brille. Während die meisten Lehrer des in den Siebzigern gegründeten Gymnasiums Ende der Sechziger ihre Lehramtsausbildung gemacht hatten und liberale Einstellungen pflegten, war Dr. Krüger, obwohl im gleichen Alter, ein ganz anderes Kaliber. Krüger galt als streng, was ihm den Posten als Rektor eingebracht hatte.

»Und«, fragte er, »weißt du, warum du hier bist?«

Nathalie lächelte schüchtern. »Nicht direkt«, sagte sie. Aber sicher weiß ich das, du Idiot, dachte sie.

»Dein Mitschüler Jonas Brenner hat versucht, sich das Leben zu nehmen.«

Nathalie setzte eine bekümmerte Miene auf. Sie wusste, auf ihr schauspielerisches Talent war Verlass. »Ja, furchtbar, nicht wahr. Wir finden das alle ganz schrecklich.«

»Mir ist zu Ohren gekommen, du hättest ihn tyrannisiert – gemeinsam mit Sebastian Klasen und Reinhold Lehmann.« Er blickte streng über seine Brille.

Du machst mir keine Angst, dachte sie. »Na ja, wir haben ihn manchmal ein bisschen aufgezogen. Aber das war nichts Besonderes, wirklich. Eher so freundschaftlich.«

»Freundschaftlich? Einer deiner Mitschüler hat berichtet …« Er blätterte in seinen Unterlagen und las vor: »Sie – damit sind Reinhold Lehmann und Sebastian Klasen gemeint – haben seinen Kopf in eine Kloschüssel gesteckt und mehrfach die Spülung gezogen.« Er blickte streng in Nathalies entgeistertes Gesicht. Dann fuhr er fort: »Sie lachten und schrien ihn an, dass ein Stück Scheiße wie er ins Klo gehört.«

»Ja, das war schlimm«, bestätigte Nathalie. »Ich habe die zwei ja auch versucht aufzuhalten, aber wissen Sie …« Sie zuckte die schmalen Schultern. »Die sind natürlich viel stärker als ich.«

»Das hört sich hier aber ganz anders an. Wie mir eine deiner Mitschülerinnen berichtet hat, sollst du die beiden sogar noch angefeuert haben.«

Sie tat so, als müsste sie kurz nachdenken. »Diese Mitschülerin – das ist nicht zufällig Sanna Sörgel gewesen? Wissen Sie, die ist nämlich sehr neidisch auf mich.«

Der Schulleiter seufzte. »Wer das gesagt hat, tut nichts zur Sache. Ich muss dich aber dringend verwarnen. Wenn mir weitere derartige Vorfälle zu Ohren kommen, werden wir härteste Maßnahmen ergreifen. Und Reinhold und Sebastian werde ich mir auch noch vorknöpfen. Wir werden ja sehen, ob sie deine Version bestätigen.«

»Natürlich.« Nathalie senkte bescheiden den Kopf. Sie wusste, die beiden würden alles bestätigen, was sie behauptet hatte. Und diese Sanna konnte sich auf was gefasst machen. »Das Miststück mach ich fertig«, sagte sie leise, als sie hinausging.

KAPITEL 8

Theo blinzelte, während er aus der schattigen Eingangshalle des Rathauses auf den Platz trat. Die Unterredung mit Nathalie war genauso unangenehm verlaufen, wie er geahnt hatte. Er brauchte dringend etwas, das seine Stimmung aufhellen würde. So schlenderte er durch die Arkaden, die sich an einem der Zuläufe der Alster zum Jungfernstieg hinzogen, und spazierte an der Binnenalster entlang. Hier herrschte noch reges Treiben: Mit Touristen beladene Dampfer zogen ihre Bahnen, in der Mitte der quadratischen Wasserfläche stieg eine Wasserfontäne wegen des fehlenden Windes kerzengerade in die Höhe. Theo ließ sich auf einer Bank nieder und zog sein Handy hervor. Er zögerte kurz, dann wählte er Hannas Nummer. Es tutete lange. Als er schon aufgeben wollte, hörte er ihre Stimme.

»Hanna Winter.«

»Hanna, was treibst du gerade?«

»Oh, ich sitze hier auf meinem Balkon und arbeite an einer kleinen Geschichte.«

»Ich hätte was Besseres zu bieten.«

»Kann ich mir vorstellen.«

»Mitnichten«, sagte er, »ich spreche von einer besseren Story.«

»Lass hören.«

Theo grinste. Er wusste inzwischen, wie man Hanna ködern konnte. Für eine gute Geschichte war sie jederzeit zu haben. »Ich habe in den letzten Tagen zwei Tollwuttote gehabt.«

»Ach was.«

»Wie es scheint, Opfer von Fledermausattacken. Aber«, er machte eine Pause, um die Spannung zu erhöhen, »ich glaube, es steckt mehr dahinter.«

Hanna schwieg.

»Sollen wir uns nicht treffen? So in einer halben Stunde bei Bodo's Bootssteg?«

»Na gut, ich komme rüber.«

Bingo!, dachte Theo. »Bis gleich.«

Bodo's war ein kleines Restaurant an der Außenalster mit angeschlossenem Bootsverleih. Hier bekam man griechischen Bauernsalat und hausgemachte Frikadellen serviert – und ein gutes Glas Wein. Theo brauchte keine zwanzig Minuten, um hinüber zum Rothenbaum zu spazieren.

Hinter der Kennedybrücke veränderte sich der Charakter der Alster komplett. Die Außenalster war um ein Vielfaches größer als die Binnenalster und von schilfgesäumtem Ufer und großzügigen, mit alten Bäumen bestandenen Grasflächen umgeben. Wahllos verteilten sich hier schwere hölzerne Sessel, in denen Spaziergänger gemütlich die Sonne genießen konnten. Jogger drehten ihre Runden und betuchte Anwohnerinnen führten, diskrete Plastikbeutelchen zum Entsorgen des Kots in den Jill-Sander-Handtaschen, ihre Prachthunde spazieren. Theo dachte an Paul. Dem Mops würde es hier auch gefallen.

Er fand noch einen Platz direkt am Wasser und schaute den Segelbooten zu, die in der leichten Abendbrise Mühe hatten voranzukommen. Ein paar professionell aussehende Rudervierer lieferten sich ein kleines Wettrennen. Er zog das Mobiltelefon heraus und tippte auf die Kurzwahl von Lars.

»Na, Alter«, fragte der, »wie ist es gelaufen mit unserer Schneekönigin?«

»Nathalie hat natürlich abgewiegelt und getan, als würde ich Blödsinn erzählen. Aber ich bin sicher, sie hat Angst.«

»Dazu hat sie auch allen Grund.«

»Allerdings.«

»Na, dann wirst du dich wohl doch aufraffen müssen.«

»Zu was?«

»Schon vergessen? Morgen? Abitreffen!«

Theo stöhnte. Er hatte dazu nicht die geringste Lust.

Aber die Tatsache, dass sie dort vielleicht den Mörder aufspüren könnten, änderte die Lage natürlich. »Kann Hadice das nicht übernehmen? Die ist doch Profi …«

»Nope.« Theo hörte, wie Lars sich raschelnd durch den Zweitagebart fuhr. »Hadice ist drei Jahre vor dem Abi umgezogen. Die steht nicht auf der Liste.«

Er bemerkte Hanna erst, als sie vor ihm stand. Sie schob die Sonnenbrille in die Locken und gab ihm einen flüchtigen Kuss.

Er hielt ihre Hand fest. »Und, kannst du mir noch mal verzeihen?«

Sie fand, dass er kleinlaut klang. Zu Recht. »Besonders toll war diese Geschichte ja nicht.«

Sie hatte seit dem Vortag viel darüber nachgebrütet. Ihre Nachbarin und gute Freundin Carola hatte gesagt: »Natürlich ist das verletzend, dass er, während du weg warst, etwas mit einer anderen hatte. Aber er hat schon recht – ihr wart ja nicht offiziell ein Paar. Insofern kannst du ihm auch nicht vorwerfen, dass er dich betrogen hätte.«

»Aber es kränkt mich einfach, dass er nicht so verliebt in mich war, dass er an anderen Frauen kein Interesse hatte.«

»Du musst dir überlegen, ob du ihn noch haben willst, Süße. Und wenn ja, dann musst du diese Episode abhaken.«

Sie hatte sich entschieden, es noch einmal mit ihm zu versuchen. Von dem verflixten Theo kam sie so schnell nicht los.

»Vermutlich komme ich drüber weg.« Es sollte leichthin klingen, doch ihr schiefes Lächeln verriet, dass sie noch nicht ganz so weit war. »Und nun raus mit deiner ominösen Tollwutstory.«

Theo berichtete.

Wie erwartet war Hanna sehr interessiert. »Ist ja gruselig«, sagte sie. Sie leckte sich die Mayonnaise ihres Krabbenbrötchens von den Fingern. Theo grinste. Sie bemerkte seinen Blick, wurde ein bisschen rot und griff nach einer Serviette.

»Theo Matthies«, sagte sie, »das wird wohl langsam zur Gewohnheit.«

»Was denn?«

»Dass du Mörder jagst.« Der Alkohol entspannte sie nach einem langen Tag an der Tastatur. »Und diese Senatorin hat dich also auflaufen lassen?«

»Schon. Aber ich hoffe, ich konnte ihr ein bisschen Angst einjagen.«

»Und was machst du jetzt?«

Er seufzte. »Keine Ahnung. Ich wünschte, Hadice wäre im Dienst.« Er trank seinen letzten Schluck Wein. »Als Erstes werden Lars und ich morgen die Augen offen halten. Da haben wir nämlich Abitreffen.« Er verzog das Gesicht.

Hanna lachte ihn aus. »Du tust gerade, als wär es ein unheimliches Opfer, da hinzugehen.«

»Die werden alle ihre Fotos zeigen. Von ihren hässlichen Sprösslingen und langweiligen Ehegefährten …« Theo rümpfte die Nase.

»Du bist ja richtig zynisch.« Dann begriff sie. Sie nahm seine Hand. »Du hast nur keine Lust, allen von Nadeshda zu erzählen und warum du nicht mehr Arzt bist«, sagte sie leise.

Statt einer Antwort drückte er ihre Hand. »Willst du noch einen Wein?«

»Besser nicht. Dann werde ich immer so anlehnungsbedürftig.«

Theo winkte dem Kellner. »Noch zwei Chardonnay.«

Als sie auch diese Gläser geleert hatten, war es dunkel geworden. Der frühsommerliche Abend war selbst am Wasser noch immer lau.

»Komm, ich bring dich nach Hause.« Theo legte den Arm um ihre Hüfte und zog sie an sich.

Hanna lachte. »Ich bin mit dem Fahrrad da.«

»Macht nichts. Ich nehm dich hinten drauf.«

Eng umschlungen schlenderten sie zu Hannas Fahrrad, das an einem Baum lehnte. Hanna ließ sich damenhaft auf dem Gepäckträger nieder und Theo trat in die Pedale.

»Hilfe!« Hanna klammerte sich an ihm fest, als das Gefährt bedrohlich schwankte.

»Immer schön festhalten.« Theo strampelte verbissen weiter. »Das ging früher auch irgendwie einfacher«, stöhnte er und versuchte, einigermaßen geradeaus zu fahren. Die Tatsache, dass Hanna sich auf dem Gepäckträger vor Lachen bog, machte die Sache auch nicht einfacher. »Hör auf zu lachen, sonst kippen wir um.«

»Und was soll das hier werden, wenn's mal fertig ist?« Vor ihnen stand ein Polizist mit eingestützten Armen breitbeinig auf dem Weg. Theo musste abrupt bremsen. Hanna konnte gerade noch rechtzeitig abspringen.

»Ich wollte nur die Dame nach Hause bringen«, sagte Theo und verbiss sich das Lachen.

»Ihnen ist aber schon klar, dass dieses Vehikel kein geeignetes Transportmittel ist?« Der Polizist hob streng die Brauen, aber seine Augen funkelten belustigt.

»Sie haben natürlich vollkommen recht. Das hatten wir auch gerade festgestellt.« Theo bemühte sich um ein seriöses Auftreten, ein Unterfangen, das durch das pinkfarbene Damenfahrrad etwas getrübt wurde.

»Insbesondere nach Alkoholgenuss«, sagte der Polizist. Er hat enorm buschige, schwarze Augenbrauen, stellte Theo gerade fest. »Von jetzt an wird geschoben, Herrschaften.«

»Geht klar.« Theo vermied es, Hanna anzusehen. Seine Seriosität wäre dahin gewesen.

Ihr Gelächter im Zaum haltend, zogen sie von dannen.

»Ist aber ein ganz schönes Stück bis nach Eimsbüttel«, warnte Hanna.

»Macht nichts, ich hab Zeit.«

Sie brauchten eine gute Dreiviertelstunde, bis sie Hannas Haustür am Stellinger Weg erreichten. Er schob ihr Fahrrad in den Hinterhof und schloss es sorgfältig ab. Dann ging er zurück zu Hanna, die mit überkreuzten Armen vor der Haustür wartete.

»Und? – Nimmst du mich noch mit rauf?«

Hanna lachte. »Ausnahmsweise.«

DER SCHATTEN

Ein Klick auf die Tastatur und die digitale Aufzeichnung startete. Es war die letzte und inzwischen mehrere Tage alt. Im grünlichen Schimmer des Zwielichts hockte der Verurteilte an eine Wand gepresst. Die Kamera zoomte sich an sein Gesicht heran. Vor den Mundwinkeln schäumte der Speichel. Er hatte etwas von einem verängstigten Tier. Er war ein verängstigtes Tier. »Weißt du, warum du hier bist?«, fragte die Stimme aus dem Lautsprecher. Aber das geduckte Wesen antwortete nicht. Vor ein paar Tagen hatte es noch getobt und gepöbelt und irgendwann gefleht. Unhaltbare Versprechen gemacht, für den Fall, dass man es gehen lassen würde. »Weißt du, warum du hier bist? Erinnerst du dich? Wie waren die Namen deiner Opfer?«

Die Bestie in der Ecke duckte sich und wimmerte. Dann fletschte sie die Zähne in die Kamera: »Ich weiß es nicht«, brüllte sie, »und es ist mir auch völlig egal.« Der Ausbruch schien die letzten Kraftreserven aufgebraucht zu haben. Mit einem Mausklick wurde vorgespult.

Zehn Stunden später war das Stadium des Deliriums erreicht. Ein Lichtbalken fraß sich in das Dämmerlicht. Ein Schatten betrat den Raum. Das Biest hielt sich die Augen zu, geblendet vom ungewohnten Licht, das hinter dem Schatten in das Verlies strömte. »Du kannst gehen«, sagte der Schatten. Die Bestie zögerte. Dann kroch sie langsam auf den Ausgang zu. Der

Schatten auf dem Monitor straffte sich. Er wusste, das war ein kritischer Moment. Die Bestie könnte sich ein letztes Mal aufbäumen, ihn anfallen. Doch der Schatten wusste, dass er auch eine solche Situation unter Kontrolle haben würde. Das Biest schob sich an ihm vorbei ins Freie. Dort taumelte es der Straße entgegen. Der Schatten folgte lautlos. Das Biest würde nichts mehr verraten können. Zu angegriffen war sein Hirn von dem tödlichen Virus. Andererseits wollte der Schatten sichergehen, dass er nicht in allzu großer Nähe des Verlieses gefunden wurde. Ein paar Mal hatte er darum eingegriffen, wenn der erschöpfte Leib des Sterbenden sich nicht mehr weiterschleppen wollte. Eine halbe Stunde später ließ er ihn liegen. Es würde nicht allzu lange dauern, bis man ihn fand.

Der Schatten stellte die Aufnahme aus. Es war bald Zeit, die letzte Bestie zu erlegen. Diesmal würde er kein leichtes Spiel haben. Die Gegnerin war schlau und vielleicht bereits durch das Schicksal ihrer Kumpane vorgewarnt. Aber das würde ihr nichts helfen. Am Ende würde der Schatten sie sich doch holen.

KAPITEL 9

Die vier lebensgroßen Apostel, die das Kreuz flankierten, blickten milde auf die versammelten Trauergäste. Die Kreuzkirche, die zu dem Ensemble der ältesten erhaltenen Gebäude Wilhelmsburgs gehörte, war bis auf den letzten Platz belegt. Bei Beerdigungen war das eher selten der Fall. Theo vermutete, dass die Leute weniger wegen des Verstorbenen selbst als auf Betreiben seiner Mutter erschienen waren. Renate Klasen sang im Chor und war auch sonst ein hochaktives Mitglied der Gemeinde. Ihr war es sogar gelungen, einen der raren Plätze auf dem angrenzenden alten Friedhof für ihren Sohn zu ergattern. Renate Klasen war eine jener Frauen, die bekamen, was sie wollten – und ihr war dafür jedes Mittel recht.

Der Sarg mit Sebastians sterblichen Überresten stand vor dem weißen Altar aufgebahrt. Auch die Kiste aus massiver Eiche hatte nicht etwa seine Frau ausgesucht, sondern die Mutter höchstpersönlich. Ebenso, was der Tote tragen sollte, den Blumenschmuck und die Musik. Sabine Klasen, die zerbrechlich wirkende Frau des Toten, hatte bei den Besprechungen zu allem geschwiegen und aus dem Fenster gestarrt. Ihre Teilnahmslosigkeit hatte Theo Sorge bereitet. Häufig überrumpelte die Trauer die Hinterbliebenen dann später umso heftiger, wie ein Tsunami. Nur an einer Stelle hatte sie überraschend aufbegehrt. »Ich werde kein Schwarz tragen und die Kinder auch nicht.« Die empörten Interventionen ihrer Schwiegermutter hatte sie einfach an sich vorbeirauschen lassen und wieder aus dem Fenster geschaut.

Jetzt saß sie in ein helles schlichtes Sommerkleid gehüllt in der ersten Reihe des Kirchengestühls. Obwohl es kühl war, trug sie keine Jacke. Theo stand so nah bei ihr, dass er sehen konnte, dass ihre Arme bläulich verfärbt und von Gänsehaut überzogen waren. Sie schien es nicht zu bemerken. Links und rechts zu ihren Seiten saßen die Kinder. Das Mädchen drückte sich an die Mutter und starrte mit großen Augen auf den Sarg. Der Junge war noch zu klein, um wirklich zu verstehen, was geschah. Er baumelte mit den kurzen Beinen und summte eine fast unhörbare Melodie. Seine Großmutter, die am Mittelgang saß, warf ihm und ihrer Schwiegertochter verärgerte Blicke zu, die aber keinerlei Reaktion auslösten. Als die ersten Töne der schönen alten Kirchenorgel erklangen, wandte sie sich mit einem Ruck nach vorn und starrte verbissen auf das Kreuz am Altar. Irgendjemand musste ja Schuld haben an der Misere.

Theo nutzte seinen Beobachtungsposten, um den Blick über die Menge schweifen zu lassen. Lars hatte sich auf der Empore platziert.

»Vielleicht kommt der Mörder ja und ergötzt sich an der Beerdigung.« Lars war ein großer Krimifan.

»Fragt sich nur, woran wir ihn erkennen sollen. Er wird sich wohl kaum durch höhnisches Gelächter verraten.«

»Wir schauen einfach, ob einer unserer ehemaligen Mitschüler auftaucht, und fühlen ihm dann auf den Zahn.«

Obwohl Theo Gesicht für Gesicht in den Bankreihen musterte, kam ihm niemand verdächtig vor. Er kannte zwar viele der Anwesenden, aber aus der gemeinsamen Schulzeit war niemand darunter. Offenbar hatte Sebastian zu keinem mehr Kontakt gehabt, was angesichts der Schreckensherrschaft der Dreierbande, wie Theo sie im Stillen in Anlehnung an die berüchtigte Viererbande der chinesischen Kulturrevolution nannte, auch nicht verwunderlich war. Auch Nathalie war nicht aufgetaucht. Die wollte mit ihrer unrühmlichen Vergangenheit ganz sicher nichts zu tun haben. Theo ließ die Trauerrede über sich hinwegrauschen. Er ließ lieber seine Gedanken zu Hanna wandern, die er seit dem Morgen nicht gesprochen hatte. Sie hatte ihn zwar mit Kaffee, aber ohne Frühstück vor die Tür gesetzt. Ich muss arbeiten, hatte sie als Erklärung gesagt. Theo wusste zwar, dass sie ein Morgenmuffel war, aber er machte sich trotzdem Gedanken. Irgendwie bekam er die Frau nicht richtig zu fassen.

»So nimm denn meine Hände und führe mich, bis an mein selig Ende und ewiglich«, sang der Chor. Wie in den meisten Kirchenchören war auch in der Kreuzkirche die Zahl der älteren Damen mit leicht zittrigem Sopran überproportional vertreten. Aber sie schlugen sich wacker.

Nachdem der letzte Ton der Orgel verhallt war, nickte der Pfarrer Theo zu, der daraufhin den Sargträgern einen Wink gab. Neben Theos Lieblingsgehilfen Kurti waren noch drei kräftige Studenten da, die sich mit dem ungewöhnlichen Job ihr Budget aufbesserten. Die jungen Männer traten vor und stemmten routiniert den Sarg in die Höhe. Die Mutter des Toten erhob sich und schloss sich an. An ihrer Seite ging ihr Lebensgefährte, ein magerer Mann mit schütterem Haar. Sebastians Vater, so wusste Theo, hatte schon vor Jahren den denkbar größten Abstand zwischen sich und seine Exfrau gebracht und war nach Neuseeland ausgewandert. Zur Beerdigung seines Sohnes war er nicht erschienen. Theo bemerkte, dass die junge Witwe noch immer in der Bank saß und auf den Punkt starrte, auf dem der Sarg gestanden hatte. Er ging zu ihr hinüber und legte ihr eine Hand auf die Schulter. Sie zuckte zusammen.

»Kommen Sie, Frau Klasen.«

Verwirrt sah sie ihn an, dann erhob sie sich und packte ihre Kinder links und rechts bei den Händen. Wie eine Schlafwandlerin folgte sie dem Sarg. Die Gemeinde schloss sich an.

Der Weg zum Grab war nicht weit. Es war ein hübsches Plätzchen neben einem blühenden Heckenrosenbusch. Die vielen Trauergäste fanden nur mit Mühe Platz auf den schmalen Wegen des alten Friedhofs, der direkt an die Kirche grenzte. Während der Pfarrer seinen letzten Segen sprach, ließ Theo erneut den Blick über die Menschen schweifen. Noch immer sah er niemanden, dessen Anwesenheit ihn überrascht hätte. Er wandte seine Aufmerksamkeit wieder den Hinterbliebenen zu. Die Witwe machte einen unsicheren Schritt ans Grab. Sie blickte auf die Rose, die ihr die Schwiegermutter in die Hand gedrückt hatte, als wüsste sie nicht, was sie damit anfangen sollte. Dann ließ sie sie ins Grab fallen. Auch die Tochter und der kleine Sohn warfen ihre Blumen hinterher. In seinem dunkelblauen Anzug erinnerte der Kleine Theo an den Sohn von JF Kennedy, der vor dem Sarg seines Vaters für die Weltöffentlichkeit hatte salutieren müssen.

Theo drückte der Witwe aufmunternd die kalte Hand. Sie sah aus, als würde sie gleich zusammenklappen. »Gleich haben Sie es überstanden«, sagte er leise.

Ihr Blick kam von weither. »Ich halte das hier nicht länger aus.« Dann wandte sie sich um und verließ, die beiden Kinder hinter sich herziehend, den Friedhof.

»Sabine«, rief die Schwiegermutter empört. Doch die junge Witwe beachtete sie nicht.

Mit versteinertem Gesichtsausdruck nahm die Schwiegermutter allein die Beileidsbekundungen entgegen. Nach und nach löste sich die Menge auf. Erst als auch die alte Frau Klasen den Friedhof verließ, bemerkte Theo eine schlanke Gestalt, die unbeweglich in einiger Entfernung vom Grab stand.

»Das ist doch Benno«, hörte er Lars neben sich sagen. Als Theo auf den Mann zuging, drehte dieser sich um und eilte davon.

Damals

Benno Konradi war wütend. Er spürte, wie der Zorn in großen giftigen Blasen in ihm aufstieg. Das war gar nicht gut. »Na, Benno«, sagte der Mathelehrer gutmütig, »kriegst du es heute noch hin?« Benno presste die Lippen aufeinander. Eigentlich war er in Mathe gar nicht mal so schlecht, aber immer wenn er an die Tafel gerufen wurde, machten Sebastian und Reinhold hämische Bemerkungen. »Guck mal, die Giraffe will rechnen«, hatte Sebastian gesagt und wiehernd gelacht. Das Problem war, dass seine Lache so ansteckend war. Inzwischen kicherte die halbe Klasse unterdrückt, obwohl die Bemerkung an sich nicht besonders originell gewesen war. Bennos Kopf war wie leer gefegt. Er presste die Kreide auf die Tafel, bis sie in zwei Teile zerbrach.

»Sebastian, wenn du das so witzig findest, dann komm nach vorne und mach es besser.«

»Klaro.« Sebastian schlenderte zur Tafel. Feixend pflückte er Benno die Kreide aus der Hand. »Lass mich mal ran, Flecki.« Flecki, so nannten ihn die anderen schon lange, denn Bennos Gesicht und Körper waren an manchen Stellen unpigmentiert. Seine Haut sah aus wie die Landkarte eines unbekannten Planeten. Weißfleckenkrankheit nannte man diese Hauterscheinungen. Im Alter von zehn Jahren war es losgegangen und seither hatten sich die weißen Flecken weiter ausgebreitet. Er hatte sich schon immer dafür geschämt, doch seit Nathalie in die Klasse gekommen war, klang der ungeliebte Spitzname noch viel boshafter. Bis jetzt war es ihm gelungen, sich keinerlei Reaktion entlocken zu lassen. Sein größter Sieg war es, sich nicht durch die Hänseleien provozieren zu lassen. Ausdruckslos starrte er Sebastian in die Augen.

»Huh, da krieg ich ja richtig Angst«, sagte der und löste die doppelte Quadratwurzel an der Tafel. Benno ging zu seinem Platz zurück. Die pummelige Sanna warf ihm einen aufmunternden Blick zu. Sie hatte auch unter Nathalie und ihren Schergen, wie Benno Sebastian und Reinhold für sich nannte, zu leiden. Er mochte sie sehr.

Schwer ließ er sich auf seinen Stuhl fallen. Mit unbewegter Miene schaute er Sebastian zu, wie er eine weitere Aufgabe löste. Er hasste die Typen. Sein Blick wanderte zu Nathalie, die versonnen vor sich hin lächelte. Die blonde Schneekönigin hasste er noch mehr als ihre Schergen.

Manchmal hatte er das Gefühl, vor Hass zu ersticken. Er stellte sich vor, wie er sie an ihrem blonden Zopf packen und sie so lange ins Gesicht schlagen würde, bis von der hübschen Fratze nichts mehr übrig war. Seit Nathalie die Herrschaft über die Klasse an sich gerissen hatte, waren seine Noten ständig schlechter geworden. Wut und Furcht machten ihn blind und taub für das, was im Unterricht geschah. Die Anstrengung, sich seine Gefühle um keinen Preis anmerken zu lassen, verlangte seine volle Aufmerksamkeit und kostete ihn den Großteil seiner Energie.
Es war ein Machtkampf zwischen ihm, Nathalie, Reinhold und Sebastian, der bislang unentschieden stand. Sie provozierten ihn, er blieb stoisch. Fragte sich nur, wie lange noch.

»Benno«, sagte Lars nachdenklich, »der hat doch Nathalie damals fast umgebracht.« Theo nickte. Die Geschichte hatte er fast vergessen.

Es war irgendwann zu Beginn der Oberstufe gewesen. Sie hatten eine Projektfahrt mit dem Biologie-Leistungskurs ins Wattenmeer gemacht. Es ging darum, das Ökosystem in seiner Gesamtheit zu erfassen, vom Wattwurm bis zur Robbe gewissermaßen. In der freien Zeit hatten sie in den Dünen vor dem Nordseewind Schutz gesucht oder in dem flachen Wasser geplanscht. Und dabei war es passiert. Keiner hatte erfahren, was Nathalie zu Benno gesagt hatte, aber das hatte Bennos aufgestaute Wut offenbar explodieren lassen. Theo erinnerte sich an Nathalies verzweifelt rudernde Arme, als Benno sie in das flache Wasser gedrückt hatte. Es waren drei Jungen und der Lehrer notwendig gewesen, um Benno von dem Mädchen wegzuziehen. Am unheimlichsten war, dass Benno während der ganzen Zeit nicht einen Laut von sich gegeben hatte. Es war das einzige Mal gewesen, dass Theo Nathalie fassungslos erlebt hatte. Sie hatte geheult und Sand gespuckt, Gesicht und Haare waren schlammverschmiert.

»Er ist danach von der Schule geflogen, oder?«

Theo nickte.

»Vielleicht will er jetzt zu Ende bringen, was er damals angefangen hat.«

»Könnte schon sein.«

Sie gingen zum Gasthaus Sohre, das schräg gegenüber der Kirche lag und fast genauso alt wie diese war. Die Mutter des Verstorbenen hatte zum Leichenschmaus geladen. Es gab Häppchen mit Lachs oder Rindertatar, Mozzarella oder Roquefort und Birne, die inzwischen auch bei Sohre Fingerfood hießen.

Ein mageres Mädchen steuerte direkt auf Theo zu. »Herr Dr. Matthies, haben Sie einen Moment«, piepste sie und packte ihn eifrig am Arm. In der anderen Hand hielt sie ein digitales Diktiergerät. »Ich würde gern ein Statement von Ihnen haben zu diesen beiden Tollwuttoten«, raunte sie verschwörerisch.

Theo staunte. Sie sah keinen Tag älter aus als sechzehn. »Für wen schreiben Sie denn?«, fragte er, um Zeit zu gewinnen. »Mopo«, erwiderte sie stolz.

Oje, dachte Theo, jetzt gibt es bei der »Morgenpost« auch schon Kinderarbeit. »Ich kann Ihnen da wirklich nicht viel zu sagen.«

»Moment.« Sie fummelte hektisch an dem Gerät herum und beäugte es dann skeptisch.

»Scheint zu laufen.« Theo zeigte auf eine rot blinkende Diode.

»Ja … also … wegen der Tollwutfälle. Können Sie bestätigen, dass es bereits zwei Tote gibt?«

»Was heißt hier bereits?«

Sie starrte ihn an. »Na ja, vielleicht ist das ja erst der Anfang.« Theo las die Schlagzeile auf ihrer Stirn: Tollwutepidemie sucht Hamburg heim.

»Das wollen wir mal nicht hoffen.«

»Nein, natürlich nicht. Aber zwei Tote können Sie jetzt schon bestätigen.«

»Sicher.«

»Und die wurden von Vampirfledermäusen angefallen?« Sie hatte die Stimme gesenkt und die Augen aufgerissen.

»Vampirfledermäuse gibt es nicht in Europa. Aber sie haben sich über einen Fledermausbiss infiziert, das ist korrekt.«

»Danke schön«, sagte sie und drückte wieder auf ihrem Gerät herum.

Theo sah schon die nächste Schlagzeile vor sich: Vampire in Wilhelmsburg.

Hanna stieg aus ihrem kleinen Auto und reckte sich. Das Anwesen, vor dem sie stand, passte perfekt zur Profession des Mannes, den sie aufsuchen wollte. Mit seinen Giebeln und Türmchen und der verwitterten Fassade sah es sogar an einem strahlenden Frühsommertag aus wie ein erstklassiges Spukhaus. Unterhalb der Dachschrägen erspähte Hanna zahlreiche Holzkisten, deren Bewohner nicht zu sehen waren. Sie verschliefen sicherlich den Tag.

Sie klingelte an dem großen, schmiedeeisernen Tor, das sich lautlos öffnete. Der Besitzer des Hauses empfing sie an der Türschwelle. Professor Richard Rosenthal war ein zierlicher älterer Herr, dessen dünnes Haar ordentlich an seinem Schädel anlag.

»Kommen Sie herein in mein bescheidenes Refugium.« Er geleitete sie in ein großes Wohnzimmer, in dem ein gemütliches Durcheinander herrschte. Durch ein geöffnetes Fenster drang Vogelgezwitscher in den Raum. Es roch dezent nach Möbelpolitur.

Der Professor nahm in einem großen Ohrensessel Platz und schenkte ihr aus einer bereitstehenden Karaffe ein Glas Wasser ein.

»Ich soll Ihnen also etwas über Fledermäuse erzählen.«

»Ja, bitte.« Sie nahm ein Notizbuch zur Hand. »Sie scheinen ja weit und breit die größte Koryphäe auf diesem Gebiet zu sein.«

Rosenthal neigte, das Kompliment annehmend, den Kopf. »Nun ja«, sagte er. »Ich hoffe, Sie werden wegen dieser Tollwutvorfälle keine Vampirgeschichte erfinden.« Er blickte sie mit gespielter Strenge über sein Brillengestell hinweg an.

»Sie wissen davon?«

»Sicher, wenn es um Fledermäuse geht, wendet man sich immer an mich. Ich konnte die Bisswunden auch ziemlich eindeutig zuordnen.«

»Eine Breitflügelfledermaus«, sagte Hanna. Theo hatte sie gut vorbereitet.

»Ganz recht. Diese Spezies ist allerdings ein reiner Insektenfresser. Die fallen keine Menschen an – auch nicht, wenn sie an Tollwut erkranken.«

Er erhob sich und trat ans Fenster, wo er sich an einem der schweren Samtvorhänge zu schaffen machte. Als er sich wieder umdrehte, zuckte Hanna überrascht zusammen. An der Hand des Fledermausforschers hing ein mittelbraunes, pelziges Wesen wie eine überreife Frucht. »Sehen Sie, hier haben wir ein solches Exemplar.«

Fasziniert beobachtete Hanna, wie Leben in das kleine Geschöpf kam. Eine Schnauze und zwei Knopfaugen erschienen hinter den schwarzen, latexartigen Flügeln, in die das Tierchen sich komplett eingehüllt hatte. Neugierig beäugte es Hanna.

»Das ist Karlsson. Nach dem Roman von Astrid Lindgren.«

Hanna nickte. »Karlsson vom Dach.«

Er lachte. »Das fand ich passend. Ich bin dabei, den kleinen Kerl mit dem Fläschchen aufzuziehen. Er ist absolut zahm und garantiert tollwutfrei. Hier, wollen Sie auch mal halten?«

»Huch«, machte Hanna, als die kleine Fledermaus sich mit den Klauen, die am Ende der Flügel saßen, an ihrer dünnen Strickjacke hinaufhangelte. Auf ihrer Schulter ließ Karlsson sich nieder.

»Sehen Sie, er mag Sie.« Lächelnd nahm er ihr den Burschen wieder ab und verfrachtete ihn an seinen Platz in den Falten des

Vorhangs. »Insgesamt gibt es in Deutschland dreiundzwanzig Fledermausarten«, begann er zu dozieren. »Die Kleinste von ihnen ist die Zwergfledermaus.« Zwischen Zeigfinger und Daumen deutete er eine winzige Spanne an. »Die ist so winzig, die passt problemlos in eine Streichholzschachtel. Erst vor Kurzem hat man herausgefunden, dass es eine Unterart gibt, die sogar noch kleiner ist. Mückenfledermaus hat man die getauft.« Er räusperte sich und nahm einen Schluck Wasser. »Die größte heimische Art ist das große Mausohr, die Tiere haben eine Flügelspannweite von rund vierzig Zentimetern. Sie leben bevorzugt in Kirchen. Aber bei mir fühlen die sich auch ganz wohl.«

»In den Kästen, die bei Ihnen an der Hauswand hängen?«

»Da auch, aber vor allem auf meinem Dachboden haben sie es sich gemütlich gemacht. Soll ich es Ihnen mal zeigen?«

Sie stieg, dem Professor folgend, die schmale Stiege ins Obergeschoss hinauf. Die verblassten Tapeten mit den Jugendstilornamenten schienen noch aus der Bauzeit des Hauses vor geschätzten hundert Jahren zu stammen. Der Aufstieg endete in einer Mansarde, in der früher vermutlich die Dienstmädchen untergebracht gewesen waren. Der Professor griff nach einem Stock mit Haken, der an einen alten Wäscheschrank gelehnt war. Mit routinierten Bewegungen stieß er erst die Klappe zum Dachboden auf und zog dann mithilfe des Hakens eine Ausziehleiter herunter.

»Gehen Sie nur«, sagte er und nickte Hanna aufmunternd zu. Vorsichtig und etwas beklommen kletterte sie die Leiter hinauf und steckte den Kopf durch die Luke. Das Erste, was ihr entgegenschlug, war ein ungeheurer Gestank.

»Igitt«, sagte sie und hielt sich die Nase zu.

Der Professor kicherte unten vergnügt in sich hinein. »Ich vergesse immer wieder, dass andere Menschen nicht an das Aroma gewöhnt sind.«

Hanna bemühte sich, nicht durch die Nase zu atmen, und sah sich um. Nach und nach gewöhnten sich ihre Augen an das Dämmerlicht. Der gesamte Dachstuhl war über und über mit Fledermäusen behängt. »Das müssen ja Hunderte sein!«

»Und das hier ist noch eine kleinere Population.«

Fasziniert starrte Hanna auf den atmenden, sich leise bewegenden Deckenbehang. Dann kletterte sie wieder hinunter.

»Toller Anblick, oder?« Der Professor war augenscheinlich stolz auf seine Untermieter.

»Wirklich eindrucksvoll.«

»Das sind alles Weibchen mit ihren Jungen. Die kommen im Frühsommer zur Welt und da wissen die Damen einen Unterschlupf wie diesen zu schätzen.«

Wieder im Wohnzimmer angekommen, trank Hanna rasch ein paar Schlucke Wasser. Sie hatte den Eindruck, dass der Gestank der Fledermäuse noch immer in ihren Riechzellen festhing.

»Ich würde jetzt aber noch gern Ihre Theorie zu den Fledermausbissen hören«, sagte sie dann.

Professor Rosenthal runzelte die Stirn. »Wirklich erklären kann ich mir das nicht. Sehen Sie, bislang ist kein einziger Fall bekannt geworden, in dem eine Fledermaus in Deutschland einen Menschen angegriffen hätte. Allerdings gab es irgendwann in den Neunzehnhundertneunzigern mal einen Fall einer Tollwutübertragung von einem Fledertier auf einen Menschen.«

Hanna beugte sich gespannt vor.

Der Professor winkte ab. »Aber der war ganz anders gelagert. Damals hatte eine Frau eine sterbende Fledermaus gefunden, die an Tollwut erkrankt war. In der Annahme, das Tier hätte sich verletzt, hat sie es aufgehoben – und da hat es natürlich zugebissen. Da die Dame aber anschließend gleich eine Tollwutimmunisierung bekommen hat, ist nichts Dramatisches geschehen. Aber dass ein krankes Tier jemanden anpeilt und dann, zack, in den Hals beißt – nein, das ist völlig ausgeschlossen.«

»Und doch haben wir zwei tote Tollwutinfizierte mit Fledermausbissen am Hals ...«

Er sah sie ernst an: »Wenn Sie meine ehrliche Meinung hören wollen: Da steckt ein Mensch dahinter.«

»Dann bestätigt er also unsere Theorie«, sagte Theo zufrieden, als er sich zwei Stunden später Hannas Bericht anhörte.

Sie nickte und zog ein Päckchen Zigaretten hervor, betrachtete es und steckte es wieder weg. Theo würde ohnehin gleich gehen, so lange konnte die Zigarette noch warten. »Langsam glaube ich wirklich, wir sind da einer mysteriösen Sache auf der Spur.«

»Klar, und darum muss ich jetzt auch los.« Er warf noch einen prüfenden Blick in den Spiegel und strich sein vom Duschen noch feuchtes Haar zurück. Wie immer nachdem er einen Toten für die Bestattung fertig gemacht hatte, sprang er unter die Dusche, so wie früher nach einer Operation. Heute war es eine vierzigjährige Frau gewesen. Sie für die morgige Begegnung mit ihren Angehörigen zurechtzumachen, war ihm nicht leichtgefallen. Die zweifache Mutter war an Bauchspeicheldrüsenkrebs gestorben. Wie Nadeshda.

»Na, dann mal viel Spaß auf deinem lang ersehnten Klassentreffen.«

»Es wird bestimmt ganz nett.« Es war ein lahmer Versuch, sich selbst zu überzeugen.

»Aber bestimmt.« Hanna grinste breit.

KAPITEL 10

Der Ort für das Klassentreffen war gut gewählt. Einer der neuralgischen Punkte von Hamburg mit Nachtbussen in alle Richtungen der Stadt: die Reeperbahn, seit über hundert Jahren eine Amüsiermeile für Menschen jeden Alters. Theo erinnerte sich noch, wie über dem Operettenhaus, das sich zu Beginn der Straße am Spielbudenplatz befand, viele Jahre die gelben Katzenaugen des Musicals »Cats« in die Nacht geglüht hatten. Inzwischen wurde dort ein wechselndes buntes Programm geboten. Ein Stück weiter im Schmidt Theater oder noch ein paar hundert Meter weiter in Schmidts Tivoli stieß man auf gehobenes Publikum, das sich an Komödien und satirischen Late-Night-Shows erfreute. Der Mojoclub, in dem sich Theo früher die Nächte um die Ohren geschlagen und die neuesten Musiktrends gehört hatte, war allerdings inzwischen an den Pferdemarkt umgezogen. Im plüschigen Café Keese schräg gegenüber hatten schon seine Großeltern die an den Tischen installierten Telefone genutzt, um sich mit einem Unbekannten zu einem Tänzchen zusammenzufinden. Dazwischen lagen Sexshops und ein Supermarkt, der rund um die Uhr geöffnet war, wo sich Jugendliche mit Mixgetränken und Bier eindeckten.

Die Prostituierten, die vor dem McDonald's an der Ecke zur Davidswache standen, versuchten Theo auf sich aufmerksam zu machen. Sie trugen hochhackige Overkneestiefel aus weißem Lackleder zu Hotpants aus demselben Material.

Das Klassentreffen sollte um 19 Uhr beginnen, bis um 22 Uhr würde die Lounge, die zum Tivoli-Theater gehörte, für sie exklusiv reserviert sein. Anschließend sollten auch andere Gäste hineindürfen – ein für beide Seiten guter Deal: So war die Bar in den besucherarmen frühen Abendstunden gut gefüllt und sie mussten weder einen Mietpreis noch einen Mindestkonsum garantieren, wie Pia, die den Abend organisiert hatte, in der Einladung geschrieben hatte.

Wider Erwarten schwand sein Unbehagen, als er die Treppe in den ersten Stock erklomm, und machte einer unverhohlenen Neugierde Platz. Den größten Teil seiner Schulkameraden hatte er nach dem Abitur aus den Augen verloren. Ein paar waren wegen ihres Studiums oder eines guten Jobangebots weggezogen und von denen, die in Hamburg geblieben waren, wohnten die wenigsten noch in Wilhelmsburg.

Oben begrüßte ihn ein bereits leicht angeschickertes Grüppchen von etwa einem Dutzend Männer und Frauen mit großem Hallo. »Theo Matthies«, quietschte eine kleine Schwarzhaarige, deren Namen ihm spontan nicht mehr einfallen wollte.

»Mensch Theo, alter Schwede, du hast dich besser gehalten als ich«, sagte Klaus, mit dem er früher Badminton gespielt und gegen den er häufig verloren hatte. Klaus lachte dröhnend.

Theo erkannte ihn sogleich wieder, obwohl er sein Gewicht verdoppelt, dafür aber seinen Schopf halbiert hatte. Theo klopfte ihm auf die Schulter, lächelte und begann sich zu entspannen, als die nächsten Neuankömmlinge mit ebenso großem Hallo begrüßt wurden wie er. Schnell füllte sich der Raum. Theo sicherte sich einen strategisch günstigen Platz am Tresen.

Am Abend zuvor waren Lars und er noch die Liste mit den Eingeladenen durchgegangen und hatten überlegt, wer von den einstigen Mitschülern am meisten unter dem boshaften Trio zu leiden gehabt hatte. Diese Kandidaten wollten sie sich besonders vorknöpfen. Insgesamt hatten sie fünf Namen auf der Liste, drei Mädchen und zwei Jungen.

»Also, ich würde nicht auftauchen, wenn ich in der Schule so zu leiden gehabt hätte«, hatte Theo zu bedenken gegeben.

»Und die, die sich trotzdem blicken lassen, stehen vermutlich inzwischen so weit über den Dingen, dass sie es nicht nötig haben, jemanden zu ermorden.«

»Das heißt, wer nicht auftaucht, ist besonders verdächtig?«

»Nee, so nun auch wieder nicht. Wir halten einfach Augen und Ohren auf. Vielleicht sehen oder hören wir dann was.«

»Und wenn einer Nathalie mit Blicken durchbohrt, wissen wir, woran wir sind«, hatte Lars gescherzt.

»Nathalie? Meinst du, dass sie sich zu so einer Veranstaltung herablässt?«

»Klar. Für Politiker macht sich die Nähe zum einfachen Bürger immer gut.«

Lars sollte recht behalten, erkannte Theo in diesem Moment. Nathalie schritt in den Raum. In einem leichten Leinenkleid von schlichter und zweifellos teurer Eleganz sah sie wirklich klasse aus. Sie begrüßte Pia, die Organisatorin des Abends, die es inzwischen als Fotografin zu bescheidenem Erfolg gebracht hatte, mit Küsschen und winkte den Übrigen zu. Sogleich überboten Michael, genannt Mike, und Jens sich, ihr ein Getränk zu organisieren. Wie in alten Tagen, dachte Theo.

Er bestellte sich noch ein Bier und ließ den Blick über die wachsende Menge schweifen. Die meisten konnte er noch zuordnen – nur der Name der kleinen Schwarzhaarigen wollte ihm partout nicht einfallen. Die Mehrzahl hatte sich gut gehalten, fand er. Bis auf Klaus und noch den einen oder anderen der Männer, die feist und kahl geworden waren. Und dann war da noch Axel, der wirklich schlecht aussah. Fahle Haut, sprödes Haar. Irgendwas Gravierendes, dachte Theos Medizinerhirn. Irgendeine Krebserkrankung vielleicht.

Schließlich entdeckte er Sylvia, die an einer Wand im Dunkeln lehnte und das Geschehen beobachtete. Vielmehr fixierte sie Nathalie mit schmalen Augen. Er griff nach seiner Flasche und ging zu ihr hinüber. Sylvia stand relativ weit oben auf der Liste der Verdächtigen.

»Hi«, sagte er, »schön, dich wiederzusehen.«

Sylvia löste kurz den Blick von Nathalie, die inzwischen Mittelpunkt eines Grüppchens von Bewunderern war. »Ich kann mich gar nicht erinnern, dass wir früher dicke Freunde gewesen wären«, sagte sie kühl.

Das stimmte. Verlegen nahm Theo einen Schluck aus seiner Flasche. Sylvia Kuhn war eine von den Schlauen gewesen. Intelligenzmäßig hatte sie Nathalie locker das Wasser reichen können. Aber besonders hübsch war sie nie gewesen. Mit ihrem dünnen mausbraunen Haar und den etwas vorstehenden Schneidezähnen hatte sie Theo immer an ein Nagetier erinnert. Und sie war völlig humorfrei, erinnerte er sich. Das hatte Nathalies Gang weidlich ausgenutzt. Zumindest die Zähne hatte sie sich inzwischen offensichtlich richten lassen.

»Und, was treibst du jetzt so?«, fragte er unbeholfen.

»Das willst du nicht wirklich wissen.«

Langsam wurde er ärgerlich. »Warum sonst sollte ich fragen?«

Sie zuckte die Schultern. »Physik. Ich bin bei DESY.«

Theo hörte den Stolz, der in ihrer Stimme mitschwang. Tatsächlich war er beeindruckt. Das Forschungszentrum im Westen Hamburgs gehörte zu den weltweit führenden für Teilchenphysik. Insbesondere hatte man sich auf den Bau von Beschleunigern spezialisiert, soviel wusste er.

Sylvia hatte ihren Radarblick wieder auf Nathalie gerichtet. »Widerwärtig.« In dem leise gesprochenen Wort lag so viel Abscheu, dass Theo erschrak.

»Na dann«, sagte er, »gehe ich mal. War nett, mit dir zu plaudern.«

»Theo, du brauchst dir nicht so viel Mühe zu geben. Falsche Höflichkeit ist eine völlig überschätzte soziale Eigenart.«

Alles klar, dachte Theo und wandte sich ab. Er spürte, wie sie seinen Arm packte.

»Jetzt ist nicht die richtige Zeit und hier ist nicht der richtige Ort«, flüsterte sie ihm ins Ohr.

Perplex starrte er sie an. »Wofür?«

Sie lächelte ihm verschwörerisch zu. »Ich sehe, du hast verstanden«, sagte sie anerkennend und nahm ihre Hand weg. »Wir dürfen uns nichts anmerken lassen.«

Theo betrachtete sie. Er hatte keine Ahnung, was sie von ihm wollte. Betrunken wirkte sie jedenfalls nicht, aber das konnte auch täuschen.

Er hob stumm seine Bierflasche zum Gruß und ging zum anderen Ende des Raums. Sylvias Blicke brannten sich in seinen Nacken. Er erkannte einen schmächtigen Mann, der deutlich älter aussah als die übrigen. Jonas Brenner. Er stand ganz oben auf ihrer Liste. Jonas hatte in der zehnten Klasse versucht, sich das Leben zu nehmen. Der sieht mir nicht so aus, als ob er sich von der Geschichte damals wirklich erholt hat, dachte Theo.

Er hatte den Anblick des schmächtigen Kerlchens nie vergessen, das auf dem Dach der Schule hockte. Seine dürren Beine ragten über den Abgrund. Selbst von unten gesehen, wirkte sein Gesicht verkniffen und weiß. Wie alle anderen hatte Theo gebannt nach oben gestarrt. Er hatte kaum zu atmen gewagt. Neben ihm johlten Reinhold und Sebastian. »Los, spring schon, du Feigling«, hatte Reinhold gerufen.

»Nie im Leben!«, brüllte Sebastian. »Das traut der sich nie!«

Ohne weiter darüber nachzudenken, hatte Theo Sebastian mit der Faust direkt ins Gesicht geboxt, sodass dieser zu Boden gegangen war. Das hätte ich schon viel früher machen sollen, dachte Theo heute. Aber es hatte nichts mehr geholfen. Hinter Jonas tauchte die Silhouette eines bärtigen Hünen auf. Die langen, schon leicht ausgedünnten Locken wehten im Wind. Der Sportlehrer hatte die Hände gehoben und redete beruhigend auf den Jungen an der Dachkante ein. Es schien Theo nicht so, als würde Jonas ihn überhaupt wahrnehmen. Der Junge lehnte sich fast unmerklich ein winziges Stück nach vorn. Und dann noch eines. Wie in Zeitlupe. Der Schwerpunkt kippte und Jonas stürzte mit ausgebreiteten Armen wie ein Turmspringer in Richtung Boden. Irrationalerweise hatte Theo gehofft, er würde einfach einen Segelflug hinlegen. Auf etwa der Hälfte der Fallhöhe fing der Stürzende an, verzweifelt mit Armen und Beinen zu rudern. Dann kam der Aufprall, ein dumpfes Geräusch, das Theo sein Leben lang nicht vergessen sollte.

Er schrak leicht zusammen, als die kleine Schwarzhaarige sich neben ihn auf den Barhocker schwang.

»Na, Theo, ganz allein an der Bar? Komm ich geb dir einen aus.«

Er schwenkte seine noch fast volle Bierflasche. »Danke, aber ich hab noch.«

Sie legte den Kopf schief und sah ihn listig an. »Du hast keinen Schimmer, wer ich bin.«

Theo kapitulierte. »Darin war ich schon immer ganz schlecht. Im Gesichtermerken, meine ich.«

Sie pustete eine Haarsträhne aus der Stirn. »Im Grunde ein Kompliment. Ich hab mich seit damals ganz schön verändert. Haare ab, Brille weg, Zahnspange weg, Pickel weg.«

Theo dämmerte es. »Steffi ...«

»Volltreffer.« Sie lachte. »Ist das nicht ein bisschen peinlich, wenn man als Arzt dauernd die Gesichter seiner Patienten vergisst? Ich meine, du wolltest doch Medizin studieren.«

»Hab ich auch.«

»Und, schon die Frau fürs Leben gefunden?«

»Ich bin nicht ganz sicher.« Er dachte an Nadeshda. Dann an Hanna. Dann wieder an Nadeshda. »Sie ist gestorben, bevor wir es herausfinden konnten.« Jetzt kommt's, dachte er.

Steffi schlug ihre zierliche Hand vor den Mund. »Mensch, da bin ich wohl wieder mal ins Fettnäpfchen getreten.« Sie blickte zerknirscht. »Immer noch meine Spezialität, daran hat sich nichts geändert.«

Theo lachte schief. »Nimm's nicht so tragisch. Ist nicht so leicht heutzutage, das mit dem Tod und mit dem Sterben. Glaub mir, ich weiß, wovon ich spreche.«

Sie nickte zerknirscht.

»Ich bin inzwischen nämlich Bestatter.«

»Nee, im Ernst?« Sie lachte und hielt sich wieder die Hand vor den Mund.

Dabei ist die Spange doch längst weg, dachte er.

»Ich geh mal für kleine Mädchen«, sagte sie und kletterte vom Barhocker, der für Menschen ihrer Größe nicht gemacht worden war. Theo ergriff die Chance und schlenderte zu Jonas hinüber.

»Na, Alter«, sagte er. »Lange nicht gesehen.« Was für ein Blödsinn man auf solchen Veranstaltungen von sich gibt, schoss es ihm durch den Kopf. Er wusste noch genau, wann und wo er Jonas zuletzt gesehen hatte: in dem Gebüsch liegend, das die Schulgebäude wie ein struppiger Miniaturурwald umgab. Er war vollkommen überzeugt gewesen, dass Jonas tot war. Blut war aus seiner Nase gesickert, wie im Film. Doch die struppigen Pflanzen hatten den Sturz gedämpft und ihm das Leben gerettet. Anschließend war er nie mehr an die Schule zurückgekehrt.

Der Angesprochene zuckte zusammen. Nervös fingerte er an seiner Brille. »Theo, oder? Theo Matthies?« Dann flatterte sein Blick zurück zu Nathalie, die er wie gebannt angestarrt hatte. Eher nicht wie die Schlange das Kaninchen, dachte Theo, sondern wie das Kaninchen die Schlange.

»Dass die sich hertraut«, sagte Theo mit einer Kopfbewegung zu Nathalie.

»Viel erstaunlicher, dass ich mich hierhertraue.« Ein Funken von Humor blitzte hinter Jonas' Brillengläsern auf und Theo dachte kurz: Den haben sie doch nicht vollkommen fertiggemacht.

»Wo sind ihre beiden Kumpane«, raunte Jonas, »du weißt schon …«

»Sebastian und Reinhold? Die hab ich kürzlich unter die Erde gebracht.«

»Wie?« Jonas sah alarmiert aus.

»Ich bin inzwischen Bestatter«, erklärte Theo, »wie mein Vater. Und die beiden sind mausetot.«

»Na so was.« Jonas wirkte geradezu geknickt. »Weißt du, meine Therapeutin hat mir empfohlen, mich heute gewissermaßen den Schreckgespenstern der Vergangenheit zu stellen.«

Theo nickte. Eine Art Konfrontationstherapie.

»Hat mich viel gekostet, hier aufzutauchen. Und nun sind sie also tot.«

»Jipp«, machte Theo. »Aber die Schneekönigin da drüben ist immer noch höchst lebendig.«

»Mit der wollte ich eigentlich nicht gleich loslegen …«

»Wird dir nichts anderes übrig bleiben.« Theo beobachtete besorgt, wie Nathalie sich aus dem Kreis ihrer Bewunderer löste und auf sie zusteuerte. Neben ihm erklang ein zischender Pfeiflaut. Er erinnerte sich, dass Jonas unter Asthma litt.

»Hallo ihr zwei.« Nathalie knipste ihren Charme an. »Jonas, wie schön, dich wiederzusehen.« Sie strahlte ihn geradezu an und streckte die Hand aus. Jonas griff nach seinem Glas Cola. Stärkeres vertrug er nicht. Er nahm einen großen Schluck. Dann spuckte er ihn Nathalie direkt ins Gesicht. Braune Rinnsale bahnten sich den Weg durch ihr perfektes Make-up, ihr helles Leinenkleid war von nassen Flecken gesprenkelt, die sich immer weiter ins Gewebe fraßen.

»Du glaubst doch nicht im Ernst, dass ich dir Miststück noch mal die Hand gebe«, sagte Jonas so laut, dass es jeder im Raum hörte. Dann ergriff er die Flucht.

Trotzdem, dachte Theo, Konfrontationstherapie – voller Erfolg.

Draußen auf der Straße lehnte sich Jonas an die Wand des Gebäudes und brach in schallendes Gelächter aus. Die Passanten warfen ihm scheele Blicke zu und machten einen weiten Bogen um ihn. Es war das erste Mal, nachdem er vom Dach gesprungen war, dass er sich aufrichtig freute, überlebt zu haben.

Drinnen brach nach einem Moment der Schockstarre erst Gekicher und dann Gelächter aus. Nathalie schnappte sich ihre Handtasche sowie ihren Leinenblazer und verließ hocherhobenen Hauptes das Klassentreffen.

Theo sah Lars am anderen Ende des Raumes mit Verena stehen. Verena Bach war ebenso wie Jonas eines von Nathalies bevorzugten Opfern gewesen. Er stellte fest, dass sie sich gemausert hatte. Sie war ein bisschen molliger als vor siebzehn Jahren, aber ihre geduckte Körperhaltung hatte sich gestrafft. Sie lachte und schien sogar mit Lars zu flirten. Früher hatte sie sich kaum getraut, jemandem in die Augen zu schauen. Verenas Unglück bestand damals darin, übermäßig zu schwitzen. In der Pubertät hatte es angefangen. Sie war schon mit großen Schweißflecken unter den Armen in der Schule erschienen. Alle wussten, dass sie immer mehrere identische T-Shirts im Rucksack herumgeschleppt hatte, die sie im Laufe des Tages wechselte. Viel hatte es nicht gebracht. Reinhold und Sebastian hatten immer laute Schnüffelgeräusche von sich gegeben, wenn sie in ihrer Nähe auftauchte oder im Unterricht befragt wurde. Oft hatten sie es geschafft, dass sie in Schweiß und Tränen aufgelöst aus dem Klassenzimmer gerannt war.

»Und?«, fragte Theo, als Verena sich einem anderen Klassenkameraden zugewandt hatte.

»Eher nicht.« Lars bestellte noch eine Apfelsaftschorle beim Barkeeper. Er trank niemals Alkohol. »Ich glaube nicht, dass sie noch besonders verbittert ist. Sie hat mir Fotos von ihren Zwillingen und ihrem Mann gezeigt. Das Schwitzen hält sie mit Botoxinjektionen in Schach.«

»Klingt nicht nach einer Killerin. Aber schau dir mal Sylvia genauer an.« Mit Unbehagen bemerkte Theo, dass sie ihn quer durch den Raum fixierte.

Lars salutierte dezent. »Wird gemacht, mon Capitaine.«

Gegen elf löste sich die Runde langsam auf. Zu Hause warteten auf die meisten von ihnen Ehepartner und kleine Kinder, die am frühen Morgen ihr Recht auf Aufmerksamkeit einfordern würden. Man verabschiedete sich mit dem in diesem Augenblick noch ernst gemeinten Versprechen, einander unbedingt bald wiedersehen zu wollen – Absichtsbekundungen, von denen jeder von ihnen schon jetzt wusste, dass sie sich bald im Alltagstrott auflösen würden.

»Na Alter, noch Lust auf einen kleinen Spaziergang?«, fragte Lars. »Komm schon, wie in alten Zeiten.«

Theo erinnerte sich mit Wehmut an die vielen Male, als sie gemeinsam nach einer durchtanzten Nacht an der Reeperbahn zu Fuß nach Hause gegangen waren. Der kürzeste Weg führte durch den alten Elbtunnel und dann durch den Freihafen. Mit ihren langen Beinen brauchten sie dafür nur etwa anderthalb Stunden. Theo zögerte.

»Dann lass uns wenigstens bis zu den Landungsbrücken gehen und da die S-Bahn nehmen.«

Er nickte. »Dann man los.«

Der Weg zu den Landungsbrücken war nicht weit. Von der erhöhten Position oberhalb der Hafenstraße bot sich ihnen ein grandioser Blick. Linkerhand lag die Rickmer Rickmers fest vertäut an der Mole. Seit den Achtzigerjahren diente der Dreimaster nun schon als Museumsschiff. Bei der dramatischen nächtlichen Beleuchtung konnte Theo sich gut vorstellen, wie er einst durch die Weltmeere gepflügt war. Zu ihren Füßen reckte sich der Turm der Landungsbrücken. Seine leuchtenden

Zifferblätter zeigten ihm, dass es bald Mitternacht war. Unmittelbar daneben wölbte sich die grüne Kuppel des Elbtunnels – ein architektonisches Ensemble, das entfernt an eine Kirche denken ließ. Im Freihafen, auf der anderen Seite der breiten Wasserstraße, herrschte noch immer Betrieb. Liegezeiten im Hamburger Hafen waren teuer, sodass auch nachts gearbeitet wurde. Die Zeiten, in denen die Seeleute sich tagelang am Hafen verlustieren konnten, bis die Ladung gelöscht war, waren lange vorbei. Aus einem Auto, das unter ihnen mit geöffneten Fenstern die Hafenstraße entlangfuhr, stieg Musik zu ihnen empor. »Verdamp lang her« von BAP. In der Tat, dachte Theo.

Sie ließen sich auf einer Bank nieder. Lars zog eine Pfeife hervor, stopfte sie bedächtig und zündete sie an. Der süße Duft des Tabaks hüllte Theo ein. Wie immer erinnerte er ihn an seinen Großvater. So saßen sie eine Weile und genossen schweigend die Aussicht.

»Weißt du, was mich wirklich wurmt?«, sagte Theo schließlich.

»Nathalie«, mutmaßte Lars.

Theo nickte. »Das macht mich wirklich wahnsinnig, dass solche Leute es so weit bringen. Ich meine, die Frau hat doch keinen Funken Anstand, aber wenn die so weitermacht, ist sie wahrscheinlich irgendwann Bundeskanzlerin.«

Lars hauchte etwas Rauch in den Nachthimmel und sah ihm nach, bis er sich auflöste. »Glaub ich nicht. Heute hat sie jedenfalls schon einen kleinen Dämpfer verpasst bekommen.«

Theo lachte bei der Erinnerung an Jonas' sprühende Aktion. »Und? Kannst du dir irgendeinen unserer ehemaligen Mitschüler als eiskalten Killer vorstellen?«

»Finde ich schwierig.« Er paffte ein paar Züge. »Eigentlich haben die meisten gewirkt, als hätten sie ihr Leben ganz gut im Griff. Und wer einigermaßen im Reinen mit sich ist, braucht vermutlich auch niemanden umzubringen.«

»Was ist mit Sylvia?«

»Sylvia. Die ist zugegebenermaßen ein sehr spezieller Fall. Aus der werde ich wirklich nicht schlau.«

Wenn Lars das schon sagt, will das was heißen, dachte Theo.

KAPITEL 11

»Lars fand Sylvia jedenfalls auch ein bisschen unheimlich«, sagte er am nächsten Morgen zu Hanna. Sie hatte ihn unbarmherzig um 8 Uhr aus dem Bett geklingelt.

Spätestens um neun musste sie aus dem Haus zu einer Pressekonferenz am Robert Koch-Institut, dem obersten Seuchenwärter der Nation. Es ging um die Risiken neuer Grippepandemien – ein Dauerbrennerthema.

»Das heißt, von euren fünf Verdächtigen konntet ihr immerhin drei unter die Lupe nehmen.«

»Genau.« Theo wankte, den Hörer ans Ohr gepresst, die Treppe hinunter und dann in Richtung Küchenzeile. Es war gestern spät geworden und nun schrie sein Körper nach Koffein.

»Und eine geeignete Kandidatin habt ihr also auch schon.«

»Auf mich hat sie einen hasszerfressenen Eindruck gemacht. Und sie ist sehr clever. Arbeitet bei DESY.«

»Und privat?«

»Nada. Lars konnte ihr etwas mehr entlocken als ich. Auf den war sie ein bisschen besser zu sprechen.«

Hanna lachte. Sie ahnte, dass das Theo in seiner Eitelkeit kränkte.

Theo klemmte den Hörer zwischen Ohr und Schulter und füllte den Kaffeefilter mit Espressopulver.

»Kein Mann, keine Kinder, keinen Geliebten.« Die Kaffeemaschine röchelte. Ungeduldig wartete Theo darauf, dass sich genug Druck aufbaute. »Sie scheint nur für ihre Arbeit zu existieren.«

Hanna dachte daran, dass diese Beschreibung auch sehr gut auf sie selbst zutreffen könnte. Zumindest phasenweise. »Na ja, das heißt noch lange nicht, dass sie eine Mörderin ist«, gab sie zu bedenken.

»Stimmt. Als Nächstes schauen wir mal, was aus den beiden geworden ist, die gestern nicht aufgetaucht sind.«

Die Pressekonferenz im Robert Koch-Institut, kurz RKI genannt, war enorm gut besucht. Hanna quetschte sich noch als eine der Letzten in den überfüllten Raum.

Am Ende gelang es ihr, die Pressesprecherin des RKI zu erwischen, die sie inzwischen sehr gut kannte. Sie wirkte gestresst – Hanna wusste, dass bei ihr täglich die Telefone heiß liefen. »Ich hätte da noch eine ganz andere Frage«, sagte sie. »Wenn ich mir Tollwutviren organisieren wollte, wo würde ich welche finden?«

Die Pressesprecherin warf ihr einen langen Blick zu. »Nirgends. Derart gefährliche Viren werden sicher unter Verschluss gehalten. Da kommt man nicht so einfach ran.«

»Ich weiß«, sagte Hanna. »Aber wo werden die gelagert, ich meine hier in Hamburg beispielsweise – immerhin wird doch daran geforscht, nehme ich an.«

»Nicht bei uns.« Sie warf Hanna einen durchdringenden Blick zu. »Hören Sie, Frau Winter, wenn ich nicht ganz genau wüsste, dass Sie keine Sensationsjournalistin sind, würde ich Ihnen jetzt kein Wort mehr sagen.«

Hanna nickte. Natürlich hatte die Frau gleich durchschaut, worauf Hanna hinauswollte. Tollwutfälle unterlagen der Meldepflicht und wurden beim RKI registriert.

»Tropeninstitut«, sagte die Pressesprecherin dann müde. »Ich bin ziemlich sicher, dass die ein paar Einheiten horten.«

Ein junger Mann hielt ihr das blaue Mikrofon des NDR unter die Nase. Der Präsident des RKI hatte sich bereits aus dem Raum gerettet, nun konzentrierte sich die Jagd nach O-Tönen auf die Pressesprecherin. Sie hob beschwichtigend die Hände.

Hanna zog sich zurück. Sie hatte ein etwas schlechtes Gewissen, die Frau aufgehalten zu haben, sodass sie nun die Meute ihrer Kollegen auf dem Hals hatte.

Sie schulterte ihre große Tasche. »Na dann: auf zum Tropeninstitut.« Aber vorher musste sie noch ihren Grippe-Artikel schreiben.

Der Schatten saß vor seinem großen Monitor. Ein leises Pling hatte ihn darauf aufmerksam gemacht, dass Nathalie Stüven ihren Laptop gestartet hatte. Mit ein paar Mausklicks holte er sich ihren Kalender auf den Bildschirm. Der Tagesablauf der Senatorin war minutiös durchgetaktet. Das machte die Aufgabe, sie zu verfolgen, leichter. An sie heranzukommen würde aber schwieriger sein als bei den Männern.

Der Schatten ließ den Blick über den vollgestopften Terminkalender gleiten. Übermorgen war die Senatorin auf einer Premierenfeier in der Staatsoper. Zwischen den Pausen und im Anschluss an die Vorstellung würde großes Gedränge herrschen. Vielleicht war das die Chance, auf die er gewartet hatte.

Theo wühlte in seiner ledernen Umhängetasche nach den Adresslisten vom gestrigen Abend. Richtig, da stand auch Pias Mobilnummer.

»Pia Reese.«

»Moin, Pia. Und, alles gut überstanden?«

»Ja.« Sie lachte. »War doch super.«

»Insbesondere der Auftritt von Nathalie.«

Pia hustete heftig. Offenbar hatte sie sich verschluckt. »Ja, das war ziemlich einzigartig«, röchelte sie.

Theo ließ sie wieder zu Atem kommen. »Es waren ja leider nicht alle da.«

»Nö, ist doch normal.«

»Sanna Sörgel zum Beispiel.«

»Du, bei der war nichts zu machen. Ich hab in allen Netzwerken nach ihr gesucht und im Hamburger Telefonbuch ist sie auch nicht. Vermutlich verheiratet.«

»Und ihre Eltern?«

»Die sind auch weggezogen.«

»Schade. Und Benno?«

»Benno Konradi? Stimmt. Ich hab versucht, ihn zu überreden, aber er wollte einfach nicht. Hatte wohl keine Lust, unsere Nasen wiederzusehen, vor allem bestimmte von uns.« Sie hustete noch einmal. »Kann man ihm auch nicht verdenken.«

»Weißt du zufällig, was er inzwischen macht?«

»Der arbeitet in der Gärtnerei.«

»Die von seinem Vater?«

»Ganz genau.«

Die Gärtnerei Konradi war die größte in Wilhelmsburg. Die Familie besaß umfangreiche Gewächshäuser direkt hinterm Deich, in denen Allerlei herangezogen wurde – von der Geranie für den Balkonkasten bis zum Obstbaum. Außerdem vermieteten sie elegante Kübelpflanzen wie Buchsbaum oder Olivenbäumchen zu feierlichen Anlässen – Hochzeiten etwa, aber auch für Begräbnisse. Auch Theo hatte häufig auf dieses Angebot zurückgegriffen. Er wunderte sich, dass er Benno niemals dort angetroffen hatte. Aber vielleicht war er ganz einfach nicht der Typ für den Verkauf.

Er blickte aus dem Fenster seiner zum Wohnraum hin offenen Küche in den Garten. Einen Obstbaum könnte er sich eigentlich zulegen. Der Pflaumenbaum und die Quitte, deren Früchte seine Mutter vor vielen Jahren gepflückt und verarbeitet hatte, waren schon etwas altersschwach und gaben nicht mehr viel her. Ein Kirschbaum, dachte Theo. Rosa Blüten im Frühjahr, das wäre doch schön. In Japan feierten sie sogar ein Kirschblütenfest, mit Picknick im Blütenschnee. Wie hieß das noch gleich?

Hanami, hörte er Nadeshda sagen.

Er warf einen Blick über seine Schulter, aber da war niemand.

Theo sah auf seine Uhr. Er musste erst um 14 Uhr im Krematorium in Stade sein, wo die alte Frau Menck verbrannt werden sollte. Anders als die anderen großen Krematorien in Hamburg war man dort darauf ausgerichtet, dass die Angehörigen ihre verstorbenen Lieben auch auf diesem Weg begleiten konnten. Theo fand das wichtig. Sonst klaffte zwischen der Trauerfeier und der Aushändigung der Urne ein schwarzes Loch. Zu realisieren, dass der Mensch, dem man nahegestanden hatte, tatsächlich in einem Blechbehälter steckte, war für das menschliche Gemüt schwer nachvollziehbar und erschwerte die Trauerarbeit.

Lola Mencks Freundinnen, die auch das Begräbnis ausrichteten, wollten an der Verbrennung teilnehmen. Doch bis es so weit war, hatte Theo noch genügend Zeit.

Die Gärtnerei Konradi lag nicht weit entfernt und das Wetter war schön, sodass Theo den Citroën stehen ließ und sich sein Rennrad schnappte. Er brauchte keine Viertelstunde von Tür zu Tür.

Bei dem schönen Wetter hatten die Leute sichtbar Lust auf Gartenarbeit – es herrschte Hochbetrieb.

Er musste ein paar Minuten warten, bis ihn eine Frau mittleren Alters zu sich winkte. Sie trug eine grüne Schürze und violette Gummiclogs an den Füßen. Im Krankenhaus war auch fast jeder mit den Dingern herumgeschlappt. Nur Theo hatte sich verweigert. Er fand, dass sie wie Schuhe für Gartenzwerge aussahen. Na, hierher passen die Dinger wenigstens, dachte er.

»Herr Matthies«, sagte die Frau herzlich.

Theo wurmte es, dass ihm ihr Name nicht einfiel. Sie hatte ihn schon häufig beraten, wenn es darum ging, eine Beerdigung auszustatten. Er schielte unauffällig auf ihr Namensschild. »Brigitte Hansen«, stand da.

»Heute bin ich mal in privater Mission unterwegs. Ich würde mir gern einen Kirschbaum zulegen.«

»Was für eine schöne Idee.« Frau Hansen strahlte. Sie war eine begeisterungsfähige Person. »Sauer- oder Süßkirsche?«

»Süße«, sagte Theo.

Frau Hansen nickte wissend. »Kommen Sie, ich zeig Ihnen ein paar Bäumchen.«

»Ach, wissen Sie, Benno, der arbeitet doch hier?«

»Benno?« Sie zögerte. »Sicher. Der steckt irgendwo in den Gewächshäusern.«

»Wir sind früher zusammen zur Schule gegangen.«

»Ach so.« Sie warf einen Blick auf den Plan. »Heute ist er für die Rosen eingetragen. Das ist das zweite Gewächshaus von links.« Sie zögerte wieder. »Wenn Sie zusammen zur Schule gegangen sind, wissen Sie ja wie er ist, unser Benno. Nicht gerade gesprächig, meine ich.«

Theo lachte. »Ich weiß. Damit komme ich schon klar.«

»Aber er kennt sich wirklich aus mit den Pflanzen«, rief Frau Hansen ihm hinterher, wie um ihre wenig schmeichelhafte Bemerkung über den Sohn ihres Chefs wieder auszubügeln.

Das Gewächshaus war wohl an die dreißig Meter lang. In langen Reihen standen die Rosen Spalier, langstielig, weiß, rosa und rot und reckten sie ihre Köpfe dem Licht entgegen. Es war schwül, aber weniger warm, als Theo angenommen hatte. Die Luft roch nach Humus und frischem Grün. Irgendetwas fehlte. Rosenduft, dachte Theo. Die besonders prächtigen Züchtungen hatten ihren Duft zugunsten ihrer Schönheit eingebüßt. Ein Mann, der zwischen den Blumenreihen gehockt hatte, erhob sich und wandte sich zu Theo um. Er hatte sich seit der Schulzeit nicht sehr verändert: Noch immer wirkte er mit seinen schmalen Schultern und den dünnen Beinen wie ein großes Kind.

»Zieh ddir die Schuhe aaus und nimm ddir ein Paar Stiefel«, sagte er. Auch das Stottern war nicht verschwunden.

Theo sah sich um und bemerkte eine ganze Batterie von Gummistiefeln unterschiedlichen Zustands, die neben der Tür aufgereiht standen. Er suchte sich ein Paar heraus, das ihm passend erschien, und schlüpfte hinein.

»Wir kökönnen es nicht brauchen, wenn jejemand Uunkrautsamen oder Ungeziefereier hier einschleppt«, sagte der Gärtner. Er zeigte keinerlei Zeichen des Wiedererkennens.

»Hallo, Benno.« Nervös fuhr Theo sich mit der Hand durchs Haar. »Ich bin's, Theo, du weißt schon, der aus der Schule.«

Benno nickte, sagte aber noch immer nichts. Aus der Nähe sah Theo, dass sich die weißen Flecken in seinem Gesicht weiter ausgebreitet hatten und nun eine fast einheitliche weiße Fläche bildeten. Unter dem kurz geschorenen dunklen Haar wirkte das Gesicht unnatürlich blass.

»Eure Frau Hansen schickt mich.« Theo wurde immer unbehaglicher zumute. »Ich brauche nämlich einen Kirschbaum.«

Benno grunzte.

»Wenn es dir gerade passt«, sagte Theo lahm.

Der Gärtner setzte sich in Richtung Ausgang in Bewegung. Theo nahm an, dass das Ja bedeutete.

Fünf Minuten später standen sie unter freiem Himmel in einer kleinen Baumschule. Erst hier wurde Benno mitteilsamer. »Ssüß oder sauer?«, wollte er wissen.

»Süße«, sagte Theo. »So schöne, dicke, dunkle.«

Benno nickte und ging zu einem etwa mannsgroßen Baum hinüber. »Hier hahaben wir eine relativ neue Sorte. Gar nicht mal so übel. Kkommt aus England.« Mit geübtem Blick pflückte er ein besonders schönes Exemplar und reichte es Theo.

»Lecker.«

»Ddas ist eine ›Merchant‹. Oder ddie hier.« Er ging ein paar Schritte weiter. »Die ist ein Klaklassiker in der Region, ›Allers Späte‹, heißt sie. Aaber die sind noch nicht ganz so weit.« Er ging weiter, ohne sich zu vergewissern, ob Theo ihm folgte. »Hhier haben wir die ›Valeska‹. Hhat eine gute Fruchtgröße und ein ffeines Aroma. Ddie Valeska ist immer recht früh dran.« Er reichte Theo die dunkle, fast schwarze Frucht.

Der wird ja richtig gesprächig, wenn es um Kirschen geht, dachte Theo und kostete. »Toll, ich glaube, die nehme ich.«

»Wwirst dich aber noch gedulden müssen.« Benno schaute streng. »In dder Erntezeit verpflanzen wir die nicht. Am besten funktioniert das Setzen im Hherbst.«

»Kein Problem.«

»Aber kkaufen kannst du den Kkleinen hheute schon. Dann gehört ddir sogar diese Ernte«, meinte Benno großzügig.

»Prima.« Theo freute sich. Hanami im April, dachte er. Mit Hanna.

Benno hatte sich bereits umgedreht und strebte mit weit ausholenden Schritten zum Ende der kleinen Plantage. Theo hatte Mühe, ihm zu folgen. Viel herausbekommen hatte er noch nicht. Er musste sich beeilen. »Es scheint, wir sind die Einzigen, die in die Fußstapfen ihrer Väter getreten sind«, wagte er einen Vorstoß, als er Benno eingeholt hatte.

Benno brummte.

Geht das schon wieder los mit dem Gebrumme, dachte Theo. »Ich hab nämlich das Bestattungsinstitut übernommen …«

»Ich wweiß. Ich llese Zeitung.«

Theo erinnerte sich, dass damals ein entsprechender Bericht im Wilhelmsburger Wochenblatt gestanden hatte. »Mediziner wird Bestatter«. Eine Schlagzeile nicht ohne Ironie. »Ja, und gestern, da war doch dieses Klassentreffen …«

Benno schnaubte. Immerhin eine kommunikative Variante, dachte Theo. Er beschloss, direkt zum Kern der Sache vorzustoßen. »Die meisten sind sogar gekommen. Sebastian und Reinhold natürlich nicht.«

»Ich wweiß. Mamausetot, alle beide.«

Theo betrachtete ihn verstohlen von der Seite. Aber das Gesicht blieb unbewegt. »Ich hab dich auf Sebastians Beerdigung gesehen.«

Benno schwieg.

»Ich glaube, ehrlich gesagt, jemand hat die beiden, na ja, umgebracht, denke ich«, sagte Theo zögernd.

Benno blieb stehen und drehte sich zu Theo um. »Wwas willst du, Theo?«

Theo spürte, wie ihm die Röte ins Gesicht schoss.

»Ddu glaubst, ›Vielleicht hat dder arme Benno sie abgemurkst?‹. Weil sie ihn immer so gepipiesakt hahaben, oder?« Er lachte schrill. »Wwer weiß«, sagte er dann listig. »Vverdient gehabt hätten sie es, die Schweischweinehunde.« Dann stapfte er davon.

Theo blieb zweifelnd zurück. Benno war wie ein Bär. Was in ihm vorging, ließ sich nicht an seinem Gesicht ablesen. Und das, so wusste er, machte Bären so unberechenbar.

KAPITEL 12

Theo bezahlte seinen Baum an der Kasse, radelte nach Hause, tauschte das Fahrrad gegen den Wagen aus und machte sich auf den Weg ins Stader Krematorium. Die brandneue Anlage lag jenseits der Elbe im Süden der Stadt. Sie sah aus wie eine gewöhnliche kleine Fabrikanlage, inklusive Schornstein. Dort parkte bereits ein Minivan mit der Aufschrift »Seniorenstift Entenbach«. Ein rascher Blick auf die Uhr bestätigte ihm, dass er wie üblich eine Viertelstunde vor dem Termin eingetroffen war. Offenbar hatten es die alten Damen eilig gehabt. Zum Glück hatten seine Leute die Tote schon am Vorabend angeliefert.

Im Vorraum kam ihm eine rundliche Frau mittleren Alters entgegen, die im Seniorenheim als Pflegerin arbeitete. »Die konnten's einfach nicht erwarten, ihre Freundin zu verbrennen«, sagte sie mit grimmigem Humor und wies mit dem Daumen über die Schulter.

Theo musste lachen. Dort stand Mike Adler, der gutmütige Leiter des Krematoriums, umringt von drei alten Frauen.

»Und wie lange würde es bei mir dauern?«, fragte gerade Ruth Seemann. Sie war eine zierliche Person, die durch den Buckel noch kleiner wirkte. Sie trug ein fliederfarbenes Kostüm, bei dessen Anblick Theo an die Queen denken musste. Ihr Haar war sorgfältig zu einem violett schimmernden Helm frisiert – offenbar hatten es sich die drei nicht nehmen lassen, zu diesem feierlichen Anlass zum Friseur zu gehen.

»Oh«, sagte Mike und musterte die alte Frau mit Kennerblick, »anderthalb Stunden etwa, würde ich schätzen. Aber so ganz genau kann man das nie sagen. Manche kleinen Personen sind erstaunlich zäh.« Ruth Seemann kicherte mädchenhaft und warf dem Kremierer einen koketten Blick zu.

»Und was passiert mit meiner Kunsthüfte? Kommt die mit in die Urne?« Elisabeth Hartmann, hochgewachsen und dürr, klopfte sich auf die Seite. In ihrem sonnenblumengelben Hosenanzug erinnerte sie Theo an eine betagte Giraffe. »Tadelloses Fabrikat«, informierte sie den geduldig zuhörenden Kremierer. »Ist seit fünfzehn Jahren drin und macht keine Mucken.«

»Nein. Metall kommt nicht mit in die Urne. Das wird vorher aussortiert. Geht ganz fix mit einem Magneten.«

»O bitte, können wir da nachher zuschauen?«, fragte Ruth. Ihre Apfelbäckchen röteten sich.

»Zutritt nur für Angestellte.« Adler zuckte bedauernd die Schultern.

»Schaut mal, da kommt unser schmucker Bestatter«, rief Annegret Reese, die ihren üppigen Körper in eine Art bunten Kaftan gehüllt hatte.

Theo reichte ihr die Hand. »Meine Damen.«

»Niedlich, oder?« Annegret hielt seine Hand fest.

»Lass ihn los, Annegret.« Ruth knuffte ihre Freundin mit ihrem Stock.

»Sie sehen alle sehr elegant aus«, lobte er.

»Immer nur das triste Schwarz auf den Beerdigungen, das mögen wir nicht. Lola hat immer gesagt: Mädels, macht euch richtig schick für meine letzte Reise.« Elisabeth zog ein Taschentuch aus ihrem farblich passenden Handtäschchen und schnäuzte sich die Nase.

»Er schmeichelt uns, damit wir nicht zur Konkurrenz gehen.« Ruth kicherte in sich hinein.

Theo lachte.

»Kommen Sie, Herzchen, lassen wir Lola nicht zu lange warten.« Annegret hängte sich bei ihm ein und sie betraten gemeinsam den Kremierungssaal, in dem der Sarg wartete. Er war schneeweiß lackiert und mit dunkelroten Rosen geschmückt. Lola Menck hatte alles ganz genau aufgeschrieben – Schmuck, Todesanzeige, Einladungen zur Beisetzung, Musik – und bei ihm hinterlegt. Auch die anfallenden Kosten hatte sie bereits beglichen. »Ich will nicht, dass meine Erben an meiner Beerdigung knausern«, hatte sie ein halbes Jahr vor ihrem Tod gesagt.

Elisabeth übernahm es, eine kleine Rede zu halten. Sie wandte sich nicht an die Anwesenden, sondern an die verstorbene Freundin im Sarg. Offenbar hatten sich alle vier bereits als junge Mädchen gekannt, hatten gemeinsam den Krieg überstanden, ihre Kinder miteinander spielen lassen und sich beigestanden, als die Männer einer nach dem anderen gestorben waren. »Wir haben Glück gehabt, dich so viele Jahre zu kennen«, sagte Elisabeth zum Schluss. »Nun bist du die Erste von uns, die sich aufgemacht hat auf die große Reise. Aber du hattest von uns allen ja immer schon die Nase vorn.« Die anderen beiden nickten und lächelten gerührt.

Auf einen Wink von Elisabeth schaltete Theo den CD-Player an. »Für mich soll's rote Rosen regnen«, sang die sehnsuchtsvolle Stimme von Hildegard Knef. Als der letzte Ton verklungen war, öffneten sich die Türen des Brennofens und der Sarg glitt lautlos in das lodernde Feuer. Der Blumenschmuck verglühte prasselnd. Dann schlossen sich die Türen wieder.

Ein schöner Abschied, dachte Theo, als er seinen Citroën wieder nach Hause steuerte. Ganz anders als das einsame Begräbnis von Reinhold und die steife Totenfeier, die er vor ein paar Tagen für Sebastian abgehalten hatte. Etwas Unheilvolles hatte in der Luft gelegen. Und es hatte seine Wurzeln in der Vergangenheit. Da war Theo ganz sicher.

Damals

Das Mädchen kämpfte sich durch den böigen Wind voran. Regen peitschte ihr ins Gesicht. Als der 155er-Bus an ihr vorbeifuhr, sah sie ihm sehnsüchtig hinterher. Am Vortag hatte ihr Fahrrad einen Platten gehabt, und in der Hoffnung, heute mit dem Bus zur Schule fahren zu dürfen, hatte sie ihrem Vater nichts davon gesagt.

Aber der hatte sie beim Frühstück nur streng angesehen und gesagt: »Na, dann wirst du wohl zu Fuß gehen müssen.«

Sie hatte schwer geseufzt und trübsinnig auf ihren Teller mit der dünnen Scheibe Brot gestarrt.

»Wir waren uns doch einig, du brauchst ein bisschen mehr Bewegung.« Du musst abnehmen, sollte das heißen. Alle waren sie schlank in ihrer Familie: Ihre bildhübsche Mutter, die Sport verabscheute, deftiges Essen liebte und trotzdem kein Gramm zulegte. Ihre vier Jahre jüngere Schwester Carlotta, die dünn wie ein Strich war und dabei Unmengen Süßigkeiten verzehrte. Und ihr Vater, der mit Mitte vierzig noch schlank und rank war dank eiserner Disziplin und regelmäßigen Joggens. Nur sie war schon immer »ein bisschen kräftig« gewesen, wie ihre Mutter es nannte. Das Mädchen hasste sie manchmal dafür und erst recht, weil sie so mühelos schlank blieb. Und ihren Vater hasste sie für seinen eisernen Willen, den er jedem aufzwang, und dafür, dass er für Disziplinlosigkeit keinerlei Verständnis hatte. Manchmal grollte sie sogar ihrer kleinen Schwester, wenn die sich darüber beschwerte, noch keinerlei Anzeichen von Busen bei sich entdecken zu können, aber so richtig hassen konnte sie sie dann doch nicht. Carlotta war der einzige Mensch auf der Welt, der sie bedingungslos liebte und bewunderte.

Immerhin war der Vater so gnädig gewesen, sie wenigstens mit dem Auto bis zur Mengestraße mitzunehmen, wo er seine orthopädische Praxis hatte. Der Fußmarsch von dort zur Schule dauerte aber noch immer fast eine halbe Stunde. Auf der Brücke, auf der sie die Bahngleise überquerte, war der Wind besonders schlimm. Sie war froh, als sie endlich beim Wilhelmsburger Bahnhof angelangt war. Ein Blick auf die Uhr zeigte ihr, dass sie gut in der Zeit lag. Sie wollte nicht zu spät kommen, aber auch keinesfalls zu früh. Ihr Magen zog sich zusammen, wenn sie an Sebastian und Reinhold dachte. Mit diesem jämmerlichen Frühstück und den zwei Äpfeln in ihrer Schultasche würde sie den Tag keinesfalls überstehen. Als sie um die Ecke des Einkaufszentrums bog, traf der Wind sie mit voller Wucht. Hier blies er immer doppelt so stark – die ganze Anlage war eine architektonische Fehlkonstruktion. Sie flüchtete sich in die Bäckerei. »Zwei Negerkussbrötchen bitte«, sagte sie. Die Verkäuferin halbierte zwei frische Brötchen und zerquetschte dann jeweils einen Negerkuss zwischen zwei Hälften. Eigentlich hießen die jetzt politisch korrekt »Schokoküsse«. Der Duft der Backwaren machte sie ganz schwindelig. »Und dann noch zwei Rumkugeln bitte«, sagte sie. »Eine für mich und eine für meine Freundin«, setzte sie nach, um nicht zu gierig zu erscheinen. Sie liebte die klebrigen, schweren, süßen Kugeln. Sie würde sie heimlich essen müssen.

»Wie eklig«, hatte Nathalie neulich gesagt, als sie sie mit einer Rumkugel in der Hand erwischt hatte. »Weiß die denn nicht, dass die aus Kuchenkrümeln gemacht werden, die man am Boden zusammenfegt?« Nathalie sprach nie direkt mit ihr. Sie sprach nur in der dritten Person über sie. Als wäre sie taub oder schwachsinnig. Draußen vor der Tür packte sie das erste Brötchen aus und biss hinein. Augenblicklich fühlte sie sich besser. Es war wie verhext: Erst seit Nathalie und die anderen sich über ihre Figur lustig machten, war sie wirklich dick geworden. Je mehr sie versuchte, sich zu zügeln, desto grimmiger war die Lust auf Essen. Und das Abnehmprogramm, das ihr Vater ihr verordnet hatte, schien die Sache nur noch schlimmer zu machen. Sie blickte noch einmal auf die Uhr: noch immer ein bisschen zu früh. Im Fenster des Krimskramsladens Pfeiffer war wie üblich ein Sammelsurium von Scherzartikeln ausgestellt: Hundehaufen aus Gummi, Furzkissen, mit Essig gefüllte Pralinen. In dem winzigen vollgestopften Laden konnte man aber auch Süßigkeiten kaufen: schon etwas runzelige weiße Zuckerschaummäuse, Lakritzpfeifen, Salinos, das Stück für fünf Pfennig. Und Schokoriegel. Sanna hatte den Laden schon immer gemocht. Als Kind hatte sie es geliebt, mit einem kleinen Pappteller und Zange bewaffnet, ein persönliches Sortiment an Leckereien zusammenzustellen. Der »Bonscheonkel«, wie Manfred Pfeiffer von vielen genannt wurde, behandelte auch seine jüngsten Kunden freundlich und geduldig. Er wusste, wie wichtig es gerade den Kleinsten war, ihr Taschengeld optimal in Süßigkeiten zu investieren.

»Ach nee«, hörte sie eine Stimme hinter sich. »Guck mal, Schwabbel frisst schon wieder.«

Vor Schreck ließ sie ihr Brötchen fallen. Vor ihr standen Reinhold und Sebastian.

»Schwabbel, Schwabbel, wenn du weiter so frisst, wirst du bald platzen. Das wollen wir doch nicht? Wär doch 'ne ziemliche Sauerei.« Sebastian bog sich vor Lachen. »Und, was hast du noch an Proviant dabei?«

Schützend umklammerte sie ihre Tasche. Es half nichts. Reinhold riss sie ihr aus den Händen und kippte den Inhalt auf den Boden. Hefte, Bücher, Federtasche landeten in einer Pfütze.

»Hab ich's mir doch gedacht.« Triumphierend schwenkte Sebastian die Bäckereitüte. »Die nehmen wir mal lieber an uns, oder Reinhold?«

Der kickte mit dem Fuß einen der Äpfel zu ihr hinüber. »Den darfst du behalten. Ist alles nur zu deinem Besten.«

Sebastian grinste und biss in das zweite Negerkussbrötchen. Dann machten sie sich lachend davon. Das Mädchen sammelte seine feuchten Schulsachen in die Tasche. Sie biss sich auf die Unterlippe. Nur nicht heulen, alles, bloß nicht heulen, dachte sie.

KAPITEL 13

»Markus Müller. Was für ein Trottel.« Hadice humpelte wütend in ihrem kleinen Wohnzimmer auf und ab. »Der hat doch nur Schiss, dass er sich blamiert, wenn er der Frau Senatorin mit so einer Theorie kommt.« Wütend stieß sie ihre Krücke in den Boden. »Die Frau braucht Personenschutz!«

»Hat die so was nicht sowieso?« Theo hatte nur vage Vorstellungen vom Politikerleben.

»Quatsch. Wir leben in Hamburg! Attentate sind hier ziemlich selten. Wir haben keine Ressourcen, um jeden Senator persönlich zu hätscheln. Das ist nur der Fall, wenn es einen speziellen Verdacht gibt.«

»Der ja nun gegeben wäre.« Lars bewahrte ein Glas vor dem Umfallen, das bedenklich wackelte, als Hadice mit der Krücke versehentlich gegen den Couchtisch stieß.

»Eben.« Die Polizistin hatte sich von Theo und Hanna haarklein den Stand der Recherchen berichten lassen.

»Verflixte Sache«, schimpfte sie und hinkte im Zimmer auf und ab.

»Um Himmels willen, setz dich, du machst mich ganz nervös.« Theo erwischte die lädierte Kommissarin an einem Zipfel ihres T-Shirts und zog sie neben sich aufs Sofa.

Sie vergrub das Gesicht in den Händen. »Wenn ich nur schon wieder im Dienst wäre! Dieses Herumsitzen macht mich wahnsinnig.« Sie nahm einen Schluck kalten türkischen Mokka und verzog das Gesicht. »Zum Verhör einbestellen könnte ich unsere Verdächtigen zwar auch nicht, aber ein unerwarteter Besuch der Polizei verunsichert sie manchmal so, dass sie einen Fehler machen.« Mit einem hölzernen Schaschlikspieß stocherte sie unter der Plastikschale herum, die den verletzten Fuß stabilisierte. »Himmel, das juckt wie Hölle.« Dann richtete sie die Augen wieder auf Theo: »Und du bist also der Meinung, Benno und Sylvia sind die wahrscheinlichsten Kandidaten?«

»Von denen, die ich getroffen habe, schon. Allerdings ist da noch Sanna, die wir nicht aufstöbern konnten. Und natürlich kann es auch jemand sein, den wir noch gar nicht auf dem Radar haben.«

Hadice nickte. »Dann müssen wir eben die Tollwutspur weiterverfolgen.«

»Hab ich mir auch schon gedacht.« Hanna beugte sich vor. »Ich hab inzwischen recherchiert, in welchen Labors in Hamburg überhaupt Tollwutviren auf Lager sind. Und das ist eigentlich nur im Bernhard-Nocht-Institut für Tropenmedizin der Fall.«

»Bestens.« Theo hob den Daumen. »Und ich kenne sogar jemanden, der da arbeitet.«

Hanna klatschte in die Hände. »Großartig. Ist es also doch noch für was gut, dass du Medizin studiert hast.«

Mitten auf Sankt Pauli, zwischen Reeperbahn und Hafen, zog sich der Backsteinkomplex hin, in dem seit 1914 das Institut für Tropenmedizin untergebracht war. Von dort aus hatte der Robert-Koch-Schüler Bernhard Nocht die Matrosen der im Hafen einlaufenden Schiffe auf Krankheiten inspiziert. An den alten viergeschossigen Ziegelbau mit seinen weißen Sprossenfenstern, den Erkern und dem Turm schloss sich ein schmaler moderner Anbau aus demselben Material an. Während des Studiums hatte Theo hier einen Lehrgang für Tropenkrankheiten gemacht. Er war beeindruckt gewesen von den hohen Sicherheitsvorkehrungen, die in einigen der Labors herrschten: Dort arbeiteten die Forscher mit den gefährlichsten Viren der Welt: Ebola, Pocken, Lassa. Der Hochsicherheitstrakt des Bernhard-Nocht-Instituts gehörte zur obersten Sicherheitsstufe vier. In ganz Deutschland gab es davon nur noch drei weitere.

Am Empfang des Instituts saß eine Frau um die fünfzig mit braun getönten, lockigen Haaren. Hinter ihr waren verschiedene Artefakte ausgestellt, die man käuflich erwerben konnte – von einer Tasse mit einem Aufdruck des Gebäudes bis hin zu einem schwarzen T-Shirt, auf dem neben dem Namen des Instituts eine knallrote Mücke prangte. Das war passend, weil viele Tropenkrankheiten durch Insektenstiche übertragen wurden. Theo beschloss, im Anschluss an den Besuch eines zu erwerben. Lars würde es mit Sicherheit gut gefallen.

»Möchten Sie zur Ambulanz?«, erkundigte sich die Frau vom Empfang und betrachtete ihn über den Rand ihrer Brille hinweg. In der Ambulanz des Tropeninstituts konnte man sich reisemedizinisch beraten und die notwendigen Schutzimpfungen für den Aufenthalt in exotischen Ländern verpassen lassen. Theo überlegte, ob die Dame schon zu seinen Studienzeiten dort gesessen hatte, konnte sich aber nicht erinnern.

»Nein, ich werde von Dr. Reimers erwartet.«

Während sie in der Telefonliste nachschaute, betrachtete er ein Modell des Gebäudes, das in einem Glaskasten ausgestellt war.

»Herr Dr. Reimers kommt gleich«, sagte sie und reichte Theo einen Besucherausweis. Ohne einen solchen durfte sich niemand in dem Gebäude bewegen – das war Teil des Sicherheitskonzepts, auch dass das Portal der einzige Zugang zu dem weiträumigen Gebäude an der Hafenstraße war. An der Empfangsdame und ihren Kollegen kam niemand ungesehen vorbei.

Haucke Reimers arbeitete seit sechs Jahren in dem Institut. Theo hatte ihn aus dem Studium als fröhlichen Typen mit schrägem Humor in Erinnerung. Als er jetzt um die Ecke bog, strahlte er übers ganze sommersprossige Gesicht. »Mensch, Theo, das ist ja Ewigkeiten her.«

Mit den halblangen rötlichen Locken und der Nickelbrille sah er noch genauso aus wie vor zehn Jahren. Er lotste ihn durch die Gänge, an deren Wänden bunte Bilder von elektronenmikroskopischen Aufnahmen diverser Krankheitserreger hingen: Malariaparasiten, Fadenwürmer, Ebolaviren …

»Wunderschön, was?« Reimers deutete auf ein besonders tödliches Exemplar der Malaria tropica.

Durch eine geöffnete Tür konnte Theo in ein Labor sehen. Auf einem langen Tisch standen dort zahlreiche Becher mit gelblicher Flüssigkeit. In ihnen waberte Leben. »Mückenlarven«, erklärte Haucke. »Die Kollegen untersuchen gerade, ob unsere heimischen Arten Tropenkrankheiten übertragen können, sobald der Klimawandel voll zuschlägt.«

Ein Mann in weißer, mit Epauletten geschmückter Kluft nickte Haucke zu. Theo erinnerte sich, dass das Institut auch von Wissenschaftlern der Bundeswehrhochschule genutzt wurde.

Haucke öffnete die Tür zu seinem winzigen Büro. In den deckenhohen Regalen herrschte ein Chaos aus Büchern und Akten. Der Blick aus dem Fenster über den Hafen war atemberaubend.

»Komm, setz dich. Was kann ich für dich tun? Du hast mich ganz schön neugierig gemacht.«

Theo berichtete.

»Ich weiß, es hört sich total abwegig an, aber das ist die einzige Erklärung, die mir einfällt.«

»Und du meinst allen Ernstes, irgendjemand ist hier reinspaziert und hat sich mit einem Röhrchen voller Tollwutviren in der Tasche aus dem Staub gemacht?« Haucke lachte. »Völlig ausgeschlossen. Mensch Theo, du weißt doch, wie wir hier arbeiten!«

»Aber Tollwut fällt doch sicher nicht unter die höchste Sicherheitsstufe?« Wie Theo wusste, waren die scharfen Kontrollen der Stufe vier nach menschlichem Ermessen kaum zu überwinden. Zugang zu dem Labor hatten nur wenige. Wer mit den hochgefährlichen Viren arbeitete, musste das schon zu seinem eigenen

Schutz in einem luftdichten Raumfahreranzug tun, in dem es niemand länger als zwei Stunden aushielt. Jeder Handgriff wurde überwacht – nicht nur von zwei Kollegen, sondern auch von mehreren Videokameras.

»Nein, natürlich nicht. Tollwut hat nur Stufe 3.«

»Das heißt, du könntest ein Röhrchen mit Viren mitgehen lassen?«

Haucke massierte seinen Nasenrücken. »Worauf willst du hinaus?«

»Auf nichts Spezielles, ich sondiere nur die Lage.«

Sie schwiegen einen Moment.

»Hör mal, Haucke, ich habe zwei Tollwuttote.«

»Ach, sind die bei dir gelandet?« Haucke war natürlich informiert.

Theo nickte ungeduldig. »Was du aber nicht weißt, ist, dass die beiden Toten sich kannten, obwohl sie vermutlich seit Jahren keinen Kontakt hatten. Sie waren beide keine sonderlich angenehmen Zeitgenossen. Und beide hat die angebliche Fledermaus quasi an exakt der gleichen Stelle gebissen.«

Haucke lehnte sich auf seinem Drehstuhl zurück und verschränkte die Arme hinter dem Kopf.

»Du glaubst, jemand hat sie … beseitigt? Mit Tollwutviren?« Er nahm die Brille ab und rieb sich die Nasenwurzel. Dann setzte er sich aufrecht hin. »Also gut. Wenn ich wollte, könnte ich hier wohl so ein Ding rausschmuggeln. Problemlos.«

»Kannst du mir eine Liste der Mitarbeiter machen, die an das Zeug rankommen könnten?«

»Hier gibt es rund hundert wissenschaftliche Mitarbeiter. Hinzu kommen die Kollegen aus der Verwaltung.«

»Und putzen tut ihr eure Labors vermutlich auch nicht selbst …«

Haucke lachte. »Nein, wirklich nicht. Dann sähe es hier ziemlich wüst aus.« Er wurde wieder ernst. »Ich sehe, was ich tun kann.«

Am Empfang erstand Theo für fünfzehn Euro das Shirt mit der gefährlich aussehenden Mückensilhouette. Er bemerkte nicht, dass ihn jemand beobachtete. Sieh an, Theo Matthies, dachte der Schatten. Dann schob er sein Putzwägelchen weiter. Reinigungskräfte waren unsichtbare Wesen. Niemand beachtete sie. Das war ihm absolut recht.

Damals
Das Mädchen sah an sich herab. Der weiße Bauch wölbte sich unter ihren kleinen Brüsten. Er ruhte auf ihren Oberschenkeln, die im Sitzen noch dicker aussahen als sonst. Sie beugte sich vor, sodass sich zusätzliche Speckringe bildeten. Grob packte sie das Fleisch mit beiden Händen und schob es zusammen. Tiefe Grübchen tauchten nun überall in der weißen Masse auf. »Eklig«, sagte sie leise und voller Selbsthass, »eklig, schwabbelig, widerlich.« Sie ließ den Wasserkasten rauschen und erhob sich von der Klobrille.
Mühsam knöpfte sie ihre Jeans zu. Zweifellos war sie schon wieder dicker geworden. Trotzig blinzelte sie die Tränen weg. Na und? Auf noch ein paar Kilos mehr kam es nun auch nicht mehr an. Sie wusch sich die knubbeligen Hände und betrachtete ihr Gesicht im Spiegel. Dann kniff sie sich in die runden Wangen. Auch die dunklen Augen mit den langen Wimpern und der schön geschwungene Mund konnten sie nicht mit ihrem Spiegelbild versöhnen.
Sie zog das übergroße T-Shirt herunter und ging hinaus. Obwohl es noch früh am Morgen war, war ihr schon heiß. Im letzten Jahr hatte sie den Sommer hassen gelernt. Sie mochte keine Shorts anziehen und keine ärmellosen Shirts. Und obwohl sie eine gute Schwimmerin war, traute sie sich schon lange nicht mehr ins Freibad. Sie schämte sich für ihren Körper, sie hasste ihn. Im Winter konnte sie ihn unter dicken Pullovern halbwegs verbergen. Aber der Sommer kannte keine Gnade. Immerhin waren es

nur noch drei Wochen bis zu den Ferien. Noch drei Wochen, dann hatte sie endlich wieder Ruhe vor ihren Peinigern.

Heute musste sie erst zur zweiten Stunde in die Schule. Die Eltern und Carlotta waren bereits aus dem Haus. Sie ging in die Küche und öffnete die Brotdose, die ihre Mutter ihr hingestellt hatte. Zwei dünne Scheiben Vollkornbrot mit Putenschinken und rohe Karottenschnitze. Sie verzog das Gesicht. Sie schnappte sich einen Küchenstuhl und kletterte hinauf. In der obersten Klappe des Vorratsschranks verwahrte die Mutter die Schokoriegel. Sie nahm sich zwei und verstaute sie schnell im Ranzen. So kam sie nicht in Versuchung, sie jetzt gleich zu verspeisen. Auf dem Weg zur Schule trat sie kräftig in die Pedale. Im Vergleich zu sonst war sie richtiggehend gut gelaunt. Heute Nachmittag hatte sie Ballettunterricht. Für sie war das der Höhepunkt der Woche. Obwohl sie weit entfernt davon war, die Erscheinung einer Ballerina zu haben, liebte sie die zwei Stunden am Mittwochnachmittag über alles. Tanzen war etwas, worin sie wirklich gut war. Das wusste sie. Wenn die ersten Töne erklangen und sie die Anweisungen ihrer Lehrerin hörte, wurde sie eins mit der Musik. Trotz der vielen Spiegel um sich herum vergaß sie ihre Figur, ihren Kummer und tanzte, tanzte, tanzte.

»Petit battement sur le cou-de-pied«, »Port de bras« – das französische Vokabular für die verschiedenen Figuren waren magische Worte für sie. Sie lächelte. In der vergangenen Woche hatte sie unermüdlich geübt. »Entrechat quatre« war ein schwieriger Sprung, bei dem man die Füße zwei Mal in der Luft kreuzen musste, um wieder in der Ausgangsposition zu landen. Inzwischen bekam sie es ganz gut hin. Der Sprung war ein wesentlicher Teil eines anspruchsvollen neuen Stücks, das sie derzeit einstudierten: Die drei kleinen Schwäne aus Schwanensee mussten schnell und präzise getanzt werden, in perfektem Gleichtakt dreier Ballerinen. Sie beherrschte die schnelle Schrittfolge inzwischen recht gut, auch wenn sie wusste, dass die Lehrerin ihr keine dieser Rollen für die große Weihnachtsaufführung anbieten würde. Wer wollte schon ein tanzendes Nilpferd sehen?

In der Schule angekommen, setzte sie sich direkt auf ihren Platz in der letzten Reihe. Sie schaute nicht nach rechts oder links. Manchmal half das, und Nathalie, Reinhold und Sebastian ignorierten sie. Der Platz ihr gegenüber war schon ein paar Tage frei. Dort saß normalerweise Sylvia. Die Dicke, die Oberschlaue, der Stotterer Benno und der Klassenpunk Franziska saßen an einem Vierertisch, sie waren jedoch mehr eine Notgemeinschaft, als dass sie echte Freundschaft verband. Sanna hatte den Verdacht, dass die Klassenkameradin wieder einmal blau machte, um den Hänseleien zu entgehen.

Sie verstaute die Tasche mit den Ballettutensilien unter dem Tisch. Ein Schatten fiel auf ihr Pult.

»Na, Schwabbel, was hast du denn da eigentlich in deiner großen Tasche? Ich wette, was zu futtern.«

Schnell packte sie ihre Tasche, doch Sebastian riss sie ihr grob aus der Hand. Sie sprang auf und versuchte, ihm die Tasche wieder abzujagen, doch er schüttelte sie einfach ab. Lachend zog er den Reißverschluss auf, wühlte darin herum und zog zu ihrem Entsetzen ihr Balletttrikot hervor. Triumphierend hielt er es in die Höhe. »Du meine Güte, was ist das denn?« Er war entzückt.

»Das ist ein Balletttrikot«, informierte ihn Nathalie.

»Aber das ist ja unfassbar!« Sebastian johlte.

Sanna haschte nach dem rosafarbenen Kleidungsstück. Sebastian warf es Reinhold zu. Der stieg auf seinen Tisch und presste es an seinen Leib. »Ich bin eine Ballerina, hopsasa«, trällerte er und schwenkte graziös einen Arm. Sanna stiegen die Tränen in die Augen.

»Mein Gott, die Dicke im Tutu – das muss wirklich ein Anblick für die Götter sein.« Nathalie lachte laut und ein paar von den anderen stimmte mit ein.

Eine Hand stieß Reinhold vom Tisch, sodass er zu Boden stürzte. »Spinnst du, Alter«, sagte der erschrocken.

Wortlos entwand Benno ihm das Trikot und reichte es seiner Eigentümerin. Mit hochrotem Kopf stopfte sie es zurück in die Tasche. »Danke«, sagte sie zittrig. Benno nickte. »Dddu darfst dir nichts anmerken lassen, eegal, was sie machen«, sagte er. Sie nickte, obwohl sie wusste, dass sie dazu nie in der Lage sein würde.

Nach der letzten Schulstunde verließ sie fluchtartig das Schulgelände. Ihre kleine Schwester Carlotta wartete schon auf sie. Sie sollten zusammen nach Eppendorf fahren, wo sie beide Ballettunterricht hatten. Carlotta maulte. »Immer dieses blöde Ballett. Das ist doch so was von öde. Können wir das nicht einmal schwänzen«, bettelte sie.

»Kommt gar nicht infrage.«

»Menno.« Carlotta verdrehte die Augen.

Als die Stunde begann, wollte sich der Zauber anfangs nicht einstellen. In ihr brannte noch immer die Scham. Kein Wunder, dass die anderen sich über sie lustig machten. Irgendwann zog die Musik sie aber doch in den Bann. Für den Tanz der drei kleinen Schwäne hielten sich die Mädchen in Dreiergruppen mit überkreuzten Armen an den Händen. Wieder hatte sie das Gefühl, von der Musik davongetragen zu werden. Trotz ihres Gewichts fühlte sie sich federleicht. Schwanenfederleicht.

Als sie sich nach der Stunde erschöpft, aber glücklich umzog, hörte sie, wie die alte Ballettlehrerin mit ihrer Mutter sprach.

»Ihre Tochter ist wirklich sehr begabt«, sagte die gestrenge Madame Nicols. In ihrer Jugend hatte sie zum Ensemble der Pariser Oper gehört. Alte Schwarz-Weiß-Fotografien hingen an den Wänden der Schule und zeigten die Höhepunkte ihrer Karriere. Das Mädchen bewunderte ihre Lehrerin grenzenlos.

»Carlotta? Aber die hat doch zwei linke Füße«, lachte die Mutter.

»Ich spreche ja auch gar nicht von Carlotta. Ich spreche von Ihrer Großen«, sagte Madame.

Am Abend wollte sie sich wie üblich großzügig den Teller füllen. Aber dann nahm sie doch nur etwas Salat.

Carlotta merkte es als Erste. »Willst du keine Bratkartoffeln?«, fragte sie ungläubig.

Die Mutter betrachtete sie forschend. »Bist du krank?«

»Quatsch.« Sie blickte ihr trotzig in die Augen. »Ich mag heute nicht.«

Am Abend knurrte ihr im Bett der Magen. Es war ein großartiges Gefühl.

KAPITEL 14

Nathalie Stüven saß vor der Frisierkommode in ihrem modernen Ankleidezimmer und schob sich die Perlenstecker in die Ohrläppchen. Ihr Haar hatte sie bereits am Nachmittag hochstecken lassen. In einer halben Stunde musste sie aufbrechen, um rechtzeitig zur Opernpremiere zu kommen. Ihr Blick fiel aus dem hohen Sprossenfenster auf den gepflegten Garten. Es wäre schön, dort den Sommerabend zu verbringen. Einfach nur dasitzen und die Stille genießen.

Sie nahm ihre Eintrittskarte und verstaute sie in der Abendhandtasche. »Der Fliegende Holländer«, dachte sie, wie passend. Manchmal kam sie sich auch vor wie eine Untote, verdammt dazu, auf ewig über den Ozean des Lebens zu segeln. Nur die Liebe könnte sie erlösen. Aber Liebe gab es in ihrem Leben nicht. Keinen Mann, keine Kinder. Nur ein von Arbeit und anderen Verpflichtungen durchgetaktetes Programm. Schon bald könnte sich der fehlende familiäre Hintergrund als Karrierehindernis erweisen. Immerhin hatte sie nie Mühe, einen Begleiter zu finden, für die Abende und fürs Bett. Die Liaisons hielten meist ein bis zwei Jahre und waren von gegenseitigem Vorteil, angenehm, aber ohne Tiefgang. Zurzeit gab es allerdings niemanden, sodass ihr Vater sie begleiten würde. Sie wusste, dass er es genoss.

Dass sie hier saß und über ihr Leben grübelte, war untypisch für sie. Theos Besuch und der Eklat auf dem Klassenfest hatten sie aus dem Gleichgewicht gebracht. Sollte es irgendwo da draußen tatsächlich jemanden geben, der ihr auflauerte? Der Gedanke kam ihr lächerlich vor. Viel zu melodramatisch für das nüchterne Leben, das sie führte. Andererseits war der mysteriöse Tod ihrer beiden Freunde aus grauer Vorzeit tatsächlich unerklärlich – wenn man Theos wüste Theorie nicht in Betracht zog. Ein mörderischer Racheengel? Sie schüttelte den Kopf, stand auf und strich die taubenblaue Seide ihres Kleides glatt. Es passte perfekt zu ihren Augen.

Ihr Vater betrat das Zimmer. Er war früh gekommen, um sie auch rechtzeitig abzuholen. Er musterte sie mit prüfendem Blick. Einmal mehr stellte er fest, dass sich die Mühen der strengen Erziehung ausgezahlt hatten: Disziplin, Ehrgeiz und Stil. Manchmal dachte er, dass der frühe Tod seiner Frau in dieser Hinsicht sein Gutes gehabt hatte. Sie hatte Nathalie viel zu sehr verzärtelt. So hatte er seine Tochter zu genau der Persönlichkeit formen können, die er vor Augen gehabt hatte: überragend intelligent, erfolgreich und von erlesener Eleganz.

»Du siehst großartig aus, Nathalie.« Er gab ihr einen trockenen Kuss auf die Wange.

Sie lächelte nicht. Jedes Lob von ihm war teuer erkauft.

Nur wenige Kilometer von ihr entfernt machte sich auch der Schatten bereit für den Abend. Er konnte nicht sicher sein, ob es heute klappen würde. Anders als Reinhold und Sebastian war Nathalie Stüven immer von Menschen umgeben. Aber irgendwann würde er eine Chance bekommen und zuschlagen. Wenn nicht heute, dann bei einer anderen Gelegenheit. Es war alles vorbereitet. Nathalie hatte er sich bis zum Schluss aufgespart. Bestimmt hatte sie der schreckliche Tod ihrer beiden Schergen von einst nervös gemacht. Das machte die Sache schwieriger, aber auch reizvoller.

Er zog noch einmal die Schublade seines Schreibtisches auf. Dort lag, auf ein Samtpolster gebettet, der Fledermausschädel. Er war mit einer Konstruktion versehen, sodass man ihn wie eine Kneifzange bedienen konnte. Ein bisschen übertrieben vielleicht, die Inszenierung, aber so ein bisschen Show gehörte dazu, dachte er. Heute hatte er mit Befriedigung die Schlagzeile im »Hamburger Abendblatt« gelesen: »Tollwut in Wilhelmsburg – bereits zwei Tote«.

In dem Spiegel, der in den alten Schrank eingelassen war, überprüfte er seine heutige Maskerade. Sie war perfekt. Er würde mit der Masse der herausgeputzten Hamburger High Society tadellos verschmelzen – ein Schattenwesen eben.

Nathalie langweilte sich. Opern – und Wagner insbesondere – waren noch nie ihr Fall gewesen. Zu bombastisch. Zu emotionsgeladen. Sie setzte eine aufmerksame Miene auf und schaltete innerlich ab. Die Fähigkeit, Langeweile zu ertragen, war eines der wichtigsten Charaktermerkmale eines erfolgreichen Politikers. Endlose Sitzungen, Gespräche mit unglaublich faden Personen, denen man Interesse heucheln musste, weil man sie sich gewogen machen wollte.

Idealismus hingegen war ein Hindernis, obwohl er das war, was viele in die Politik trieb. Wer sich nicht damit arrangieren konnte, die eine oder andere moralische Grenze zu überschreiten, der wurde im Mahlwerk der politischen Fronten unweigerlich aufgerieben. Außerdem musste man über eine schier endlose Geduld verfügen – Politik zu betreiben war wie durch einen zähen Sumpf zu waten, unendlich langsam und mühsam kam man Schritt für Schritt voran. Gleichzeitig musste man immer wachsam sein, Gefahren und Chancen erkennen und blitzschnell reagieren. Das war das eigentlich Interessante an dem Geschäft, das und die Macht, die damit einherging. Entscheidungen zu treffen, die das Leben von Millionen Menschen verändern würden. Nathalie war noch sehr jung für ihre Position. Sie beabsichtigte, weit zu kommen. Ganz nach oben.

Die Oper strebte ihrem dramatischen Höhepunkt zu. Die tugendhafte Senta stürzte sich in die Fluten, um den fliegenden Holländer mit ihrer Treue von seinem Fluch zu erlösen. Unauffällig schielte Nathalie auf ihre Armbanduhr aus Platin, das kostspielige Geschenk eines Verehrers. Gleich halb elf. Zum Glück gehörte der »Holländer« zu den kürzeren Wagner-Opern.

Eine gute Stunde später stand sie auf der Treppe der Staatsoper. Wenn Nathalie Opern an sich auch nicht mochte, der Bau mit seiner auch nach fünfzig Jahren noch immer modern wirkenden Glasfassade gefiel ihr gut. Keine verspielten Schnörkel, keine grinsenden Figuren, hell, klar und sachlich.

Der Abend war lau. »Fahr schon mal vor, Papa«, sagte sie. »Ich laufe noch ein paar Schritte.«

»Bist du sicher? Ich kann dich begleiten.«

Nein, vielen Dank, dachte sie. Er würde nur endlos über die Begegnungen des Abends reden, mit den Künstlern, den Honoratioren, die ein Stückchen kulturellen Glanz abbekommen wollten. Alles Menschen, die sie nicht im Geringsten interessierten. »Nein, wirklich, ich bin ganz gern ein bisschen allein.«

Er gab ihr einen Kuss auf die Wange. Mit Mitte sechzig sah er in seinem Smoking noch immer blendend aus. »Bleib nicht zu lange weg.«

Als er davonging, atmete Nathalie zum ersten Mal an diesem Tag richtig durch. Sie schlenderte die große Theaterstraße herunter, die schnurgerade zur Alster führte. Dort setzte sie sich für einen Moment auf eine Bank und genoss den Blick auf die dunkle Wasserfläche und die hell erleuchteten Fassaden, die die Alster säumten. Jetzt nehme ich noch einen Drink, dachte sie aufmüpfig. Sie hatte bereits zwei Gläser lauwarmen Champagner getrunken – eigentlich ihr Limit für einen Abend. Sie erhob sich und strebte auf das Hotel Vier Jahreszeiten zu. In Bars guter Hotels herrschte immer eine angenehm anonyme Atmosphäre. Im Grunde war ihr die Bar im Vier Jahreszeiten mit den holzgetäfelten Wänden und den Kolonialmöbeln viel zu gediegen. Aber die Drinks waren gut. Sie setzte sich auf einen der roten

Lederhocker direkt am Tresen und legte die silberne Abendhandtasche neben sich.

»Was darf es sein für die Dame?«

»Einen Manhattan.«

»Für mich auch«, sagte eine Stimme neben ihr. »Sie mögen auch keine Opern, habe ich recht?«

Das offene Lächeln war ihr auf Anhieb sympathisch. »Erwischt.« Nathalie lachte. »Aber verraten Sie das bloß niemandem.«

KAPITEL 15

Hadice musterte zornerfüllt ihren verschalten Fuß. Noch mindestens zwei Wochen würde sie damit herumhumpeln müssen. Eine Kommissarin auf Krücken war ganz einfach eine Lachnummer. Sie hüpfte einbeinig in die kleine Küche und riss den Kühlschrank auf. Ihre Großmutter hatte ihn mit türkischen Köstlichkeiten bis oben hin vollgestopft. Aber wie sollte man Appetit haben, wenn man sich nicht ordentlich bewegen konnte. Sie nahm ein paar Schlucke Milch direkt aus der Tüte, als sie im Wohnzimmer das Diensthandy klingeln hörte. Sie hinkte schnell zurück und schaffte es gerade noch, den Anruf anzunehmen, bevor die Mailbox ansprang.

»Öztürk.«

»Hadice? Markus hier.«

Müller, diese Pfeife von einem Polizisten. Wieso rief der sie denn auf einmal an? Sie ließ sich aufs Sofa plumpsen. »Was gibt's denn?«

»Ja, äh, das ist ein bisschen kompliziert …«

Spuck's aus Junge, dachte sie.

»Wir haben hier einen Vermisstenfall.«

Hadice setzte sich aufrecht hin. Eigentlich war das keine Sache, wegen der Markus sie anrufen würde, es sei denn …

»Es handelt sich um die Senatorin …«

»Nathalie Stüven?«

»Genau.« Markus klang kleinlaut. Er hatte Hinweise darauf gehabt, dass die Senatorin gefährdet sein könnte, und er war dem nicht nachgegangen.

»Ich kümmere mich darum.« Hadice schnappte sich ihre Krücken.

Der Kleiderschrank gab nicht viel her. Hadice wühlte zunehmend frustriert in Jeans und Lederhosen – Motorradversion, nicht die bayerische Variante. Keine von denen würde sie über ihren Klumpfuß ziehen können. Und eine Hose zu opfern, indem sie einfach ein Hosenbein aufschnitt, kam nicht infrage. Die verblichenen Shorts, die sie im Wechsel seit fast zwei Wochen trug, waren jedenfalls auch nicht salonfähig. »Blöder Mist«, fluchte sie. Sie zerrte zwei Röcke hervor. Mini, Leder, rot. Kam nicht infrage. Jeans, mini, ebenso wenig. Schließlich fiel ihr Blick auf ein züchtig auf dem Bügel hängendes Teil, das noch in der Plastikhülle der Reinigung steckte. Letztes Jahr hatte ihre Nine den siebzigsten Geburtstag gefeiert.

»Ich erwarte, dass du in einem anständigen Kleid erscheinst«, hatte sie gesagt und unmissverständlich die schwarzen Augen funkeln lassen.

Dann ist das Teil eben doch noch einmal für etwas gut, dachte Hadice, während sie grimmig in den geschmeidigen Stoff schlüpfte.

Noch vom Taxi aus rief sie bei Theo an.

Zum Glück meldete er sich sofort.

»Hör mal«, sagte sie, ohne sich groß mit Erklärungen aufzuhalten. »Ich muss wissen, wie viel Zeit man nach einer Tollwutinfektion hat, um sich noch immunisieren zu lassen.«

Theo, der gerade die Rechnungen für die letzten Bestattungen schrieb, war mit einem Mal hellwach.

»Das kommt drauf an.«

»Geht's ein bisschen genauer?«

»Es kommt drauf an, wie viele Viren in den Blutkreislauf geraten und wie nah die Eintrittspforte am zentralen Nervensystem ist.«

»Du meinst die Bisswunde.«

»Genau. Es kann Wochen dauern, bis sich die ersten Symptome zeigen.«

»Und wenn man in den Hals gebissen wird?«

Er schwieg. »Ich würde sagen, höchstens zwei, drei Tage.«

Hadice stieß einen leisen Pfiff aus. Achtundvierzig Stunden, dachte sie. Und wer weiß, wie viele davon schon verstrichen waren. »Holy Shit.«

»Du glaubst, wir haben noch ein Opfer«, hörte sie Theo sagen.

»Nathalie ist weg. Ihr Vater hat sie heute früh als vermisst gemeldet.«

Sie musste es Heiner Grasmann hoch anrechnen, dass er bei ihrem Anblick keinerlei Regung zeigte. Sie humpelte zum Stuhl vor seinem Schreibtisch und lehnte die Krücken sorgsam an beide Armlehnen, bevor sie sich niederließ. Die schwarze Seide knisterte verführerisch.

»Was anderes hat nicht über den Fuß gepasst«, erklärte sie mürrisch.

Ihr Chef gestattete sich ein Lächeln. »Steht dir gut.«

Sie zupfte unbehaglich an ihrem Dekolleté. »Der Fall Stüven.«

»Ich hab mir schon fast gedacht, dass du deshalb hier aufschlägst.« Grasmann war einer der Leiter von Teams, die in Hamburg für Tötungsdelikte zuständig waren. Er war ein großer Mann mit leicht zerzaustem, schon etwas angegrautem Haar. Wie immer trug er Jeans und Hemd. Auf seinen Wangen spross ein Dreitagebart.

»Ich muss da einfach mitarbeiten«, drängte sie.

Grasmann zog eine Augenbraue hoch. »Kommt nicht in die Tüte. Du bist krankgeschrieben.«

»Aber ich kenne die Stüven persönlich.«

»Tatsache?«

Hadice nickte.

»Du weißt schon, dass dich das eher für den Job disqualifiziert?«

Hadice winkte ab. »So gut nun auch wieder nicht. Wir sind

vor einer Ewigkeit gemeinsam zur Schule gegangen. Aber ich bin sicher, ich weiß, worum es hier wirklich geht.«

Grasmann verkniff sich ein Lächeln. Er mochte seine stürmische neue Kommissarin, schätzte ihre Energie und die Leidenschaft, mit der sie sich hinter die Fälle klemmte.

»Na, dann erzähl mal.«

»Vielleicht sollten wir die anderen dazuholen.«

Fünf Minuten später legte sie los. Es war gar nicht so einfach, die irrwitzige Geschichte einigermaßen plausibel darzustellen.

»Okay«, sagte Grasmann schließlich. »Das klingt gelinde gesagt abenteuerlich.«

»Aber …«

Grasmann hob eine Hand. »Aber das bedeutet nicht, dass ich das für ausgeschlossen halte, Hadice.« Er knipste nachdenklich auf seinem Kugelschreiber herum.

»Du und Henry, ihr geht dieser Spur nach. Aber sobald es auch nur ansatzweise brenzlig riecht, hältst du dich raus, Öztürk. Ich meine das ernst.« Er sah sie streng an.

Hadice wusste, dass ihr Einsatz eigentlich gegen die Vorschriften war. Wer nicht hundertprozentig auf dem Posten war, durfte höchstens Bürojobs übernehmen. Zu seinem eigenen Schutz und dem der Kollegen.

»Na schön.« Grasmann hoffte, dass er die Entscheidung nicht bereuen müsste. Aber er war sicher, dass Hadice den Fall entscheidend weiterbringen würde. Er warf ihr noch einen strengen Blick zu. »Der Rest des Teams macht weiter wie bisher«, entschied er. »Videoanalyse, Zeugenbefragung, der ganze Zinnober.«

»Und?«, fragte Henry bedächtig. »Womit sollen wir loslegen?« Hendrik Sibelius war ein erfahrener Ermittler mit sehr viel mehr Dienstjahren auf dem Buckel, als Hadice sie vorweisen konnte. Seine Körperfülle hatte schon manchen Gegner getäuscht. Wenn es darauf ankam, schlug er blitzschnell zu. Hadice hielt inzwischen große Stücke auf ihn.

»Ich würde mit den ersten Opfern anfangen. Vielleicht hat doch irgendjemand etwas mitbekommen. Irgendwie muss der Täter sich ja an sie rangemacht haben.«

»Auf nach Wilhelmsburg«, sagte Henry.

Sabine Klasen öffnete ihnen die Tür. Ihre Wangen waren gerötet und sie trug ein luftiges Sommerkleid. Die sorgfältig pedikürten Füße waren nackt.

»Noch mehr Besuch«, sagte sie, »hereinspaziert.« Sie vollführte eine schwungvolle, etwas fahrige Armbewegung. Aus dem Hintergrund war Gelächter zu hören.

Na, wie eine trauernde Witwe sieht die aber nicht gerade aus, dachte Hadice.

Sie zückte ihren Ausweis. »Kriminalpolizei. Ich hoffe, wir stören nicht.«

»Die Kripo?« Sabine Klasen nahm den Ausweis und betrachtete ihn neugierig. Dann spazierte sie damit davon. Auf der Terrasse im Garten saßen drei Frauen im gleichen Alter. Sektgläser standen auf dem Tisch. Die leere Flasche war offenbar nicht die erste.

Sabine Klasen stolperte an der Türschwelle und musste sich mit einer Hand abfangen. »Hoppla.« Sie kicherte. »Wir haben Besuch von der Kriminalpolizei.« Das »a« in Kriminalpolizei dehnte sie dramatisch.

»Im kleinen Schwarzen und auf Krücken«, bemerkte eine Brünette, deren große Brüste die Bluse zu sprengen drohten. »Das nenne ich mal Stil.«

»Sabine«, sagte die Zweite mit bleistiftkurzen gebleichten Haaren und einer roten eckigen Brille, »jetzt haben wir den Salat: Du stehst unter Mordverdacht.«

»Verdient gehabt hätte er es.« Die Brünette schwenkte ihr Sektglas. »Sebastian, der Schweinehund, möge er in der Hölle schmoren.«

Hadice konnte sich kaum das Lachen verkneifen. Da

schien der Tod ausnahmsweise mal den Richtigen getroffen zu haben.

»Vielleicht können wir uns irgendwo ungestört unterhalten«, fragte Henry zuvorkommend.

»Natürlich, wir gehen einfach ins Wohnzimmer.«

Die junge Witwe ließ sich auf die helle Ledercouch plumpsen und zog die Füße hoch.

Hadice setzte sich umständlich in einen Sessel. Henry zog sich einen Stuhl vom Esstisch heran.

»Frau Klasen, es tut uns sehr leid, Sie belästigen zu müssen, aber es haben sich neue Gesichtspunkte ergeben ...«

»Nur zu.« Sabine Klasen wedelte vage mit der linken Hand. In der rechten hielt sie noch immer ihr leeres Sektglas. Verdutzt sah sie es an und stellte es auf den Glastisch vor sich.

Hadice zog einen Block aus ihrer Umhängetasche.

»Sie haben Ihren Mann am Donnerstag vor zwei Wochen vermisst gemeldet. Er war in der Nacht zuvor nicht nach Hause gekommen und auch nicht an seinem Arbeitsplatz erschienen. Ist das richtig?«

»Das war vollkommen untypisch für Sebastian«, bestätigte die Witwe.

»Wann hat er denn das Haus verlassen?«

»So gegen sieben. Wir haben noch zusammen Abendbrot gegessen und dann ist er los.«

»Wissen Sie, wohin?

»Vermutlich zu Augusta. Da war er meistens ...«

»Zu diesem Portugiesen? Ich dachte, er hätte schon gegessen.«

»Nicht wirklich.« Die Witwe strich sich trotzig eine Haarsträhne aus der Stirn, als verscheuche sie ein lästiges Insekt. »Er hat sich über den Kleinen geärgert. Und da ist er dann gegangen.«

»Aber normalerweise ist er nie über Nacht weggeblieben?«

Sabine Klasen starrte auf den Tisch vor sich. »Doch, das kam schon mal vor«, sagte sie leise. »Aber dass er dann am nächsten Tag nicht zur Arbeit erschienen ist – das hatte es noch nicht gegeben.«

»Und?«, fragte Hadice, als sie wieder im Auto saßen.

»Mir scheint, die Frau hätte einen guten Grund gehabt, ihren Mann loszuwerden – aber mit den Kindern stelle ich mir das schwierig vor. Ich meine, sie müsste ihn dann ja irgendwo eine Woche gefangen gehalten haben. Und überhaupt: Sie hat vermutlich keinerlei Motiv, auch Reinhold Lehmann etwas anzutun, geschweige denn Nathalie Stüven …«

»Seh ich genauso.«

»Also, auf zum Portugiesen.«

Augusta entpuppte sich als Augusto und war damit beschäftigt, hinter der Bar die Gläser zu polieren. Der Wirt war groß und sehr dünn. Auf seinen Wangen sprossen enorme Koteletten. »Moin«, sagte er knapp und stellte das zuletzt bearbeitete Glas sorgsam auf den Tresen. »Sorry, Leute, aber die Küche macht erst in einer Stunde auf.«

Hinter ihm hing ein großer Flachbildschirm, auf dem Werbung für Katzenstreu lief.

Henry zeigte ihm seinen Ausweis. »Wir hätten nur ein paar kurze Fragen. Vorletzten Mittwoch. Können Sie sich erinnern, dass da Sebastian Klasen bei Ihnen gewesen ist?«

»Schlimme Sache.« Der Wirt wirkte bekümmert.

»Wir untersuchen die Umstände seines Todes, die gelinde gesagt, etwas ungewöhnlich waren«, sagte Henry.

So kann man das natürlich auch ausdrücken, dachte Hadice.

»Also, da gewesen ist er jedenfalls, an diesem Mittwoch, meine ich.« Augusto deutete auf einen Hocker an der Bar. »Hat sich ein paar Tapas bestellt und ein paar Bier getrunken. Und das Fußballspiel geguckt, natürlich.«

»HSV gegen Stuttgart«, bestätigte Hadice.

»Ein Trauerspiel.« Der Wirt nickte betrübt. »Da haben wir ordentlich was auf die Mütze gekriegt.«

»Wie lange war er denn da, der Sebastian Klasen?«

»Auf jeden Fall bis zum Ende der Spiels.«

Hinter ihm erschien Judith Rakers von der Tagesschau auf dem Bildschirm. Im Hintergrund wurde ein Bild von Nathalie Stüven eingeblendet. Die Presse war also informiert. Na, dann geht ja jetzt wohl die Post ab, dachte Hadice.

»Hat er sich mit irgendjemandem unterhalten?«, fragte Henry. »Soweit wir verstanden haben, war er bei Ihnen doch so was wie ein Stammgast.«

Der Wirt kraulte sich verlegen die Koteletten. »Anfangs war er ziemlich mürrisch. Hatte wohl wieder mal Krach mit seiner Alten.« Sein Gesichtsausdruck erhellte sich. »Aber dann ist diese Lady aufgetaucht. Die hat sich ein Stück weiter hinten an die Bar gesetzt, eine, die ich nicht kannte. Die ist mir aufgefallen, weil sich ansonsten ja nicht viele Fremde hierher verirren. Und solche schon gar nicht.«

Hadice hob fragend die Augenbrauen.

»War ne echte Augenweide, die Dame. Ich kann mir kaum vorstellen, dass Sebastian sich das hat entgehen lassen. Der hat immer was übrig gehabt für schöne Frauen.« Er zwinkerte vieldeutig und begann damit, ein weiteres Glas zu polieren.

Hadice und Henry warfen sich einen Blick zu.

»Und mit der hat er sich also unterhalten.«

»Zumindest in der Halbzeitpause. Aber so genau habe ich das nicht mitgekriegt. Wenn Fußball ist, ist hier immer einiges los.«

»Und sind die dann zusammen gegangen, Sebastian Klasen und diese Frau?«

Der Wirt schüttelte betrübt den Kopf. »Könnt ich nicht beschwören. Ganz ehrlich, da habe ich keinen Schimmer.«

»Wie sah sie denn aus?«

Der Wirt überlegte. »Groß und schlank auf jeden Fall. Dunkelbraune, glatte Haare. So ein bisschen ein Typ wie diese Schauspielerin. Bloß jünger. Die mit diesem jungen Schnösel liiert war …«

Hadice runzelte die Stirn. Sie hatte nicht besonders viel Zeit, um die Klatschpresse zu lesen.

»Früher war sie mit diesem anderen Typen verheiratet. Der mit der Glatze … Ich meine den, der diese ganzen Actionfilme dreht. ›Stirb langsam‹ und so.«

»Bruce Willis?«

»Yippie-Ya-Yeah, Schweinebacke.«

Henry lachte, Hadice glotzte. »Das war ein Filmzitat«, sagte er.

»Und diese Frau am Tresen, die sah also aus wie eine Ex von Bruce Willis«, versuchte Hadice den Faden wieder aufzunehmen.

»Genau.«

Hilfe suchend blickte sie zu Henry.

Der machte ein Pokerface. »Demi Moore«, sagte er schließlich.

»Ebendie.« Der Wirt strahlte. »Die hat wirklich Klasse.«

»Und so eine Klassefrau hat sich also an jenem Abend mit Sebastian unterhalten.«

»Exakt, Meister.«

»Vielleicht hat ja jemand anderes beobachtet, ob die beiden zusammen weg sind. Können Sie uns da ein paar Namen nennen? Von Ihren Stammgästen, die auch am Mittwoch hier waren?«

»Reinhard, Bartels, Pawlowski …« Er schüttelte den Kopf. »Eigentlich die ganze Bande, wenn ich mich recht erinnere … Aber wissen Sie was, wenn Sie heute Abend wiederkommen, haben Sie gute Chancen, die alle auf einen Schlag zu treffen.«

»HSV gegen Bayern München.« Henry seufzte.

»Das gibt wieder ein Gemetzel.« Resigniert stellte der Wirt das blitzende Glas auf dem Tresen ab.

»Na so was, eine geheimnisvolle Dame«, sagte Henry, als sie wieder im Auto saßen.

»Das muss nichts heißen.«

Henry zuckte die Schultern. »Abwarten. Aber nehmen wir uns doch erst mal die Bekannten von Reinhold Lehmann vor.«

»Wenn wir überhaupt welche auftreiben können ...«

»Alleinstehend, arbeitslos – das wird vielleicht nicht einfach.«

Sie fuhren hinüber zur Fährstraße, wo der Tote gewohnt hatte. Das Reiherstieg-Viertel hatte sich in den letzten Jahren dank diverser Renovierungen zum In-Viertel der Wilhelmsburger Szene gemausert. Das Haus, in dem Reinhold gewohnt hatte, war allerdings noch nicht saniert. Die Fassade hatte einen schmutzig grauen Farbton und war mit künstlerisch wenig anspruchsvollen Graffitis besprüht. Hadice klingelte irgendwo auf gut Glück. Beim dritten Versuch krächzte es aus der Sprechanlage. »Verschwindet, ihr Lausebengel.« Die Stimme ließ sich unmöglich einem weiblichen oder männlichen Wesen zuordnen. Aber zweifelsohne war ihr Eigentümer ziemlich betagt.

»Guten Tag, Kripo Hamburg. Wenn Sie uns bitte hineinlassen würden.«

»Wollen Sie mich verhaften?«, krächzte es.

Die Kommissarin lachte. »Vorerst nicht.«

Darauf ertönte der Summer.

Sie stiegen in den zweiten Stock empor. Hadice fluchte und krallte sich an das Geländer. Die Krücken hatte Henry ihr galant abgenommen. Die Person, die sie eingelassen hatte, erwartete sie an der Haustür. Offenbar war der Besuch der Polizei eine willkommene Abwechslung im täglichen Alterseinerlei. Es handelte sich um eine winzige, gebeugte Gestalt mit dünnem kurzem Haar und einer enormen Nase. Die Füße steckten in ausgetretenen Herrenpantoffeln. Trotz der Wärme draußen schlotterte ein dicker, giftgrüner Fleecepullover um den zerbrechlichen Körper. Ein Paar Cordhosen vervollständigten das Ensemble.

»Sie wollen also von der Polizei sein?«, krächzte die Person, deren Geschlecht nach wie vor undefinierbar schien. Eine Polizistin mit Hinkebein im kleinen Schwarzen sah man eben nicht alle Tage. Zwischen den Runzeln blitzten hellwache Augen.

Scheint wenigstens noch nicht völlig verkalkt zu sein, dachte Hadice. »Guten Tag«, sagte sie, »wir würden Ihnen gern ein paar Fragen zu Ihrem Nachbarn stellen. Reinhold Lehmann.« Hadice nestelte zum dritten Mal an diesem Tag ihren Ausweis hervor.

Das Persönchen vor ihr winkte mit Händen ab, die zu Klauen gekrümmt waren. Die Finger mündeten in dicke, gelbliche Nägel. »Dann kommen Sie mal rein«, sagte sie und hinkte voran in die Wohnung. Hadice nahm die Krücken von Henry in Empfang und humpelte verbissen hinterher.

Sie wappneten sich gegen den Geruch nach altem Mensch und ungelüfteten Zimmern, als sie die Wohnung betraten. Doch zu ihrer Überraschung waren die Räume hell und luftig. Die Vorhänge bauschten sich im Wind, der durchs offene Fenster hereinströmte, und verbreiteten einen Duft nach frischer Wäsche. An einer Wand schwang gemütlich eine Standuhr aus dunklem Holz ihr Pendel. Die alte Person ließ sich in einen Armsessel sinken. Sofort sprang ihr eine Katze auf den Schoß. Offenbar ein Straßenkämpfer, dachte Hadice. Die Ohren des Tieres waren völlig zerfleddert.

»Maria Zurek«, stellte sich die Person vor und enthüllte damit endlich, dass es sich um eine Frau handelte. »Ich wohne seit dreiundfünfzig Jahren in diesem Haus.«

»Hadice Öztürk«, sagte Hadice. »Und das ist mein Kollege Sibelius.«

Die alte Frau nickte. »Ich soll Ihnen also von Herrn Lehmann erzählen. Nun, er ist vor ungefähr acht Jahren in die Wohnung nebenan gezogen. Ich kann nicht sagen, dass er ein besonders angenehmer Nachbar war.«

»Inwiefern?«, wollte Hadice wissen, obwohl sie die Antwort zu kennen glaubte.

»Offen gesagt, er war ein Trinker. Hat mitunter ziemlich randaliert. Besonders schlimm war es, wenn er mit seinen Saufkumpanen ein Gelage gefeiert hat. Das passierte meist zu Monatsanfang – da waren die Herrschaften flüssig.« Gedankenverloren fuhr die alte Frau mit ihren verkrümmten Fingern durch das Katzenfell. »Dann habe ich immer das Ding hier ausgestellt«, sagte sie und deutete auf den großen fleischfarbenen Verstärker eines Hörgeräts hinter ihrem linken Ohr. »Auf der anderen Seite bin ich ohnehin schon seit dem Krieg stocktaub. Sehen Sie, mitunter können die Gebrechen des Alters tatsächlich noch zu etwas gut sein.« Sie kicherte.

»Diese Besucher von Lehmann – haben Sie die gekannt?«

»Oh, ich kenne viele Leute hier im Viertel – zumindest vom Sehen«, sagte die Alte nicht ohne Stolz. »Eine Weile hatte er auch eine Frau bei sich wohnen. Iris hieß die. Nettes Mädchen. Aber sie hat auch getrunken, leider.« Die Falten ihres Gesichts gruppierten sich zu einem bedauernden Ausdruck.

»Wann ist sie ausgezogen?«, warf Henry ein.

»Das wird wohl so zwei Jahre her sein.«

»Und die anderen?«

»Das waren eigentlich immer die Gleichen. Der eine heißt Gunnar Krause. Hat früher als Fernfahrer gearbeitet. Die anderen beiden kenne ich nicht mit Namen. Aber bei schönem Wetter sitzen die alle meistens draußen am Busbahnhof.« Sie machte eine Handbewegung, als würde sie ein Getränk in sich hineinschütten.

Hadice nickte. »Wissen Sie, ob er mit noch irgendjemandem hier im Haus Kontakt gehabt hat?«

»Glaub ich nicht, Kindchen. Das sind ansonsten alles ordentliche Leute, die hier wohnen. Die hatten mit Lehmann nix am Hut.«

»Sie wissen ja vielleicht, dass Reinhold Lehmann vor zwei Wochen verstorben ist«, hakte Henry nach.

Die alte Frau nickte. »Die haben nicht lang gefackelt, bis sie seine Wohnung ausgeräumt haben.« Sie blickte sich um. »Das wird bei mir auch nicht anders sein, wenn ich mal abtrete …«

»In den Tagen oder Wochen zuvor, ist Ihnen da irgendwas Ungewöhnliches aufgefallen?« Henry beugte sich gespannt vor.

»In der Tat«, sagte die alte Frau. »Er war über eine Woche nicht zu Hause, der Reinhold. Das hat es vorher noch nie gegeben.«

KAPITEL 16

»Spurlos verschwunden. Genau wie Klasen«, stellte Henry fest, als sie wieder vor der Haustür standen. Hadice zündete sich eine Zigarette an und inhalierte tief.

»Das ist doch schon mal ein Anfang. Beide Opfer verschwinden vor ihrem Tod.« Sie lehnte sich an die Hauswand und entlastete ihren kaputten Knöchel. »Offensichtlich hat der Täter sie gekidnappt, sie infiziert und so lange abgewartet, bis sie tot waren. Beziehungsweise im Fall von Sebastian Klasen nicht mehr zu retten und bereits zu verwirrt, um noch irgendetwas über den Täter zu erzählen.«

»Wirklich teuflisch.«

»Wo hat man die beiden eigentlich gefunden?«

»Lehmanns Leiche hat am Moorwerder Hauptdeich gelegen.«

»Wie idyllisch.« Anders als die meisten Hamburger, für die Wilhelmsburg vornehmlich ein sozialer Brennpunkt war, kannte Hadice auch die ländlichen Ecken der Elbinsel. Hinter den Deichen, die die Bewohner bei Sturmflut schützen sollten, erstreckten sich Wiesen, Felder und sogar landwirtschaftliche Betriebe.

»Und Klasen ist in der Brackstraße zusammengebrochen, kurz vor der Fußgängerbrücke über die S-Bahn-Schienen«, ergänzte Henry.

»Da ist nachts auch kein Mensch unterwegs«, sagte Hadice nachdenklich. Sie schnippte den Rest der Zigarette auf die Straße.

»Willst du etwa zu Fuß loshinken?«

»Sind nur ein paar Hüpfer. Komm schon, ich brauche Bewegung.«

Tatsächlich war der Stübenplatz nur wenige hundert Meter entfernt. Auf dem Weg dahin bewunderte Henry die Jugendstilfassaden der sanierten Häuser. Viele hatten die Bombenangriffe des Zweiten Weltkriegs überlebt. Nur hier und da gab es Lücken in den Häuserzeilen.

»Wozu nach Winterhude ziehen, wenn man in Wilhelmsburg so feudal residieren kann«, witzelte er.

»Hab ich mir auch gedacht.« Hadice war erst vor wenigen Monaten zurück auf die Elbinsel gezogen, auf der sie ihre Jugend verbracht hatte. Damals hatte sie noch bei der Wilhelmsburger Polizei gearbeitet, wo man sie weniger wegen ihrer türkischen Wurzeln als wegen ihrer Sprachkenntnisse eingesetzt hatte. Seit sie beim Morddezernat war, war ihr Anfahrtsweg zur Arbeit wieder genauso weit wie zuvor. Aber umziehen kam für sie nicht infrage. Sie mochte das bunte Treiben. Mit dem zum Teil arg versnobten Publikum in Hamburgs schicken Stadtvierteln hatte sie wenig am Hut. »Du solltest erst mal den Kanal sehen, der fließt direkt hinter den Häusern entlang«, sagte sie und deutete mit einer Krücke die Ilenbuler hinauf.

Am Wilhelmsburger Stübenplatz angekommen, betrachteten sie das Treiben zwischen den Marktständen. Henry fuhr sich nachdenklich über die Stoppeln auf seinem Schädel. »Wird nicht leicht, hier Lehmanns Trinkkumpane aufzustöbern.«

Auch Hadice schaute ratlos auf das Gewimmel von Menschen, die zwischen den Ständen flanierten. Neben frischem Obst und Gemüse aus Moorwerder gab es billige Kleidung und Elektronikkrimskrams. Ein kleiner Junge schnappte sich eine schwarze Baseballkappe mit dem Totenkopfemblem des Fußballclubs Sankt Pauli von einem der Tische und bekam von seiner Mutter eins hinter die Löffel. Ein Gemüsehändler döste, Kaugummi kauend, im Schatten seines Schirms, nicht ohne die Ware im Auge zu behalten. Zwei ältere Frauen begutachteten knallbunte Spitzen-BHs in Übergrößen.

»Auch wenn wir's eilig haben, ich brauche jetzt was zu futtern.« Henry steuerte auf einen Imbissstand zu. »Willst du auch eine Currywurst?«

»Spinnst du, ich bin Muslima«, sagte Hadice. Henry schaute betreten. »Ach quatsch, klar nehm ich eine. Ich bin schließlich assimiliert.«

Die Sauce war üppig und scharf, wie Hadice es mochte. Während sie den letzten Zipfel ihrer Wurst aufspießte, fiel ihr Blick auf das Wilhelmsburger Deichhaus.

Das hübsch sanierte Häuschen aus rotem Klinker war das älteste im ganzen Viertel. Seit einigen Jahren beherbergte es die Arbeitsloseninitiative Wilhelmsburg. An der »Wilhelmsburger Tafel« wurde dort kostenloses Essen an Bedürftige ausgeteilt. Außerdem gab es zweimal wöchentlich eine Sozialberatung.

»Vielleicht kennen die den Lehmann«, sagte Hadice. »Er hat ja immerhin gleich hier ums Eck gewohnt.«

Entschlossen humpelte sie auf das Haus zu. Auf den Bänken links und rechts der weißen Sprossentür saßen vier Männer und genossen die Sonne. »Nu man nich so stürmisch, junge Frau«, sagte einer von ihnen aufgeräumt.

Henry eilte ihr hinterher, während er hastig den Rest seiner Wurst verspeiste.

Die Leiterin der Initiative war eine etwa vierzigjährige Frau mit dunkelbraunem Bob und hellwachem Blick. Sie führte die Kriminalbeamten in ihr Büro und schenkte jedem ein Glas Mineralwasser ein. Dann seufzte sie. »Reinhold Lehmann, natürlich haben wir den gekannt.«

Hadice bemerkte, dass die Frau nervös mit ihrer Kette aus bunten afrikanischen Holztieren spielte.

»Er hat hier manchmal zu Mittag gegessen – wenn er rechtzeitig aus dem Bett gekommen ist.« Sie lächelte schief. »Ehrlich gesagt war er wirklich nicht ganz einfach.«

»Wie meinen Sie das?«, wollte Henry wissen.

»Er gehörte zu denen, die immer anderen die Schuld an ihrer Misere geben. So was ist anstrengend.«

Hadice nickte verständnisvoll.

»Vor allem aber hat ihm Spaß gemacht, die Leute zu kränken«, sagte sie und errötete ein wenig.

Dich hat er offenbar auch drangekriegt, dachte Hadice.

»Er hatte ein unheimliches Gespür dafür, welche Schwachstellen die Menschen haben. Und genau die hat er dann ans Licht gezerrt.« Sie strich sich fahrig die Haare hinter die Ohren und schluckte.

»Können Sie sich erinnern, wann Sie ihn zuletzt gesehen haben?«

Die Frau schüttelte den Kopf. »Das war irgendwann vor ein paar Wochen. Aber genau weiß ich das wirklich nicht mehr.«

»Wissen Sie vielleicht, wer uns sonst noch weiterhelfen könnte?«

Die Leiterin überlegte kurz. Dann erhellte sich ihr Gesicht. »Draußen auf der Bank vor der Tür, da saß vorhin noch Sven. Sven Seeland. Der hat eigentlich dauernd mit Reinhold zusammengehockt.«

»Danke.« Hadice hievte sich schwankend in die Höhe.

»Warum interessiert sich eigentlich auf einmal die Kriminalpolizei für Reinhold? Ich dachte, er ist an einer Tollwutinfektion gestorben.«

»Ist er auch«, sagte Hadice im Hinausgehen. Jetzt suchen wir nur noch nach der Fledermaus auf zwei Beinen, dachte sie im Stillen.

Auf den Bänken vor der Tür hockten noch immer dieselben vier Gestalten.

»Komm, setz dich zu uns, schöne Frau«, sagte der Spaßvogel von vorhin.

»Ist einer von Ihnen Sven Seeland?« Hadice blickte sie der Reihe nach an.

»Wer will das wissen?« Der Mann, der das fragte, war groß und bullig. Die tätowierten Muskelpakete seiner Oberarme waren beeindruckend. Anabolika, vermutete Hadice, und da das Zeug nicht nur die Muskeln schwellen ließ, sondern auch die Aggressionen, war sie auf der Hut.

»Kripo Hamburg«, sagte Henry und hielt ihm den Ausweis vor die Nase.

»Mensch, Sven, was hast du jetzt wieder angestellt?«, fragte sein Banknachbar und brach in dröhnendes Gelächter aus.

»Halt bloß das Maul, Schröder.« Der Muskelbepackte hob drohend die Faust.

»Immer schön mit der Ruhe«, sagte Henry. »Wir haben nur ein, zwei Fragen an Sie.«

»Wegen Ihres Freundes, Reinhold Lehmann.«

Sven Seeland ließ die Faust sinken.

»Springt 'n Bier für mich dabei raus?«

Na, das ist ja ein Herzchen, dachte Hadice. Hier geht's um seinen toten Kumpel und der Typ denkt nur an Alkohol. Sie nickte knapp. »Geht in Ordnung.«

Zielstrebig steuerte er den Imbiss gegenüber an, wo er lautstark Bier orderte. »Mit 'nem Glas, die Herrschaften zahlen.« Mit großer Geste deutete er auf Henry und Hadice.

Henry zog sein Portemonnaie hervor.

Nach den ersten Schlucken wischte Seeland sich den Schaum vom Mund und starrte sie herausfordernd an. »Worum geht's hier eigentlich?«

»Wir würden gern wissen, wann Sie Ihren Freund zuletzt gesehen haben.«

»Und warum?«

Hadice seufzte. Das fing ja gut an. »Sehen Sie, wir würden gern herausfinden, was passiert ist. Wo er sich infiziert hat.«

»Mit diesen Scheiß-Tollwutbazillen? Da hab ich wirklich keine Ahnung.«

»Also, wann haben Sie ihn nun zuletzt gesehen?«

Seeland stierte in sein Glas. »Vor drei Wochen waren wir noch zusammen einen trinken.« Er machte eine vage Kopfbewegung in Richtung einer Tür. »In dieser Kneipe. Inges Bierstübchen oder wie der Laden heißt.« Er rülpste unterdrückt. Dann trank er seinen letzten Schluck und knallte das Glas auf den Tisch. »War's das?«

»Nun mal langsam.« Henry hob abwehrend eine Hand. »Seit diesem Abend haben Sie ihn nicht mehr wiedergesehen?«

»Sag mal, seid ihr taub oder was?«

Hadice und Henry verzogen keine Miene. »War es ungewöhnlich, dass Sie ihn so lange nicht getroffen haben?«, fragte Hadice.

»Klar war das ungewöhnlich, sonst haben wir so gut wie jeden Tag zusammen abgehangen.«

»Und was haben Sie gedacht, als er nicht mehr aufgetaucht ist?«

Seeland zuckte die mächtigen Schultern. »Nix. Dass er mit dieser Alten einen draufmacht, vermutlich.«

»Welcher Alten?«

»Gibt's noch 'n Bier?«

Henry ignorierte die Frage. »Verstehe ich Sie richtig, dass Lehmann in der Kneipe eine Frau getroffen hat?«

»Genau.«

»Und wissen Sie, wer das war?«

»Nee. Keinen Schimmer. Hab die Schnalle nie zuvor gesehen.«

»Beschreiben Sie sie.«

»Weiß nicht. Sah aus wie 'ne Schlampe. Minirock und hohe Hacken und das ganze Gesicht voll Farbe. Hat ihre Titten rausgestreckt wie sonst was. Wirklich nicht schlecht gebaut. Ungefähr so wie Sie.« Er grinste Hadice anzüglich an.

Die zuckte mit keiner Wimper. »Haarfarbe?«

»Blond. Hellblond. So bis hier ungefähr.« Er deutete eine Länge bis zu den Schultern an.

»Alter?«

»Irgendwas zwischen zwanzig und vierzig. So wie die Weiber sich immer zukleistern, blickt da ja keiner mehr durch.«

»Und sind die zwei zusammen gegangen?«

»Keine Ahnung. Bin vorher abgehauen.«

»Na?«, fragte Henry und öffnete Hadice die Wagentür.

»Schon die zweite geheimnisvolle Unbekannte, die in dieser Geschichte auftaucht.«

Hadice ließ sich auf den Beifahrersitz sinken und hob den verletzten Fuß mit beiden Händen ins aufgeheizte Auto.

»Hmmm. Eine aufgedonnerte Blondine und eine Brünette mit Klasse.« Henry verstaute die Krücken auf der Rückbank. »Kennst du den Film ›Club der Teufelinnen‹«, fragte er dann.

»Geht's da nicht um einen Haufen Frauen, die ihre untreuen Männer in die Mangel nehmen?«

»Ich sehe, du hast dich mit der Materie befasst.«

Hadice schnaufte. »Könntest du losfahren und die Klimaanlage anschmeißen? Ich kriege sonst einen Kollaps.«

Henry startete den Wagen. »Nein, im Ernst, kann es sich da um eine Art Verschwörung handeln?«

»Du gehst zu oft ins Kino.«

»Ich gehe so gut wie nie ins Kino. Ich hab Kinder. Ich guck DVDs.«

Hadice ließ das Fenster herunter. »Ich weiß nicht. Eigentlich glaube ich nicht, dass sich hier ein Haufen Rächerinnen zusammengetan hat.« Sie fächelte sich mit einem ramponierten Stadtplan von 2001 Luft zu. »Ich glaube, das war ein und dieselbe Person, nur in unterschiedlicher Aufmachung.«

Henry zog die Augenbrauen hoch. »Könnte sein. Und wo machen wir jetzt weiter?«

»Wir besuchen eine alte Klassenkameradin von mir. Sylvia Kuhn.«

»Eines von den Mobbingopfern?«

Hadice nickte und gab die Adresse von DESY in das Navi ein.

Nathalie erwachte davon, dass sie fror. Die Luft war kühl und roch nach feuchtem Beton. Sie setzte sich auf ihrem Lager auf und versuchte, sich zu orientieren. In dem kreisrunden Raum herrschte grünliches Zwielicht. Wo um alles in der Welt war sie gelandet? Und wie war sie hierhergekommen? Ihr Mund war trocken und ihr war übel. In ihrem Kopf pulsierten die Neuronen.

Sie erhob sich und ging auf unsicheren Beinen zu einem Schatten in der Wand. Wie vermutet, handelte es sich um eine Tür. Sie war aus schwerem Eisen und mit Nieten besetzt. Sie rüttelte ein paar Mal an der Klinke. Nichts rührte sich. Stöhnend presste sie die Stirn gegen das kalte Metall.

Sie wankte zurück zu ihrem Lager. Dort entdeckte sie eine Wolldecke, die sorgfältig gefaltet am Fußende lag. Zitternd wickelte sie sich darin ein. Jetzt bloß nicht in Panik verfallen, dachte sie. Sie versuchte, sich zu konzentrieren, doch das war nicht so einfach. Nach und nach ordneten sich ihre Gedanken. Jemand hatte sie offenbar verschleppt und in dieses Verließ gesperrt. Vermutlich irgendjemand mit kruden politischen Ideen oder jemand, der hoffte, Lösegeld zu erpressen. Den Zusammenhang mit ihren toten Schulkameraden schob sie beiseite. Die unvermeidliche Konsequenz daraus war ihr zu bedrohlich.

Da sie sich an absolut nichts erinnern konnte, hatte man ihr vermutlich irgendwelche K.-o.-Tropfen in den Drink getan. Sie besann sich noch, dass sie in der Oper gewesen war. Und dann? Dann war sie in die Bar im Vier Jahreszeiten gegangen. Dort musste es passiert sein. War da nicht jemand gewesen? Eine Frau? Die Erinnerung war nebulös. Fröstelnd zog sie die Decke enger um sich. Das verfilzte Material fühlte sich unangenehm auf ihren bloßen Armen und am Hals an. Besonders am Hals. Sie kratzte sich. Dabei berührten ihre Fingerspitzen zwei kleine Verletzungen, auf denen sich bereits Wundschorf gebildet hatte. Tollwut! Das Wort leuchtete vor ihren Augen auf, rote Lettern auf schwarzem Grund. Das Entsetzen schlug seine Krallen in sie, Herz und Gedärm krampften sich zusammen. Sie krümmte sich und rollte sich in embryonaler Stellung auf dem Lager zusammen. In ihrem Blut kreisten zweifellos die tödlichen Viren. Und schon bald würde man sie nicht mehr retten können – auch wenn man sie lebend fand. Also doch! Wie Sebastian. Sie stöhnte und schloss die Augen.

Irgendwann musste sie weggedämmert sein. Sie fuhr hoch, als eine Stimme sagte: »Und, Nathalie, wie fühlt es sich an, einmal selbst das Opfer zu sein?«

KAPITEL 17

Theo starrte auf die Frau vor ihm im Sarg und blinzelte. Gerade eben hatte sie sich vor seinen Augen in den Leichnam von Nathalie verwandelt. Dabei sah die Tote seiner einstigen Mitschülerin bis auf das Blondhaar nicht einmal besonders ähnlich. Die Sache machte ihm zu schaffen. Er schloss den Sarg und rollte ihn in den Kühlraum, wo er bis zur morgigen Kremierung gut aufgehoben war.

Als er den OP verließ, wie er den Raum für die Versorgung der Toten nannte, stieß er unversehens mit May zusammen.

»Was machst du denn hier?«

»Ich arbeite hier, schon vergessen?«

»Aber verflixt, wer kümmert sich dann um die Bestattung von Dr. Rauhfuß?«

May hob eine Augenbraue. »Morgen, Theo. Die Beisetzung ist erst morgen.«

Theo stöhnte und rieb sich die Stirn.

»Und die Linsen habe ich auch nicht gefunden.« Er starrte sie vorwurfsvoll an.

Wenn Angehörige ihre Verstorbenen noch einmal sehen wollten, mussten die Toten entsprechend präpariert werden. Dazu gehörten auch spezielle, mit Widerhaken versehene Kontaktlinsen, die verhinderten, dass die Augen aufklafften. Eines der vielen Details im Bestattergeschäft, die man den Hinterbliebenen besser ersparte.

»Wie grässlich«, war auch Hannas Kommentar, als er ihr davon erzählt hatte.

»Viel grässlicher ist es, wenn den Toten die Augen halb offen stehen.« Dabei hatte er anschaulich dargestellt, wie das aussah.

Schweigend ging May jetzt zu der alten Kommode neben der Tür, auf der ein großes Paket lag. »Ich schätze mal, die sind hier drin.« Sie reichte ihm das Paket. »Das hast du übrigens gestern selbst in Empfang genommen.«

»Tatsächlich?«

Sie überkreuzte die Arme und sah ihn finster an.

»Darf ich dir mal einen Tipp geben?«

Theo nickte.

»Ruf Hanna an.«

Dass er da nicht selbst draufgekommen war!

Eine Stunde später saß sie bei ihm auf der Terrasse. Sie trug ein safrangelbes Wickelkleid, das einen tollen Kontrast zu ihren schwarzen Locken bildete. Ihre Füße hatte sie entspannt auf einen weiteren Stuhl gebettet. »Herrlich.« Sie wackelte mit den Zehen.

Theo tigerte auf und ab. »Ich kann hier doch nicht einfach rumsitzen und gar nichts machen.«

»Hör auf, die Steinplatten zu malträtieren, und setz dich.«

Widerwillig ließ er sich auf einen Liegestuhl sinken. »Wenn ich wenigstens diese Sanna ausfindig machen könnte.«

»War das eine von denen, der diese Nathalie besonders zugesetzt hatte?«

Er nickte.

»Was hast du bisher unternommen?«

»Also, im Hamburger Telefonbuch steht sie schon mal nicht. Und dann habe ich sie gegoogelt.«

»Und?«

»Es gibt keine Sanna Sörgel. Zumindest nicht im Web.«

Hanna packte sich ihre langen Locken und drehte sie zum Knoten. »Was ist mit Facebook und Xing?«

»Fehlanzeige.«

Sie zündete sich eine Zigarette an und verfolgte den blauen Dunst mit den Augen.

»Vermutlich hat sie ganz einfach geheiratet. Oder sie wohnt inzwischen irgendwo anders und führt ein Leben fernab von Social Networks. Aber Hadice müsste sie doch aufstöbern können.«

»So lange will ich nicht warten.«

»Was ist mit den Eltern von dieser Sanna?«

»Pia, du weißt schon, die unser Klassentreffen ausgerichtet hat, hat gemeint, die seien unter der alten Adresse nicht mehr zu erreichen. Unbekannt verzogen.«

»Aber vielleicht könnte sonst noch jemand was wissen? Nachbarn vielleicht? Oder ihre Busenfreundin aus der Schulzeit?«

»Du darfst nicht vergessen, dass sie gemobbt wurde. Und Mobbingopfer sind oft ziemlich isoliert.«

Hanna nickte. »Aber mit irgendjemandem muss sie doch ein bisschen Kontakt gehabt haben.«

Theo kratzte sich am Kopf. »Mist. Das ist so lange her. Ich kann mich einfach nicht mehr erinnern.«

Hanna kaute auf ihrer Unterlippe. »Hast du keine alten Fotos aus deiner Schulzeit?«

»Na klar.«

»Herholen!«

Als Theo sein ehemaliges Elternhaus übernommen hatte, hatten er und seine Frau es komplett umgebaut. Sie ließen das alte, reetgedeckte Klinkergebäude ganz entkernen und modern ausbauen. Sogar die Decke zwischen den zwei Geschossen wurde teilweise entfernt, sodass an dieser Stelle ein hoher Raum entstanden war. Nur die alten Holzböden und die Deckenbalken erinnerten im Inneren noch an die Vergangenheit. Das Untergeschoss bestand fast durchgängig aus einem einzigen großen Bereich, in dem sich auch die Küche befand. Im ersten Stock lagen das Schlafzimmer, ein großzügiges Bad sowie der Raum, der eigentlich das Kinderzimmer hätte werden sollen. Jetzt diente er als eine Art Abstellkammer.

Theo betrat diesen Raum nur selten. Nach dem Tod von Nadeshda und dem Kind hatte er die bereits angeschafften Kinderzimmermöbel zwar verschenkt. Doch der zartgelbe Anstrich und die eine Wand, die Nadeshda eigenhändig mit einer Unterwasserszene bemalt hatte, erinnerten noch immer an seine eigentliche Bestimmung. Sie war eine begabte Illustratorin gewesen und hatte in die Gestaltung des Raumes viel Liebe gesteckt. Und so tummelten sich dort noch immer bunte Fische. Ein neugieriger Tintenfisch lugte zwischen Korallen und Seegras hervor, den sandigen Boden bevölkerten Krabben, Seesterne und Muscheln. Theo brachte es nicht übers Herz, die fröhliche Unterwasserwelt zu überstreichen, um seine Erinnerungen auszulöschen. Er wollte es auch gar nicht.

In dem Zimmer war es stickig. Staubflocken wirbelten auf, als er es betrat. Er durchquerte den Raum und öffnete ein Fenster. Unten im Garten konnte er Hanna sehen, die entspannt in ihren Liegestuhl ruhte. Dann drehte er sich um und blickte suchend umher. In dem Zimmer stapelten sich etwa zwanzig Kartons. In den meisten waren Nadeshdas Malutensilien und ihre Werke sorgfältig verstaut, Originale von Illustrationen, die sie für Zeitschriften oder Werbeanzeigen gemacht hatte. Und erste Zeichnungen für ein Kinderbuch, ein Traumprojekt, das sie nicht mehr hatte verwirklichen können.

Welche Kartons ihm selbst gehörten, war leicht zu erkennen: Sie waren wesentlich älter und angestoßen. Einer von ihnen hatte den vor zwanzig Jahren gekauften Fernseher seines Vaters beherbergt, ein anderer Theos ersten Computer. Schon im zweiten Karton fand er, was er suchte: ein Sammelsurium von alten Schulbüchern und Heften sowie zwei Schuhschachteln voller Fotos. Er griff sie, schloss den Karton und verließ das Zimmer. Bevor er die Tür hinter sich zuzog, warf er noch einen Blick über die Schulter zurück. Der Krake winkte ihm freundlich zu.

Hanna nahm ihm eine der Schachteln ab und förderte eine Handvoll Fotos zutage. Anders als die Mädchen in seiner Klasse, die die Bilder hübsch in Alben eingeklebt und beschriftet hatten, hatte Theo einfach alles in Schuhkartons gesteckt. Und so fand sich darin nun ein buntes Panoptikum der Erinnerungen: Schnappschüsse seines ersten Urlaubs ohne Eltern – einer verregneten Fahrradtour durch Schleswig-Holstein – einer Klassenreise zum Skifahren in den Bayerischen Wald. Geburtstage und Partys. Sein abenteuerlicher Trip quer durch Spanien mit seinem altersschwachen ersten Auto – einer rostigen Ente. Und zahlreiche Porträts von Mädchen, die er geküsst und wieder vergessen hatte. Dazwischen Urlaubspostkarten, Eintrittskarten für Konzerte und ein paar Briefe.

Hanna griff sich einen Stapel. »Süß«, sagte sie und hob das Bild eines etwa fünfzehnjährigen Theos in die Höhe. Er trug damals die Haare lang und hielt eine Gitarre in der Hand. »Aus dir hätte glatt ein zweiter Curt Cobain werden können.«

Theo lachte. »Bestimmt nicht, ich bin musikalisch komplett unterbelichtet.«

»Die schau ich mir ein andermal in Ruhe an.« Bedauernd legte Hanna die Bilder, auf denen Theo allein zu sehen war, beiseite und konzentrierte sich auf die Fotos, die offensichtlich in der Schule aufgenommen worden waren.

Sie zog ein großformatigeres Bild hervor, auf dem eine Klasse abgebildet war. Theo hockte sich neben sie und deutete mit dem Finger auf ein junges hochgewachsenes Mädchen. »Das hier ist Nathalie.«

»Hübsch.«

»Das hübsche Biest. Und hier haben wir Sebastian und Reinhold.« Während Reinhold eine Grimasse in die Kamera schnitt, hatte Sebastian betont lässig wirken wollen. Er hatte die Finger in die Gürtellaschen seiner Jeans gehakt und den Kragen seiner Jacke hochgestellt.

Einige Mädchen trugen Leggins in Knallfarben und bunt gesträhnte Haare. »So eine Frisur hatte ich auch mal«, sagte Hanna. »Wie scheußlich.«

Die Jungen waren entweder grungeartig ungestylt und trugen Flanellhemden im Holzfällerlook, darunter auch Theo. Oder sie trugen hip-hop-artige Baggypants.

Theo deutete auf ein Mädchen mit runden Wangen. Sie stand ganz am Bildrand und versuchte, sich hinter den Mitschülern vor ihr zu verstecken. »Das hier ist sie. Sanna.«

Hanna betrachtete das erbsengroße Antlitz auf dem Papier. Ein blasses Mädchengesicht umrahmt von dunklen Locken. Sie hatte den Blick am Objektiv vorbei in die Ferne gerichtet. »Sieht tatsächlich ziemlich traurig aus«, stellte sie fest. »Und die haben Nathalie und ihre Jungs also gemobbt?«

»Und wie.«

Hanna runzelte die Stirn. »Das Mädchen da neben ihr, wie heißt die?«

»Moment.« Theo nahm ihr das Bild aus der Hand. »Das ist Franziska.«

Sie war ein mageres Persönchen, ganz in Schwarz mit igelartig vom Kopf abstehenden schwarzen Haaren. Trotzig starrte sie mit gerecktem Kinn in die Kamera.

»Ich dachte, Punk war in den Neunzigern out?«

»Punk ist nie ganz out.«

»Guck mal.« Hanna tippte mit dem Zeigefinger auf das Foto. »Ihre Hand liegt auf Sannas Schulter.«

Theo nahm es ihr aus der Hand. »Stimmt.«

»Waren die zwei befreundet?«

»Das weiß ich wirklich nicht mehr.« Er überlegte kurz. »Ich glaube aber, die saßen zusammen an so einem Vierertisch. Mit noch anderen, die ein bisschen außen vor waren …«

»Schulische Parias?«

»So in etwa.«

Hanna zog die Stirn kraus. »Ich denke, wir sollten vielleicht mit ihr reden.«

Theo kramte die Liste mit Telefonnummern und Adressen hervor, die Pia für das Klassentreffen zusammengestellt hatte. Und richtig, da stand ihr Name: Franziska Richter. »Komisch, ich kann mich gar nicht erinnern, dass sie da war.«

Der Versuch, sie telefonisch zu erreichen, klingelte ins Leere.

»Schwentnerring? Wo ist denn das?«, fragte Hanna.

»Ach, nicht weit von hier.«

»Vorbeischauen schadet ja nicht.«

»Aber wenn sie doch nicht ans Telefon geht?«

»Man kann nie wissen.«

Hanna sollte wieder einmal recht behalten.

Die kurze Fahrt dauerte keine zehn Minuten. Wieder verblüffte es Hanna, wie schnell sich die Kulisse in Wilhelmsburg änderte: Von Theos idyllischem Reetdachhäuschen hinterm Deich gelangten sie in ein nüchternes Viertel mit vierstöckigen Mehrfamilienhäusern aus Backstein.

»Fünfziger- oder Sechzigerjahre, schätze ich«, erläuterte Theo. Sie hielten vor der Hausnummer 9, von der es die Eingänge a bis d gab. »Früher hat hier ein Freund von mir gewohnt. Da hab ich mich anfangs immer verlaufen.«

Tatsächlich sahen die Häuser aus wie geklont. Aber bei genauerem Blick offenbarte sich auch hier des Menschen Wunsch nach Individualität: Die Fenster schmückten unter anderem kindliche Beispiele von Malerei und ein nicht saisongerechter illuminierbarer Adventsstern. Theo warf noch einmal einen Blick auf den Zettel in seiner Hand und steuerte die Hausnummer 9 d an, die ganz hinten lag. Er drückte auf den Klingelknopf neben dem Namen Richter. Sogleich ertönte der Summer. Er warf Hanna einen raschen Blick zu.

»Sag ich doch«, sagte sie.

Im dritten Stock wartete ein vielleicht fünfjähriger Bengel auf sie. »Hatten Sie schon Windpocken?«, schmetterte er ihnen entgegen. »Ich bin nämlich in Kwantäne!« Sein von Pusteln übersätes Gesicht strahlte.

»Carlito, ab ins Bett mit dir«, schimpfte eine Frauenstimme aus dem Hintergrund.

Obwohl sie noch immer sehr mager war, hätte Theo seine alte Schulkameradin fast nicht mehr wiedererkannt. Aus dem punkigen Protestgirl war eine erschöpft wirkende, blasse Frau geworden.

»Franziska«, sagte er. »Ich bin's, Theo Matthies.«

»Theo?« Sie strich sich die Haare aus der Stirn. »Was machst du denn hier?«

Er warf einen kurzen Blick zu Hanna. »Hattest du auch schon die Windpocken?«

»Klar.«

»Mensch, Theo, das ist ja echt Ewigkeiten her.« Franziska lächelte müde. »Kommt doch rein.«

»Tut uns leid, dass wir dich so überfallen. Das ist übrigens Hanna Winter. Eine … meine Freundin.«

Aha, dachte Hanna. Das ist ja interessant.

Im Wohnzimmer nahmen sie auf einem abgelebten Achtzigerjahre-Sofa mit buntem, leicht verschlissenem Bezug Platz. Eine Decke, die die Schäden kaschieren sollte, war halb heruntergerutscht. Der pustulöse Knabe kam um die Ecke gerannt, warf sich auf das Möbel und hüpfte darauf herum. »Carlito, geh ins Bett.« Franziska verdrehte die Augen. »Er ist eine totale Katastrophe.« Es klang liebevoll.

»Aber überhaupt nicht, der ist bezaubernd«, sagte Hanna. Carlito probierte einen Kopfstand und kugelte zur Seite.

»Seit es ihm wieder besser geht, ist er nicht zu bändigen. Aber er darf einfach noch nicht raus wegen der Ansteckungsgefahr.«

»Kwantäne!«, brüllte Carlito.

»Das geht jetzt schon seit einer Woche so. Die Leute im Büro finden das überhaupt nicht witzig, dass ich so lange ausfalle.« Sie umklammerte die mageren Knie mit den Händen. »Aber was soll ich machen? Raphael und ich haben uns vor drei Jahren getrennt.«

Theo erinnerte sich vage an den gut aussehenden Spanier aus der Gesamtschule Wilhelmsburg, der auf allen Gymnasialpartys aufgetaucht war. Die Mädels waren hingerissen gewesen. Die Jungen weniger.

»Ich nehme mal an, du bist nicht bloß auf einen Kaffee vorbeigekommen?« Franziska zupfte geistesabwesend an ihrem T-Shirt. Im Ausschnitt standen die Knochen ihrer Schlüsselbeine deutlich hervor.

»Nein«, sagte Theo. »Ich suche Sanna. Hast du eine Ahnung, wo die abgeblieben ist?«

»Nee, keine Ahnung. Wir waren ja mal so.« Sie überkreuzte die Finger. »Aber in der Zehnten haben wir irgendwie den Draht zueinander verloren. Sie hatte dann ja irgendwann nur noch dieses Ballettding im Kopf. Das war nicht so meins.«

Damals

Sanna schloss die Augen. Der lichtdurchflutete Raum der Ballettschule verschwand, was übrig blieb, war die Musik und die Stimme ihrer alten Lehrerin, die Anweisungen für die Exercise gab. Madame Nicols war eine winzige Person mit schneeweißem Pagenkopf, einem strahlenden Bühnenlächeln und einer aufrechten Haltung, die von einem Leben für den Tanz geprägt war. Nach ihrer Karriere in Paris hatte sie viele Jahre als Ballettmeisterin an der Oper in Kairo gearbeitet, ein Umstand, den Sanna ausgesprochen aufregend und exotisch fand. An den Wänden hingen Bilder, die Madame auf dem Höhepunkt ihrer Karriere zeigten: ein ätherisches und zugleich kraftvolles Zauberwesen.

»Port de bras«, sagte Madame Nicols und Sanna hob ihre Arme in einem graziösen Bogen, eine Bewegung, die unendlich weich aussah, bei der aber jeder Muskel ihres Körpers gestrafft war. Der letzte Ton von Bizets »Symphonie in C« verklang. Die Nicols klatschte in die Hände: »In die Mitte bitte, meine Damen.« Sanna öffnete die Augen. Wie immer traf sie ihr eigener Anblick in dem großen Spiegel zutiefst. Eben noch hatte sie sich wie eine Elfe gefühlt, nun stand da ein pummeliges Mädchen, dessen Speckrollen sich in dem engen Trikot unbarmherzig abbildeten. Alle anderen Mädchen in der Klasse waren gertenschlank.

Sie versammelten sich in einer Ecke des Raumes für die Grands jetés, die großen Sprünge. Idealerweise bildeten die Beine in der Luft dabei einen Spagat. Saskia war die Erste, sie sprang anmutig, bekam die Beine aber nicht besonders hoch. Die kleine, drahtige Nina nahm eifrig Anlauf, sprang hoch und weit, stolperte aber etwas bei der Landung, was der gewissenhaften Lehrerin ein missbilligendes Schnalzen entlockte. Dann war Sanna an der Reihe. Sie konzentrierte sich, nahm mit ein paar graziösen Schritten Anlauf, schloss die Augen und sprang. Es fühlte sich an, als würde ein unsichtbarer Tanzpartner sie in der Taille packen und durch den Raum tragen. Sie flog. Als sie wieder am Boden landete, wusste sie, dass der Sprung perfekt gewesen war.

Nach der Stunde verabschiedete sie sich wie üblich mit einem Knicks von der Lehrerin. Die hielt ihre Hand einen Moment fest und sah ihr eindringlich in die Augen. »Wenn du deine Figur in den Griff kriegst, kann etwas aus dir werden, ma chère.«

Auf dem Heimweg mit der U-Bahn quer durch die Stadt war sie vollkommen glücklich, ein Gefühl, das sie glaubte, seit Jahren nicht mehr empfunden zu haben. Zu Hause angekommen, verzog sie sich auf ihr Zimmer. »Ich hab keinen Hunger«, sagte sie, als die Mutter sie zum Abendessen holen wollte.

»Bist du krank?«

»Nein, ich hab einfach nur keinen Hunger.« Die Mutter schüttelte den Kopf und schloss die Tür. Den Rest des Abends trainierte Sanna verbissen Pirouetten, die sie noch nicht perfekt beherrschte. Später im Bett spürte sie ein forderndes Saugen in ihrem Magen. Es fühlte sich gut an.

Theo und Hanna standen vor Theos altem Citroën.

»Und jetzt?« Hanna kramte in ihrer Handtasche und fischte die Zigaretten heraus.

Theo zuckte mit den Schultern.

Sie pellte die Folie von der Schachtel und steckte sich eine Zigarette zwischen die Lippen. Bevor sie sie anzündete, strich sie sich eine Locke hinters Ohr. Obwohl Theo selbst nie geraucht hatte und den Geruch von Tabakqualm nicht besonders schätzte, hatte er die mit dem Rauchen verbundenen Gesten immer gemocht. Die alten Filme, die er so liebte, wären ohne die Erotik des blauen Dunstes nicht dieselben gewesen. Audrey Hepburn kokett mit Zigarettenspitze in »Frühstück bei Tiffany«. Die unfassbar schöne Lauren Bacall an der Seite von Humphrey Bogart – ohne Zigarette? Undenkbar. Und jetzt eben Hanna … Er legte ihr eine Hand um den Nacken und küsste sie.

Sie lachte und machte sich los. Dann wurde sie ernst. »Diese Sanna, die muss doch noch mit irgendjemand anderem Kontakt gehabt haben.«

Theo stellte sich das Klassenfoto vor, ein Gesicht nach dem anderen. »Benno«, sagte er dann.

KAPITEL 18

Henry stoppte den Wagen an der Schranke, die den Einfahrtsbereich des Deutschen Elektronensynchrotron DESY markierte. Der Schlagbaum ragte wie ein Fahnenmast senkrecht in die flimmernde Luft. Die Fahrt nach Bahrenfeld hatte nur gut zwanzig Minuten gedauert. Unterdessen hatte Hadice Henry die Vita von Dr. Sylvia Kuhn vorgelesen, die sie noch im Präsidium ausgedruckt hatte. Sie war eindrucksvoll. Jetzt, wo sie das Foto der Wissenschaftlerin vor sich sah, konnte Hadice sich wieder ganz genau an sie erinnern. Ein spitzes Gesicht, umrahmt von glattem, mausbraunem Haar. Auf der Nase eine Hornbrille, die gerade wieder topaktuell war. Hadice zweifelte, dass Sylvia sich aus modischen Gründen für das Modell entschieden hatte.

Sie ließ die Blätter auf den Schoß sinken und sah durch das Fenster in das sommerliche Hamburg. Es würde ihr schwerfallen, professionelle Distanz zu wahren. Sylvia war ihr schon in der Schule mit ihrer Besserwisserei auf die Nerven gegangen. Die Tatsache, dass Hadice durch das Handicap mit dem Fuß ohnehin gereizt war, würde es nicht einfacher machen.

»Am besten du übernimmst die Gesprächsführung«, sagte sie zu Henry.

Der warf ihr einen kurzen Blick zu. »Aber dich kennt sie doch.«

»Eben.«

Sie griff wieder nach den biografischen Eckdaten ihrer ehemaligen Mitschülerin.

»Ach nee!«, rief sie unvermittelt und bohrte triumphierend den Finger auf das Papier. »Bevor sie sich der Teilchenphysik verschrieben hat, hat sie Biologie studiert.«

»Na und?«

»Schwerpunkt Virologie.«

»Und Tollwut ist eine Virusinfektion.«

»Du sagst es.«

Henry stieg aus dem Wagen, reckte sich und ging hinüber zur Pförtnerloge. Ein älterer Pförtner fächelte sich mit einer Broschüre Luft zu.

Der Kommissar tippte sich grüßend an eine imaginäre Mütze. »Wir möchten zu Frau Dr. Sylvia Kuhn.«

Alfred Hermann, oder Einstein, wie er wegen seiner weißen Strubbelhaare von den Kollegen gerufen wurde, gab den Namen in den Computer ein. 1700 Beschäftigte und rund 2000 forschende Gäste aus aller Welt arbeiteten auf dem Gelände. Die hausinterne Namenssuche spuckte ein Ergebnis aus.

»Sind Sie angemeldet?«

Henry schüttelte den Kopf. »Ich denke aber, die Dame wird uns dennoch empfangen.« Er schob dem Pförtner seinen Kripoausweis zu.

Der hob die Brauen und griff zum Hörer. »Frau Dr. Kuhn? Hier sind zwei Herrschaften von der Kripo für Sie.« Er lauschte einen Moment. Dann nickte er Henry zu und griff nach einem DIN-A3-großen Stück Papier, auf dem das DESY-Gelände abgebildet war. »Dr. Kuhn holt Sie in einer Viertelstunde am Teich in der Cafeteria ab.« Er markierte eines von zahlreichen würfelförmig dargestellten Gebäuden auf dem Plan.

Das Gelände war gigantisch. Über eine Fläche von siebenundvierzig Hektar verstreut lagen kastenförmige Gebäude aus unterschiedlichen Jahrzehnten. Doch die sichtbaren Teile des Komplexes bildeten gleichsam nur die Spitze des Eisbergs. Die wahre Größe, das Herz der Anlage, befand sich unterhalb der Erdoberfläche: die Teilchenbeschleuniger. Der größte von ihnen, HERA, zog sich in einem Kreis von gut sechs Kilometern bis weit unter die angrenzenden Grundstücke. Über Jahre hinweg hatten die Wissenschaftler dort Elektronen und Protonen mit Magnetfeldern auf astronomische Geschwindigkeiten beschleunigt und aufeinanderprallen lassen. Inzwischen war die gigantische Anlage von der Technik überholt und stillgelegt worden: Neben dem Beschleuniger im schweizerischen Cern mit seinem Umfang von dreiundzwanzig Kilometern nahmen sich seine Maße vergleichsweise bescheiden aus.

»Sie holt uns in der Cafeteria ab«, erklärte Henry und reichte Hadice den Plan.

»Am Kreisverkehr die Zweite rechts. Ah ja, da ist ein großer Parkplatz.«

Die Stellplätze waren gut belegt. Nachdem Henry den Wagen in elegantem Bogen in eine Parklücke gesteuert hatte, kletterte Hadice mühsam aus dem Wagen und sah sich um.

Die Gebäude waren schlicht und pragmatisch, die meisten stammten aus den Sechziger- und Siebzigerjahren. Ebenso alt war der Baumbestand auf dem Gelände. Es war sehr still, nur ein paar Insekten sirrten träge durch die heiße Luft. Weit und breit war kein Mensch zu sehen. Ihr geschienter Fuß juckte unerträglich. Sie klemmte sich die Krücken unter die Arme und rückte ihre sportliche Umhängetasche zurecht, die so gar nicht mit dem eleganten Seidenkleid harmonierte.

»Na, dann wollen wir mal.« Henry verriegelte den Wagen mit einem Druck auf den automatischen Türschließer.

Das Gebäude, das Kantine und Cafeteria beherbergte, war offenbar vor nicht allzu langer Zeit modernisiert wurden. Die Fassade schmückten moderne, lamellenartig angeordnete Holzpaneele, davor erstreckte sich eine hölzerne Terrasse. Sie grenzte an einen Teich, der allerdings von derart hohem Schilf umsäumt war, dass man das Wasser nur an einigen Stellen sehen konnte. »Ich hol mal was zu trinken«, sagte Henry.

Hadice ließ sich auf einen der wenigen Plätze sinken, von denen aus man einen Blick auf den Teich erhaschen konnte. Mit einem schabenden Geräusch zog sie einen weiteren Metallstuhl heran und bettete ihren lädierten Fuß darauf. »Bitte nicht füttern«, stand auf einem Schild. Unter der grünlichen Wasseroberfläche zogen große Goldfische ihre Bahnen. Das Glitzern des Wassers wirkte hypnotisch. Sie lehnte sich in ihrem Stuhl zurück und schloss die Augen. Sie dachte an Nathalie, in deren Körper sich die Viren wahrscheinlich längst in rasendem Tempo vermehrten. Sie schauderte. Ein Schatten fiel auf ihr Gesicht und sie öffnete die Augen.

»Hadice Öztürk«, sagte Sylvia. »So eine Überraschung.«

Trotz der Wärme trug sie einen Rollkragenpulli, wenn auch einen kurzärmeligen.

»Freut mich auch«, sagte Hadice und stellte fest, dass Sylvia sehr ungewöhnliche Augen hatte. Die Iris war sehr hell, sodass sie einen scharfen Kontrast zu den in der Sonne geschrumpften Pupillen bildete.

Sylvia lächelte, runzelte aber zugleich die Stirn. »Du kommst ein bisschen ungelegen.«

»Das ging ja fixer als erwartet.« Henry stellte zwei Flaschen Cola auf dem Tisch ab.

»Das ist mein Kollege, Kriminalkommissar Hendrik Sibelius.«

Sylvia wandte den Blick nicht von Hadice. »Könntest du zur Sache kommen.«

»Am besten, wir gehen in dein Büro.«

Sylvia seufzte und zuckte mit den Schultern. »Wie gesagt, es ist gerade sehr ungünstig.« Dann gab sie sich einen Ruck. »Also gut.« Sie machte auf dem Absatz kehrt und schritt in einem Tempo voran, dass Hadice mit ihren Krücken Mühe hatte, zu folgen.

Henry hingegen hatte die Forscherin mit wenigen langen Schritten eingeholt. »Was sind das für Behälter?« Er deutete auf mehrere blau gestrichene Tanks.

»Oh, da drin ist Helium. Wir haben hier die größten Bestände in ganz Deutschland. Damit kühlen wir die Magnete, die die Teilchen beschleunigen, auf minus 271 Grad herunter.«

Henry nickte anerkennend. »Das ist quasi der absolute Nullpunkt.«

Sylvia warf ihm einen amüsierten Blick zu. »Sieh an, ein Kommissar mit physikalischen Grundkenntnissen.«

»Minus 273,15 Grad Celsius«, sagte Henry wie ein gelehriger Schüler.

Sylvia lachte und warf die glatten Haare über die Schulter.

Was läuft denn hier?, dachte Hadice. Flirteten die beiden etwa?

Verbissen steigerte sie das Tempo und holte auf. »Und wozu braucht man solche Temperaturen?«, fragte sie, bemüht, nicht außer Atem zu klingen.

Sylvia warf ihr nur einen kurzen mitleidigen Blick zu. »Reibungswärme«, antworteten sie und Henry im Chor.

Hadice merkte, wie ihre gereizte Laune noch um einige Punkte tiefer in den Keller rutschte.

Sie kamen an einer riesigen Halle vorbei, auf der der Name PETRA 3 stand.

»DESY, HERA, PETRA – hat hier eigentlich alles einen weiblichen Namen?«, fragte Henry.

Sylvia lachte. »So ist es. Und das hier ist ein ganz besonderes Schätzchen.« Sie blickte verträumt. Wissenschaftler, dachte Hadice, die spinnen doch alle.

»PETRA war ursprünglich ein Teilchenbeschleuniger. Inzwischen geht es hier aber um etwas anderes.« Sie schaute bedeutungsvoll zu Henry. Hadice war offenbar abgemeldet. »Hier stellen wir das reinste Röntgenlicht der Welt her.«

»Phantastisch«, sagte Henry.

Sylvia nickte zufrieden. »Es ist so präzise, dass sich damit sogar noch die kleinsten Atomstrukturen gewissermaßen fotografieren lassen.«

»Super«, mischte sich Hadice ein. »Aber können wir vielleicht zusehen, dass wir in die Pötte kommen.«

Sylvia zuckte mit den Schultern. Banausin, schien die Geste zu sagen.

Das Büro von Dr. Sylvia Kuhn war klein und spartanisch.

»Ziemlich wenig Bücher für eine Wissenschaftlerin«, kommentierte Hadice die leeren Wände.

Sylvia lächelte nachsichtig. »Papier ist doch heutzutage völlig überflüssig. Alles, was ich brauche, befindet sich hier drin.« Sie deutete auf den Rechner mit dem übergroßen Bildschirm. »Und hier natürlich«, ergänzte sie und wies auf ihre Stirn.

Mit einem Seufzer der Erleichterung ließ Hadice sich auf einem Besuchersessel nieder. Henry lehnte sich an die Wand.

»Als Erstes möchten wir dich bitten, nichts von unserem Gespräch nach außen dringen zu lassen.«

»Das klingt ja richtig spannend.« Sylvia kräuselte amüsiert die schmalen Lippen.

»Du erinnerst dich an Nathalie Stüven?«

»Aber sicher. Ich hatte unlängst das zweifelhafte Vergnügen, sie auf diesem Abiturtreffen wiederzusehen – wobei die Begegnung dann amüsanter ausfiel als erwartet.«

»Du meinst die Cola, die Jonas ihr ins Gesicht gespuckt hat.«

»Ich sehe schon, du hast überall deine Spitzel.«

Hadice beugte sich vor und starrte sie an. »Um es kurz zu machen: Nathalie Stüven ist verschwunden. Und wir haben Grund zu der Annahme, dass ihr Verschwinden in Zusammenhang mit zwei Todesfällen der letzten Wochen steht.«

»Wie das?«

»Sebastian Klasen und Reinhold Lehmann sind beide an einer Tollwutinfektion gestorben. Und zumindest Sebastian war gute zehn Tage verschwunden, bevor man ihn gefunden hat.«

»Nathalies Schergen. Verschwunden. Wie Nathalie.« Sylvia

presste die Fingerspitzen beider Hände zu einer zeltartigen Konstruktion zusammen.

»Ganz genau.«

»Und da komme natürlich ich ins Spiel.«

»Und da kommst du ins Spiel.«

Sylvia lachte auf und schenkte sich ein Glas Mineralwasser ein. »Ihr auch?«

»Nein danke«, sagte Hadice.

»Ja bitte«, sagte Henry und kassierte einen zornigen Blick der Kollegin.

»Und jetzt überprüft ihr also alle, denen das Trio damals übel mitgespielt hat«, sagte Sylvia, während sie das Wasser in ein Glas plätschern ließ.

»Danke.« Henry, trat zu ihr und ergriff es. Hadice registrierte, dass sich seine und Sylvias Fingerspitzen dabei leicht berührten. Er leerte das Glas in einem Zug.

Sylvia nickte versonnen. »Das wundert mich nicht, das wundert mich ganz und gar nicht.«

»Wie meinst du das?«

Sylvia fixierte ihre ehemalige Schulkollegin mit einem Blick, der zu sagen schien, ›Wie um alles in der Welt soll ich jemandem wie DIR so einen höchst komplexen Umstand begreiflich machen?‹. Sie schloss kurz die Augen und sagte dann an Henry gerichtet: »Im Universum gibt es eine Art ausgleichende – ich will jetzt nicht sagen, Gerechtigkeit, aber doch – Balance.«

»Eine Art kosmisches Gleichgewicht des Schreckens?«

Sylvia schüttelte den Kopf. Hadice konnte sehen, dass sich ihre Ohren röteten, die zwischen den glatten Haarsträhnen hervorlugten. Offenbar war Sylvia in ihrem Element.

»Schon mal was von Antimaterie gehört?«

»Ist das nicht Science-Fiction?« Hadice erinnerte sich dunkel, dass der Warp-Antrieb des Raumschiffs Enterprise mit Antimaterie betrieben wurde.

»Mitnichten, meine Gute.« Sylvia schüttelte den Kopf. »Das

antimaterielle Universum ist theoretisch ein genaues Spiegelbild unserer Welt. Antimaterielles Salz würde salzig schmecken, Antiwasser würde bei null Grad zu Eis erstarren und dein Antizwilling würde genauso aussehen und so sein wie du.« Sie blinzelte Henry zu. »Und jetzt kommt das wirklich Spannende.« Sylvia nahm noch einen Schluck Wasser. »Wenn ein Teilchen auf seinen Antizwilling trifft, gibt es einen grellen Blitz und beide sind verschwunden.«

»Hokuspokus«, sagte Hadice, wider Willen fasziniert.

»Und genau das tun unter anderem wir hier. Wir erschaffen Antimaterie und lassen sie auf ihre materiellen Zwillinge prallen. Peng.«

»Und was hat das mit unseren Todesfällen zu tun? Schließlich hat Nathalie ja wohl kaum ihren Antizwilling getroffen und sich in einen Strahlenblitz dematerialisiert.«

Sylvia lächelte. »Natürlich nicht. Aber ich glaube, dass das, was für die Materie gilt, eben auch auf Energie und Antienergie zutrifft. Das Negative kann man nur mit seinem identischen Zwilling vollständig auslöschen. Dem Antinegativen.«

»Und das wäre dann das Positive?«, fragte Hadice, die sich zunehmend verwirrt fühlte.

Sylvia rollte mit den Augen. »Eben nicht.« Sie beugte sich vor. »Eine entsprechende positive Energie würde eine negative zwar für den Moment ausgleichen, aber sie wäre noch immer da. Es ist vielmehr so: Antinegatives hat genau die gleichen Eigenschaften wie das Negative. Nur darum heben sie einander gegenseitig auf.« Sie machte eine Pause und blickte Hadice an wie die Lehrerin ein besonders begriffsstutziges Kind.

»Erinnerst du dich nicht mehr? Mathematik siebte Klasse? Minus mal minus …«

»… ist plus.« Und wieder schob sich Henry als Lieblingsschüler in den Vordergrund.

Elender Streber, dachte Hadice.

»Negative Energie, wie sie Menschen wie Sebastian, Reinhold und Nathalie verkörpern, lässt sich nur mit einer entsprechenden negativen Antienergie wirklich auslöschen. Und ich glaube, genau das geschieht hier.«

»Aber Sebastian und Reinhold haben sich ja nicht in einem Lichtblitz aufgelöst«, wandte Henry ein.

»Ich spreche ja auch nicht von ihrer stofflichen Existenz, sondern von der negativen Energie, die sie angetrieben hat.«

Hadice starrte Sylvia aus schmalen Augen an. Sie hatte den vagen Verdacht, dass die Wissenschaftlerin sie auf die Schippe nahm. Andererseits klang das Ganze auf eine völlig verrückte Weise einleuchtend.

»Und du bist nicht zufällig ein Instrument dieser kosmischen Gleichung?«

»Das kann man nie so genau wissen.« Sylvia lächelte listig. »Das Universum hat seine eigenen Pläne – wir sind nur Marionetten.«

Hadice stöhnte. »Mal was anderes. Wo warst du gestern Abend?«

»Eine echte Bullenfrage, was?« Sie lehnte sich in ihrem Bürostuhl zurück und betrachtete Hadice amüsiert. »Leider kann ich mit keinem Alibi dienen. Ich habe so bis um neun gearbeitet und bin dann heimgefahren. Kein Mann, keine Kinder, nicht mal ein Hund als Zeuge.« Sie lachte. »Wie bei dir auch, Hadice, nehme ich mal an.«

Wie kommt die darauf?, dachte Hadice wütend.

Henry, der sah, wie Hadice kochte, und einem möglichen Ausbruch zuvorkommen wollte, ergriff wieder das Wort: »Sie haben in der Vergangenheit mit Viren gearbeitet.«

Sylvia wandte sich ihm zu. »Oh, das ist schon eine ganze Weile her.«

»Wenn Sie sich ein paar Tollwutviren besorgen wollten, wie würden Sie das anstellen?«

Sylvia strich sich eine Haarsträhne hinters Ohr und blickte

Henry tief in die Augen. »Ich würde mir vermutlich einen Liebhaber im Bernhard-Nocht-Institut organisieren.«

Hadice schluckte. Ein vages Bild huschte über ihr inneres Auge: Sylvia in leidenschaftlicher Umarmung mit einem gut gebauten Laboranten zwischen infernalisch röchelnden Erlenmeyerkolben. Sie schob die Szene beiseite. Vermutlich waren so was wie Erlenmeyerkolben heutzutage überhaupt nicht mehr im Einsatz.

»Aber natürlich haben wir auch hier bei DESY eine paar Mikroben lagern.«

»Schießt ihr die jetzt auch durch euren Teilchenbeschleuniger, oder wie?«

Sylvia lächelte herablassend. »Interessanter Ansatz, aber nein. Die werden lediglich bei PETRA auf ihre molekularen Strukturen hin untersucht. Damit hoffen die Kollegen aus der Molekularmedizin, passgenaue Wirkstoffe zu finden. Aber dass wir ausgerechnet Tollwutviren dahaben, wage ich zu bezweifeln.«

Was zu überprüfen wäre, dachte Hadice.

KAPITEL 19

Der Besuch von Hanna und Theo in der Gärtnerei war ergebnislos geblieben. »Benno ist freitags nie da«, hatte ihnen Frau Hansen erklärt. »Da hat er nämlich immer einen seiner Auftritte.« Sie hatte ihnen verschwörerisch zugeblinzelt.

»Auftritte? Was denn für Auftritte?«

»Er singt. In verschiedenen Nachtclubs.«

»Wer, Benno?« Theo war perplex. Seinen einsiedlerischen ehemaligen Mitschüler konnte er sich nun wirklich nicht auf einer Bühne vorstellen.

Die Blumenhändlerin packte einen jungen Mann am Arm, der gerade zwei Eimer voller Rosen vorbeischleppte.

»Wie heißt noch mal der Club, in dem Benno heute auftritt?«

»Angie's«, nuschelte der junge Typ.

Hamburgs berühmter Nachtclub neben dem legendären Schmidts Tivoli-Theater öffnete erst um 21.20 Uhr, doch Theo und Hanna waren schon eine Stunde zuvor da. Schließlich wollten sie Benno möglichst vor seinem Auftritt befragen. »Ich kann's immer noch nicht fassen, dass der Typ hier auftritt«, murmelte Theo und schaute auf den verschnörkelten goldenen Schriftzug des Clubs.

Hanna rüttelte an der verschlossenen Glastür. »Mist«, sagte sie. Dann erspähte sie im Inneren einen Mann, der durchs Foyer ging. Energisch klopfte sie an die Tür und wedelte mit der Hand. Der Mann kam näher und deutete auf seine Armbanduhr. Hanna schenkte ihm ihr schönstes Lächeln und presste ihren Presseausweis an die Scheibe.

Der Mann öffnete. Er sah aus wie ein Model von Jean Paul

Gaultier: weißblonder Schopf und ein enges Ringelshirt, unter dem sich ein perfekter Köper abzeichnete. Sein Lächeln war so gebleicht wie sein Haar.

»Wir würden gern zu Benno«, säuselte Hanna.

Der Gebleichte hob lasziv eine im Gegensatz zu seinem Haar dunkle Augenbraue. »Benno?«

»Benno Konradi. Der singt hier doch heute Abend«, sprang Theo ein.

»Ach DER Benno.« Der Blonde lächelte amüsiert. »Dann kommt mal rein, ihr zwei Hübschen.«

Theo hatte schon manche lange Nacht in dem Club verbracht, der komplett in Blau und Gold gehalten war. Die Bands, die hier auftraten, waren allesamt hochkarätig. Benno musste also einiges auf dem Kasten haben, wenn er hier ein Engagement ergattert hatte. Neugierig folgte er dem Ringelpulli hinter die Kulissen.

»Voilà, da wären wir«, sagte dieser und deutete auf eine schmucklose Tür mit der Aufschrift »Garderobe«.

Hanna überließ Theo den Vortritt. Er klopfte.

»Ja bitte«, ertönte es von drinnen. Vor einem großen, von Glühbirnen umfassten Schminkspiegel, Modell Hollywood, saß eine hochgewachsene schlanke Frau. Sie trug ein silbernes, paillettenbesetztes Kleid. Eine Flut tiefschwarzen Haars ergoss sich über ihren Rücken.

»Entschuldigen Sie«, sagte Theo. »Wir suchen Benno Konradi.«

Die Frau ließ lasziv einen bordeauxroten Lippenstift über ihre Lippen gleiten. Dann nahm sie ein Schminktuch, um die überschüssige Farbe abzutupfen. Sie zog eine Schnute, begutachtete das Ergebnis und drehte sich dann zu ihren Besuchern herum. »Hallo Theo«, sagte sie.

»Benno?« Theo starrte die Frau fassungslos an.

»Delilah«, korrigierte Benno und ließ die langen Wimpern klimpern.

Hanna lachte.

Theo war so perplex, dass er es ihr überließ, die Lage zu klären. In seiner Rolle als Delilah war Benno vollkommen verändert. Aus dem linkischen Mann war eine selbstbewusste Frau geworden. Sogar das Stottern war verschwunden. Benno/Delilah nahm eine Flasche Champagner aus einem nebenstehenden Kühler und schenkte allen dreien ein.

Theo leerte sein Glas in einem Zug, was ihm einen mild tadelnden Blick der Drag Queen einbrachte.

»Und jetzt ist also auch noch Nathalie Stüven verschwunden«, schloss Hanna ihren Bericht.

Benno warf Theo einen forschenden Blick zu. »Und da habt ihr also Sanna im Visier.« Er nahm einen Schluck aus dem Champagnerkelch. »Ich bin eigentlich nicht mal sicher, ob ich euch da weiterhelfen will. Verdient hätt sie es ja schon, jämmerlich zugrunde zu gehen, unsere Nathalie.«

»Nein«, sagte Theo, »das hat niemand verdient, so zu sterben.« Er zuckte zusammen, als der feine Champagnerkelch in Bennos Hand zerbarst.

»Haben Sie sich verletzt?« Hanna griff behutsam Bennos Hand. Benno starrte auf die Scherben. »Ich glaube nicht.«

Dann zuckte er mit den schmalen Schultern und sah Theo an. »Fakt ist: Ich kann euch tatsächlich nicht weiterhelfen. Sanna ist damals mit ihren Eltern weggezogen. Nach dem Eklat habe ich nie mehr etwas von ihr gehört.«

Welcher Eklat?, wollte Theo fragen, doch dann fiel ihm die schreckliche Geschichte wieder ein.

Damals

Sanna stand vor dem Spiegel. Zu Weihnachten hatten die Eltern eine Wand ihres Zimmers verspiegeln lassen und eine Ballettstange montiert. Kritisch betrachtete sie ihren Körper. Ihr Busen war noch immer zu groß, aber sonst hatte sie nichts auszusetzen. Ihre Schlüsselbeine traten deutlich hervor, die Hüftknochen zeichneten sich unter dem schwarzen Trikot ab. Die einstmals runden Wangen waren verschwunden. An Po und Beinen befand sich kein Gramm überflüssiges Fett mehr. Sie packte einen Fuß und zog ihr Bein mühelos in die Höhe. Innerhalb eines halben Jahres hatte sie vierzehn Kilo Gewicht verloren. Täglich hatte sie sechs Stunden trainiert und nur gedünstetes Gemüse, Geflügel und Fisch gegessen. Bei den seltenen Gelegenheiten, zu denen sie mehr essen musste, als sie wollte, hatte sie sich anschließend auf der Toilette erbrochen. Sie hatte schnell gelernt, das vollkommen geräuschlos zu tun. Inzwischen ließ sie sich ganz einfach von niemandem mehr zum Essen zwingen. Auf der goldenen Hochzeit ihrer Großeltern hatte sie lediglich die Suppe gegessen. Rinderconsommé. Die Maultaschen darin hatte ihre kleine Schwester verspeist.

Die zunehmend besorgten Kommentare ihrer Mutter gingen ihr wahnsinnig auf die Nerven, wie ehemals die Ermahnungen, nicht so viel zu essen.

»Mama«, hatte sie erst gestern zum tausendsten Mal gesagt. »Ich will Tänzerin werden. Da kann ich mich nun mal nicht vollstopfen.«

»Aber heute ist doch dein Geburtstag«, hatte die Mutter gesagt und hilflos auf den Schokoladenkuchen geschaut, den sie gebacken hatte.

»Kein Problem, den übernehme ich«, war Carlotta, ihre kleine Schwester, eingesprungen und hatte einen Brocken Schokoladenguss stibitzt.

Es war erst 6.30 Uhr und sie hatte bereits ein einstündiges Trainingsprogramm absolviert. Damit die Eltern davon nichts mitbekamen, hatte sie ihren Walkman aufgesetzt. In der Nacht hatte sie kaum geschlafen, trotzdem fühlte sie sich elektrisiert, voller Energie. Am Nachmittag würde sie bei John Neumeier persönlich, dem bedeutenden Hamburger Ballettmeister, vortanzen dürfen. Ihre große Chance für eine richtige Ballettkarriere. Sie hatte im letzten Jahr hart gearbeitet und zweifelte nicht daran, dass sie die Prüfung bestehen würde.

Sie hatte ihren Eltern das Versprechen abgerungen, dass sie in dem Fall von der Schule abgehen dürfte. Kein Gymnasium, kein Abitur und erst recht keine Scheiß-Nathalie mehr. Dass sie so schlank geworden war, hatte die Feindseligkeit des bösen Trios keinesfalls besänftigt. Sie stichelten eher mehr als zuvor. Im Unterschied zu früher ließ sie das jedoch inzwischen weitgehend kalt. Es war ihr lästig, aber es kränkte sie nicht mehr. Bald würde sie das alles hinter sich lassen und keinen Gedanken mehr an ihre Mitschüler verschwenden. Sie schlüpfte aus dem durchgeschwitzten Trikot. Ihre Ausrüstung für den heutigen Tag hatte sie schon am Vorabend zurechtgelegt. Ein nagelneues schwarzes Wickeltrikot mit kurzem schlichtem Rock. Dazu rosafarbene Spitzenschuhe, die perfekt eingetragen waren. Die Sohle war nicht mehr ganz steif und ermöglichte so die erforderliche Überstreckung des Spanns, bot aber gleichzeitig genug Halt.

Unter der Dusche ging sie noch einmal die Choreografie durch, die sie sich ausgesucht hatte. »Daphnis und Chloe« von Ravel war schon immer eines ihrer Lieblingsstücke gewesen. Es steckte so viel Leidenschaft darin. Mit geübten Handgriffen schlang sie die langen Locken zum strengen Dutt.

Sie ging in die Küche und machte sich einen Eiweiß-Shake, der ausnahmsweise auch reichlich Kohlenhydrate enthielt. Heute brauchte sie Kraft. Neben der Dose in sterilem Weiß stand die Packung Schokomüsli, für das ihre Schwester eine Vorliebe entwickelt hatte.

»Bist du schon auf?« Carlotta stand gähnend im Pyjama in der Küchentür. Mit einem Zeh kratzte sie sich am Unterschenkel.

Sanna lächelte ihr zu. »Ja, ich bin ein bisschen aufgeregt.« Jetzt, wo sie selbst so viel abgenommen hatte, fiel ihr erstmals auf, wie ähnlich sie und die Schwester einander waren: die vollen Lippen, die blasse Haut, das schwarz gelockte Haar, das Carlotta lieber kurz trug. Vom Wesen her allerdings waren die Schwestern grundverschieden: die sensible, schüchterne Sanna und Carlotta, der widerspenstige Wirbelwind.

Fragend hielt sie der Zwölfjährigen die Müslipackung hin. Die ließ sich zur Antwort auf einen Küchenstuhl sinken. Sanna schüttete eine gehörige Portion der Frühstücksflocken in eine Schüssel und gab Milch darüber. »Kann ich ein bisschen Banane dazu haben?«, bat Carlotta.

»Klar.« Sanna schnippelte eine halbe Frucht über das Müsli und stellte der Schwester die Schüssel hin.

»Hast du Bammel?«, fragte Carlotta, nachdem sie ihr Frühstück verputzt hatte.

»Nein, gar nicht. Ich bin total sicher, dass es klappt.«

»Toll«, seufzte Carlotta. »Ich wünschte, ich könnte auch so tanzen wie du.«

»Quatsch.« Sanna verwuschelte ihr die Haare. »Du findest Ballett doch stinklangweilig.«

Carlotta lachte. »Stimmt. Damals hab ich damit nur angefangen, weil ich so sein wollte wie du. Taekwondo macht viel mehr Spaß.«

Sanna verzog zweifelnd das Gesicht.

»Trotzdem«, sagte Carlotta ernsthaft. »Dich finde ich toll, wenn du tanzt.«

Der Schultag verlief zäh wie Sirup. Die französische Grammatik ließ Sanna ebenso kalt wie die Integralrechnungen. Und auch die Fünf in Chemie, die Herr Schröder ihr grimmig auf den Platz knallte, war ihr vollkommen gleichgültig. In drei Monaten hätte sie ihre Mittlere Reife in der Tasche, dann wäre sie ohnehin weg von hier.

In der großen Pause kam Benno zu ihr hinüber. In der Hand hielt er einen kleinen Gegenstand, den er unbeholfen in ein Stück Papier gewickelt hatte. Eine rosafarbene, schlaffe Schleife hielt das Arrangement zusammen. »Ffühür ddich«, presste er heraus. »Als Ttt.« Er grinste schief und unternahm einen neuen Anlauf. »Ttalisman.«

Benno war der Einzige, dem Sanna von ihrem großen Tag erzählt hatte. Seit der Sache mit dem Balletttrikot, das er Reinhold und Sebastian so heroisch wieder abgenommen hatte, waren sie so etwas wie Freunde geworden. Nur dass sie für Freunde inzwischen keine Zeit mehr hatte.

»Danke«, sagte sie und wickelte das Paket aus. Darin befand sich ein winziger Spitzenschuh aus Porzellan.

Ein Schatten fiel auf das Präsent. »Wie rührend«, sagte eine Stimme neben ihr. Sanna zuckte zusammen. Nathalie hatte ein hochmütiges Lächeln aufgesetzt. »Wie rührend, zwei Loser, die sich gefunden haben.«

»Ssanna ist kein Lloser«, protestierte Benno. »Sie ttanzt heute bbei der Staatsoper vor!«

Nathalies Augen verengten sich zu Schlitzen. »Du glaubst doch selbst nicht, dass die jemanden wie dich nehmen«, sagte sie verächtlich und stolzierte davon.

»Blöde Kuh«, sagte Sanna leise. Den Porzellanschuh in ihrer Hand hielt sie so fest umklammert, dass die Knöchel weiß hervortraten.

In der letzten Stunde stand Sport auf dem Plan. Sicherheitshalber hatte sie sich mit der vorgeschobenen Begründung, sie habe ihre Regel, davon befreien lassen. Sie wollte das Risiko, sich ausgerechnet heute zu verletzen, nicht eingehen. Nun saß sie auf einer der Bänke, die entlang der Turnhallenwand aufgereiht waren, und sah den anderen bei ihren Übungen zu. Immer wieder schaute sie auf ihre Armbanduhr. Um Viertel vor zwei wollte sie hier raus sein. Als endlich die Glocke ertönte, wollte sie sich schnellstens aus dem Staub machen, doch der Sportlehrer hielt sie zurück. »Wenn du schon nicht mitturnst, kannst du wenigstens beim Aufräumen helfen.«

Stöhnend wuchtete sie mit den anderen eine Bodenmatte nach der anderen in das muffige Kabuff, in dem die Sportgeräte gelagert wurden. Als Letztes schob sie einen lederbezogenen Bock hinein. Dann wischte sie sich die Hände an der Hose ab und wandte sich zur Tür. Doch die wurde von außen geschlossen.

»Halt«, rief sie, »ich bin noch hier drin!« Sie hatte Dunkelheit noch nie ausstehen können. Noch während sie zur Tür hastete, hörte sie, wie der Schlüssel im Schloss gedreht wurde. »Lasst mich raus«, schrie sie und schlug mit den flachen Händen gegen die Holzverkleidung. Der Schlüssel wurde abgezogen und Schritte entfernten sich. »Lasst mich hier raus!« Sie rüttelte an der Klinke. Dann sank sie wimmernd zu Boden. In der Turnhalle wurde das Licht gelöscht. Nun war es fast vollkommen dunkel.

»Man hat sie erst spät abends gefunden, erinnerst du dich?« Benno goss den letzten Rest Champagner in ein neues Glas.

Theo schüttelte den Kopf.

»Sie hat nie mehr ein Wort mit mir gesprochen. Wahrscheinlich fand sie, dass ich mit schuld an der Sache war.«

»Wieso denn das?«

»Immerhin hatte ich es Nathalie verraten, dass sie an dem Tag das Vortanzen hatte.«

»Und was ist aus ihrer Tanzausbildung geworden?«, wollte Hanna wissen.

Benno schüttelte traurig den Kopf, sodass die langen schwarzen Haare der Perücke hin- und herschwangen. »Ich glaube nicht, dass sie es noch einmal probiert hat. Sie ist dann auch bald weggezogen mit ihren Eltern.«

»Wohin überhaupt?«, fragte Hanna.

»Keine Ahnung, wirklich nicht.«

KAPITEL 20

Hadice und Henry saßen frustriert in Grasmanns Büro. Die Zeugenbefragungen im Augusta und mit den Trinkkumpanen von Reinhold hatten rein gar nichts ergeben. In dem portugiesischen Restaurant hatten die Männer nur Augen für das Fußballspiel gehabt. Ja, Sebastian hätte an der Bar mit einer attraktiven Frau getrunken, aber nein, sie wüssten nicht, wann sie gegangen seien und ob gemeinsam. Und die Kumpels von Lehmann waren auch nicht viel ergiebiger gewesen bei tiefer gehenden Fragen.

Die Kollegen hatten immerhin ein bisschen mehr Glück gehabt. Das Ermittlerteam Möller/Lorenz hatte in der Hoffnung, die Senatorin möge noch irgendwo eingekehrt sein, die Bars in der Nähe der Staatsoper abgeklappert – mit Erfolg. Der Barkeeper vom Vier Jahreszeiten konnte sich erinnern, dass die verschwundene Senatorin bei ihm einen Drink bestellt hatte. Manhattan – eine Frau mit Stil, hatte er anerkennend gesagt. Noch interessanter war, dass sie sich mit einer anderen Dame am Tresen unterhalten hatte. Ebenfalls Manhattan, fügte er hinzu. Die Dame sei groß, schlank und elegant gewesen, im teuren Hosenanzug mit schwarzer Pagenfrisur.

»Lehmann, Klasen und Stüven: Alle drei haben kurz vor ihrem Verschwinden mit einer großen schlanken Frau einen Drink genommen. Das ist kein Zufall, das ist ein Muster.« Hadice ließ die Faust auf Grasmanns Schreibtisch knallen.

»Zertrümmere dir nicht auch noch die Hand«, kommentierte ihr Vorgesetzter.

Hadice beachtete dessen Einwurf nicht. »Könnte es Sylvia gewesen sein?«, fragte sie Henry.

»Schwer zu sagen.« Henry fummelte ein Hustenbonbon aus

seiner Tasche und steckte es sich in den Mund. »Groß und schlank ist sie ja und mit Perücke und Make-up lässt sich einiges machen.«

»Können wir sie nicht einfach vorladen? Vielleicht erkennt der Wirt sie ja wieder. Oder der Barkeeper.«

Grasmann schüttelte den Kopf. »Damit würden wir sie nur misstrauisch machen.«

»Glaube ich nicht.« Hadice beugte sich vor. »Diese Frau ist superintelligent. Die hat sofort durchschaut, dass wir sie verdächtigen. Ich glaube, das hat sie sogar amüsiert.«

»Na gut.« Er lehnte sich zurück und überlegte. Dann schüttelte er den Kopf. »Du weißt genau, dass wir dafür nicht genug in der Hand haben, Öztürk.«

Hadice legte die Stirn in Falten. »Vielleicht kommt sie ja freiwillig.«

Am nächsten Morgen betrachtete Hadice besorgt ihren Zeugen. Augusto da Silva, der Besitzer des portugiesischen Restaurants in Wilhelmsburg, schwitzte. Sein Adamsapfel hüpfte auf und ab. Hadice stellte ihm ein Glas Wasser vor die Nase. Hoffentlich kippst du uns nicht vor lauter Aufregung aus den Latschen, dachte sie.

Da Silva entfaltete die »Bild«. »Schöne Senatorin vermisst!«, schrie die heutige Schlagzeile. Daneben ein großformatiges Foto, das Nathalie bei einem Empfang zeigte. Hadice seufzte und sah auf die Uhr. Für 14 Uhr hatten sie eine Pressekonferenz angesetzt, auf der der Chef einmal mehr geschickt verschleiern musste, dass sie noch keine konkrete Spur hatten.

Augusto trank gierig ein paar Schlucke Wasser. Und deutete auf das Titelbild. »Hat das etwas mit der Sache zu tun?«

»Wie kommen Sie denn darauf?«

»Na ja, die Dame war ja schließlich auch aus Wilhelmsburg.« Er rollte bedeutungsvoll mit den Augen. »Und Klasen, der war ja nun auch vor seinem Tod erst mal verschwunden.«

Holy Shit, dachte Hadice. Wenn schon dem kleinen Restaurantbesitzer die Zusammenhänge auffielen, würde das Gerücht bald seine Runde machen.

»Da besteht keinerlei Zusammenhang.« Sie blickte den Portugiesen streng an.

Doch der starrte schon wieder auf das Bild der Senatorin.

Die sieben Frauen waren alle groß, schlank und trugen identische Perücken. Hadice hatte am Morgen noch sieben Modelle »Demi Moore« und sieben schwarze Pagenfrisuren bei einem Kostümausstatter ergattert. Tatsächlich hatte Sylvia erheitert auf das »Spiel«, wie sie es nannte, reagiert. »Ist doch mal was anderes als Zeitunglesen und Croissant«, hatte sie am Telefon gesagt und sich bereit erklärt, am nächsten Morgen zur Gegenüberstellung zu erscheinen.

Nun stand sie mit ausdruckslosem Gesicht zwischen den anderen Frauen, vier Polizeibeamtinnen und zwei Sekretärinnen.

»Lassen Sie sich ruhig Zeit«, sagte Henry zu dem nervösen Portugiesen.

Augusto schwitzte. »Und wenn ich nun die Killerin entlarve?«

Henry, der von Augustos Verdacht nichts mitbekommen hatte, blickte irritiert zu Hadice. Die zuckte mit den Schultern. »Was denn für eine Killerin?«

Da Silva beachtete seinen Einwand nicht. »Wissen Sie, ich habe Frau und Kinder, und wenn ich hier eine Mörderin ans Messer liefere …«

Hadice seufzte. »Sie wird nicht erfahren, wer sie identifiziert hat.«

Er musterte noch einmal angestrengt die Reihe der Frauen. Sylvia machte inzwischen ein Gesicht, als müsste sie das Lachen wegdrücken.

»Die da«, sagte Augusto plötzlich. »Die Zweite von rechts. Ich bin mir ziemlich sicher, wirklich.« Er strahlte.

Henry verzog keine Miene. »Vielen Dank, Herr da Silva.«

Hadice, die die Luft angehalten hatte, ließ sie mit einem Seufzer entweichen.

Augusto da Silva hatte soeben Grasmanns Sekretärin identifiziert.

Vom Barkeeper des Vier Jahreszeiten erhofften sie sich mehr. In guten Hotels wurden nur Profis eingestellt – und zu deren Aufgaben gehörte es auch, sich Gesichter einzuprägen, um die verwöhnten Gäste mit Namen ansprechen zu können sowie den bevorzugten Drink parat zu haben. Und außerdem war die Begegnung erst dreißig Stunden her. Der Barkeeper musterte die mit schwarzen Pagenköpfen ausstaffierten Frauen gründlich.

»Tut mir leid«, sagte er schließlich, »ich bin mir absolut nicht sicher.« Er fuhr sich mit beiden Händen durchs Haar. »Ich war vorgestern Abend wohl zu sehr auf die Senatorin konzentriert. Aber wenn es eine von denen war, dann die.«

Er deutete auf Sylvia.

Der Refrain von »Schöne Maid« riss Theo aus finsteren Träumen. Erst hatten ihn tollwutverseuchte Vampirfledermäuse mit menschlichen Gesichtern verfolgt. Und dann hatte ihn eine Boa constrictor umschlungen. Vorsichtig legte er Hannas weißen runden Arm beiseite, der quer auf seiner Brust geruht hatte. Die Boa, vermutete er. »Hojahojaho!«, frohlockte Tony Marshall. Lilly entwickelt eine zunehmend sadistische Ader, diagnostizierte Theo. Er griff nach dem Mobiltelefon und würgte den Schlagersänger ab.

Es war May. »Wir haben hier ein kleines Problem.«

Er schielte auf die Armbanduhr, die auf dem Stuhl lag, der ihm als Nachttisch diente. Für 7.45 Uhr am Sonnabendmorgen klang seine Kollegin verdammt ausgeschlafen.

»Weißt du, dass deine Tochter ein Monster ist?«

May ignorierte seine Bemerkung. »Kannst du rüberkommen?«

Theo wusste, dass Ausflüchte sinnlos waren. Wenn May sagte, dass es ein Problem gab, dann gab es auch eins. Er schwang die Beine aus dem Bett. »Worum geht's denn?«

»Um unseren Bergsteiger. Die Angehörigen kommen um halb zehn. Bis dahin müssen wir uns was einfallen lassen.« Damit beendete sie das Gespräch. May war noch nie sonderlich redselig gewesen.

Hanna maunzte unwillig im Schlaf und rollte sich zusammen. Dabei zog sie ihm die Decke weg. Theo beschloss, eine größere zu kaufen.

Er brauste sich kurz unter der Dusche ab und bürstete sich flüchtig die Zähne. Da sie sich noch Delilahs Show angeschaut hatten, war es spät geworden. Der Travestiekünstler hatte sich auf Songs von Cole Porter spezialisiert – »I get no kick from Champagne«, »Night and Day«, »Miss Otis regrets«. Theo hatte gestaunt, wie verwandelt sein stotternder ehemaliger Schulkollege auf der Bühne war. »Wenn ich diese Kleidung trage, dann bin ich kein anderer Mensch«, hatte Benno erklärt, »dann bin ich endlich der Mensch, der ich eigentlich bin.« Erst die Maske schenkte ihm eine Identität, die mit seinem inneren Bild von sich im Einklang stand.

»Glaubst du, er könnte es getan haben?«, hatte Hanna auf der Heimfahrt gefragt, nachdem sie eine Weile stumm neben ihm gesessen hatte.

Theo hatte den Kopf geschüttelt. »Ich weiß es einfach nicht. Um so etwas zu tun, muss man schon einen sehr großen Hass aufbringen.« Obwohl die nächtlichen Straßen frei waren, hatte er den Wagen im vorgeschriebenen Tempo über die Elbbrücken gelenkt. Nur Auswärtige rasselten in die dauerhaft installierten Radarfallen.

Hanna hatte diskret gegähnt und die Augen geschlossen. »Immerhin ist es dieser Nathalie nicht gelungen, sein Leben zu ruinieren. Das spricht eigentlich dagegen, dass er der Täter ist, findest du nicht?«

»Es sei denn, er hat es wegen Sanna getan. Wie er das Glas zerquetscht hat, das war schon heftig.«

»Kann sein. Aber diese Sanna hat viel mehr Grund, sich zu rächen, finde ich.«

Ich muss unbedingt Hadice anrufen und sie fragen, ob sie Sanna schon ausfindig gemacht hat, schwor er sich, während er sich eiskaltes Wasser auf den Rücken prasseln ließ.

Zehn Minuten später stand er bei May vor der bereits aufgebahrten Leiche. Sie nippten beide einträchtig an ihren Kaffeebechern. Die eingedrückte Schläfe des Toten hatte May mit einer sauberen Mullbinde abgedeckt. Abgesehen davon war das Gesicht nahezu unversehrt.

»Und?«, fragte er. »Sieht doch gut aus.«

»Wart's ab.«

Langsam schwante Theo, worin das Problem bestand.

Der junge Mann war gerade mal neunzehn Jahre alt, als er bei einer Watzmannbesteigung in Österreich abstürzte. Die Bergung war schwierig gewesen und hatte fast achtzehn Stunden gedauert. Zeit genug für die Fliegen.

Und jetzt kamen ihre Nachkommen aus ihren Löchern. Schon wanden sich zahlreiche Maden auf der blassen Haut des Toten. Kein schöner Anblick und ganz sicher keiner, den man den Angehörigen zumuten konnte.

May trat an die Bahre, auf der der Sarg ruhte, und klatschte einmal kräftig. Die Maden verschwanden wie von Zauberhand. »So können wir sie für eine Weile vertreiben. Aber sie kommen natürlich wieder, wenn Ruhe herrscht.«

Theo stoppte die Zeit. Sechs Minuten dauerte es, bis sich die erste Made wieder blicken ließ.

»Wir kühlen ihn noch mal richtig runter. Dann werden die Viecher träger.«

May blickte ihn zweifelnd an. »Und du meinst, das reicht?«

»Wenn nicht, kommt Plan B zum Zug.«

»Welcher Plan B?«

»Krach machen.«

Theo nutzte die Zeit, bis die Angehörigen kamen, um nach Hanna zu schauen. Die schlummerte noch immer tief und fest. Den erotischen Wochenendmorgen, den er sich erhofft hatte, konnte er sich zweifellos abschminken.

Er kochte zwei Eier. Ließ eines davon, in ein Küchenhandtuch gehüllt, im noch warmen Topf und rief dann Hadices Handy an.

»Öztürk.«

»Hadice. Gut, dass ich dich erwische.«

Hadice dehnte ihre schmerzenden Schultern. Die innere Anspannung machte sich inzwischen muskulär bemerkbar. »Mensch, Theo, was gibt's? Hier herrscht der helle Wahnsinn.«

»Wohnst du jetzt im Büro?«

»So sieht's aus.«

Er berichtete kurz von dem erstaunlichen Treffen mit Benno und dessen Erzählung, wie Nathalie Sanna die Chance ihres Lebens zunichte gemacht hatte.

»Ich weiß nicht.« Hadice gähnte. Auch sie hatte in der Nacht zuvor nur wenig Schlaf bekommen. »Wenn sie unbedingt tanzen wollte, warum hat sie es dann nicht anderswo versucht?«

»Ich erinnere mich nur, dass sie im Anschluss eine ganze Weile in eine psychosomatische Klinik musste. Ich glaube, diese vielen Stunden in dem dunklen Kabuff haben sie völlig fertiggemacht.«

Hadice brummte.

»Habt ihr sie denn schon aufgestöbert?«

Die Kommissarin klemmte das Mobiltelefon zwischen Schulter und Kinn und blätterte in den Unterlagen auf ihrem Schreibtisch. »Ach so, die ganze Familie ist nach dieser Geschichte ausgewandert.«

»Ausgewandert?«

»Nach Kanada. Von den Behörden da haben wir noch nichts gehört.«

Theo überlegte. »Aber das heißt nicht, dass Sanna nicht längst nach Deutschland zurückgekehrt sein kann.«

»Nein«, sagte Hadice, »das heißt es nicht.«

Pünktlich um halb zehn nahmen Theo und May die Angehörigen des verunglückten Jungen in Empfang: Vater, Mutter und eine jüngere Schwester. Keiner von ihnen hatte in seinem Leben schon einmal einen toten Menschen gesehen.

Das Abschiednehmen von den Verstorbenen wurde im Bestattungsinstitut Matthies, anders als bei vielen anderen Bestattern, besonders empfohlen. Das Ritual, das früher selbstverständlicher Bestandteil jedes Todesfalls war, war ebenso wie das Sterben im Kreis der Familie inzwischen eher die Ausnahme.

Schon Theos Vater hatte Angehörigen geraten, diese Chance zu nutzen: eine letzte Gelegenheit, dem Toten eine liebevolle Geste oder einen letzten Gruß mit auf den Weg zu geben, eine letzte Chance, Worte auszusprechen, die zwar ungehört, aber sonst auch ungesagt blieben. Vor allem aber die Möglichkeit, die Realität des Todes anerkennen zu können – ein wichtiger Schritt in der Trauerarbeit.

Die zierliche Mutter des Jungen wirkte angespannt, aber gefasst. Sie stützte ihren Mann, der totenbleich war und zitterte. Die Tochter war vielleicht vierzehn Jahr alt. Sie trug verwaschene Jeans und ein langes schwarzes T-Shirt. Ihre Augen waren verweint. Unter ihrem Arm klemmte ein abgewetzter Stoffhase.

Theo begrüßte die Familie und zog sich dann zurück. Anders als üblich hatten sie den Sarg noch nicht in den Raum gerollt, in dem die Verabschiedungen stattfanden. Sie hatten vereinbart, ihn erst in der letzten Minute aus der Kühlung zu holen. Jetzt löste er die Schrauben des Sargdeckels und lehnte ihn gegen die Wand. Dann zündete er die Kerzen an, die in hohen schlichten Ständern links und rechts vom Sarg standen. Durch das Fenster fiel der Blick auf ein sonnenbeschienenes Stück Wiese, auf dem ein Apfelbaum stand.

May reichte allen die Hand und drückte ihnen noch einmal ihr Beileid aus. »Ich weiß, dass dies jetzt ein schwieriger und schmerzlicher Moment für Sie ist«, sagte sie. »Geben Sie mir einfach Bescheid, wenn Sie so weit sind.«

Die Frau nickte. »Ich glaube, wir können jetzt hineingehen, oder, Thomas?«

Der Mann nickte. Sein Kinn bebte. »Therese?«

»Alles klar, Mama«, sagte das Mädchen.

Als May die Flügeltüren öffnete, holte die Mutter tief Luft. Dann trat die kleine Familie gemeinsam durch die Tür und blieb zwei Meter vom Sarg entfernt stehen. Der Vater schluchzte auf. Er wandte sich ab und ging wieder hinaus, wo er von May in Empfang genommen wurde.

Das Mädchen traute sich als Erste. Sie ging zu ihrem Bruder und betrachtete ihn sorgfältig. »Daran ist er wohl gestorben«, sagte sie und deutete auf die Kopfverletzung. »Vermutlich«, sagte Theo mit gedämpfter Stimme.

»Darf ich ihm den hier in den Sarg legen?« Verlegen hielt sie den schmuddeligen Kuschelhasen in die Höhe. »Den hatte er als Kind.« Sie lächelte schief.

»Natürlich.«

Vorsichtig bettete sie den Hasen auf die Brust ihres Bruders. Sie runzelte die Stirn, hob dann vorsichtig eine Hand von ihm an und schob das Plüschtier darunter. »Komm ruhig her, Mama, es ist nicht so schlimm.«

Die Mutter holte noch einmal tief Luft und ging zu ihr.

Der Junge war kein Kind mehr gewesen. Trotzdem war Theo nicht in der Lage, sich den Schmerz vorzustellen, den diese Mutter jetzt durchleben musste. Seine winzige Tochter hatte er kaum kennengelernt. Sie war gemeinsam mit ihrer Mutter gestorben. Nadeshda hatte an Bauchspeicheldrüsenkrebs gelitten und jede Therapie verweigert. Nicht einmal Schmerzmittel hatte sie nehmen wollen. Sie hatte verzweifelt gehofft, lange genug durchzuhalten, um ihr Kind zu retten. Sie hatte es nicht geschafft.

Theo warf einen unauffälligen Blick auf die Uhr. Fünf Minuten. Viel Zeit würden sie nicht mehr haben, bevor die ersten Maden auftauchten. Er machte sich bereit, notfalls die Vase hinter ihm zu Bruch gehen zu lassen, sollten sich die Biester blicken lassen.

Die Mutter legte dem Sohn eine Hand auf die kalte Wange. »Er ist fort«, sagte sie. »Obwohl er hier vor mir liegt, ist er schon fort.«

Sie blickte Theo in die Augen. »Jetzt weiß ich wenigstens, dass es nicht mein Junge ist, der im Sarg liegt, wenn wir ihn beerdigen.«

»Komm Mama, wir gehen.«

Die Mutter blickte durch die Tür in den Vorraum. »Thomas, willst du nicht doch …«

Ihr Mann schüttelte den gesenkten Kopf.

»Na gut.« Sie wandte sich ein letztes Mal ihrem Sohn zu. Dann drehte sie sich um und ging hinaus.

»Tschüss, Nils«, sagte das Mädchen und folgte der Mutter.

Theo vergewisserte sich, dass alle außer Sichtweite waren, und verschloss hastig den Sarg.

KAPITEL 21

Opfer. Dieses Wort kreiste in Nathalies Kopf wie eine Hummel. Sie sollte von ihren Opfern erzählen, hatte die auf haarsträubende Weise angenehm klingende Stimme gesagt. Sie quoll aus einem Lautsprecher, der unter der Decke angebracht war. Offenbar sollte Nathalie eine Art Generalbeichte ablegen. »Du weißt vermutlich bereits, dass du mit Tollwut infiziert bist«, hatte die Stimme nüchtern gesagt. »Wenn du überleben willst, musst du kooperieren.« Möglichst viele Details sollte sie aus ihrem Gedächtnis kramen, möglichst viele Namen nennen. Dann, und nur dann würde sie das rettende Antiserum erhalten. Vielleicht.

Und so erzählte Nathalie Stunde um Stunde um ihr Leben, wie eine düstere Scheherazade: tausendundeine Bosheit. Anfangs zögerlich, mit längeren Pausen, in denen sie panisch nach weiteren Freveltaten in ihrem Gedächtnis kramte, dann immer rascher in einem steten Fluss. Und erst in der geballten Gesamtschau des Berichts wurde ihr die ganze Ungeheuerlichkeit ihres Tuns bewusst. Einerseits. Andererseits merkte sie, wie die Erinnerung durchaus auch jenes Hochgefühl wieder weckte, das sie damals begleitet hatte. Das berauschende Gefühl der Macht, wenn sie sah, wie die anderen vor ihr kuschten, wie sie sie umwarben in der heimlichen Angst, beim nächsten Mal selbst das Opfer ihrer scharfen Zunge zu sein.

Immer wieder ertappte sie sich auch dabei, wie ihre Erzählung zu anderen Erinnerungen abschweifte.

Ihre Mutter war gestorben, als sie elf Jahre alt war. Sie war eine sehr schöne, aber schüchterne Frau gewesen, die an der Seite ihres dominanten Mannes zunehmend verblasst war. Nathalie hatte ihr Tod insgeheim nicht besonders tief getroffen. Sie genoss die besorgte Aufmerksamkeit, die ihr von allen Seiten entgegengebracht wurde. Die Rolle der tapferen Halbwaise spielte sie mit Bravour.

Sie war schon immer ein Papakind gewesen – und diesen hatte sie jetzt vollkommen für sich. Schon vor dem Tod seiner Frau hatte Peter Stüvens Aufmerksamkeit gänzlich seiner Tochter gegolten. Er entschied, welche Kindermädchen eingestellt wurden, welche Schule sie besuchte, dass sie Klavier statt Geige lernte und ob sie Reitstunden bekam. Sogar die Kleider, die sie trug, suchte er mit aus. Entsprach sie seinen Erwartungen, überschüttete er sie mit Liebe und Lob, enttäuschte sie ihn, strafte er sie mit Kälte und Nichtachtung. So hatte er es auch mit ihrer Mutter gehalten. Nur dass diese, im Gegensatz zu Nathalie, seinen Erwartungen fast nie entsprach.

Erst im Verlauf der Pubertät hatte sie begonnen, ihren despotischen Vater zunehmend kritisch zu sehen. Obwohl sie jetzt Mitte dreißig war, war es ihr dennoch nicht gelungen, sich von ihm zu lösen. Sein Einfluss auf sie war nach wie vor enorm.

»Gut genug reicht noch lange nicht«, hatte er seiner Tochter eingebläut. Nicht für jemanden wie Nathalie. Natürlich bin ich etwas Besonderes, dachte sie trotzig. Sie war schön wie ihre Mutter, hochintelligent wie ihr Vater. Einser-Abitur, Studium und Promotion im Schnelldurchlauf und jetzt mit Mitte dreißig auf dem Weg, eine glänzende politische Karriere hinzulegen. Ja, wenn sie rechtzeitig aus diesem Verlies herauskam.

Sie erhob sich von ihrem Lager und machte ein paar vorsichtige Schritte. Der Schwindel hatte nachgelassen. Sie streckte sich und ging dann hinüber zu einem kleinen Holztisch, auf dem eine Flasche Wasser stand. Durstig trank sie. Dass sie noch Wasser herunterbrachte, war bei einer Tollwutinfektion zumindest ein gutes Zeichen, so viel wusste sie. Dann biss sie grimmig in eine Scheibe Brot, die dort ebenfalls bereitgestanden hatte. Sie würde alle Energie brauchen, die sie hatte, um zu überleben.

Sie warf einen raschen Blick zur Decke hinauf, wo eine winzige Leuchtdiode verriet, dass dort ein elektrisches Gerät angebracht worden war. Eine Überwachungskamera, vermutete Nathalie. Sie nickte ihr zu, straffte die Schultern und setzte dann ihren Bericht fort.

Nur wenige Meter entfernt fing der Schatten den Blick auf, den Nathalie in die Kamera geworfen hatte. Eine Kampfansage also. Die Senatorin erwies sich erwartungsgemäß als zäher als die beiden männlichen Gefangenen. Reinhold Lehmann hatte geflucht und randaliert, bis er still geworden war, und hatte in seinem Delirium offenbar bis zum Ende nicht kapiert, worum es ging. Sebastian Klasen hatte um sein Leben gewinselt und die Tatsache, dass er Frau und Kinder hatte, wie eine Monstranz vor sich her getragen. Die waren ohne ihn auf jeden Fall besser dran.

Mit einem Mausklick speicherte der Schatten die dritte Stunde der Lebensbeichte der Senatorin in einen speziellen Ordner – die ganze ungeschminkte Wahrheit.

Durch das Küchenfenster sah Theo Hanna am Tisch sitzen. Sie hatte sich in eines von seinen Hemden gehüllt und die nackten Beine unter sich auf den Stuhl gezogen. Vor ihr stand ein großer Becher Milchkaffee. Sie schien in die Lektüre der Samstagszeitung vertieft zu sein. Was sie las, missfiel ihr offenbar. Theo lächelte. Hanna gehörte zu den Menschen, denen auf die Stirn geschrieben stand, was sie von einer Sache oder Person hielten. Er fand das ungeheuer liebenswert.

»Tut mir leid«, sagte er, als er den Raum betrat. »Aber das war wirklich eine Art Notfall.«

»Was war denn los?« Hanna schaute ihn neugierig an.

»Hast du schon gefrühstückt?«

»Nur das Ei.«

»Dann willst du das nicht wissen.«

Sie verzog das Gesicht.

Dann schob sie ihm die »Hamburger Morgenpost« hinüber. »Entführt? Hamburgs schönste Senatorin vermisst!«, titelte die Zeitung. Daneben befand sich ein Bild von Nathalie im schulterfreien Abendkleid, das auf einer Spendengala aufgenommen worden war.

»Zuletzt wurde Dr. Stüven an der Bar des Hotels Vier Jahreszeiten an der Alster gesehen. Sie trug ein taubenblaues Abendkleid mit passendem Bolero.« Hanna verdrehte die Augen. »Wundert einen ja fast, dass die nicht auch noch den Designer nennen.«

»Gib mal her.« Theo nahm ihr die Zeitung aus der Hand und las. »In ihrer Gesellschaft befand sich eine 30- bis 40-jährige elegante Frau mit schwarzem Pagenschnitt. Die Unbekannte wird gebeten, sich bei der nächsten Polizeidienststelle zu melden. Ebenso andere Zeugen, die Nathalie Stüven nach 23 Uhr am Donnerstagabend gesehen haben.«

Hanna sah ihn an. »Meinst du, das war sie?«

»Wer? – Sanna?« Er zuckte die Schultern. »Könnte sein. Ich meine, sie hat dunkles Haar gehabt. Allerdings hab ich sie seit fast zwanzig Jahren nicht mehr gesehen. Könnte also auch jede andere sein.«

»Inklusive Benno?«

»Inklusive Benno.«

Er starrte auf das Bild von Nathalie.

»Es wird langsam verdammt eng«, sprach Hanna seine Gedanken aus.

»Und mir fällt absolut nichts ein, was ich noch unternehmen könnte.«

»Lass uns irgendwohin gehen. Ich muss zwar heute noch arbeiten, aber ein, zwei Stündchen sind noch drin.«

»Gute Idee. Wir gehen an den Strand.«

»Ich hab dafür nichts anzuziehen.«

»Das findet sich.«

Zu Theos Befriedigung – und Hannas geheimem Kummer – passten ihr Theos Shorts ganz gut. Dazu trug sie eines seiner Leinenhemden, das sie an den Ärmeln aufgekrempelt hatte. Ihre schwarzen Locken hatte sie wegen der Hitze zu einem Knoten geschlungen.

Theo hatte inzwischen eine Decke und Getränke in eine Sporttasche gestopft.

»Sonnenmilch?«, fragte Hanna streng. »Ohne Sonnenmilch kriegst du mich nicht vor die Tür.«

Er zog eine Flasche mit Lichtschutzfaktor 30 heraus und hielt sie ihr vor die Nase. »Langt das, Schneewittchen?«

Hanna nickte.

Der kürzeste Weg zum Elbstrand führte direkt durch den Friedhof Finkenriek. Ein asphaltierter Weg zog sich durch eine Allee noch junger Bäume, links und rechts davon erstreckten sich die Gräberfelder. Die Türen der kleinen modernen Kapelle öffneten sich und entließen einen Trauerzug. Dr. Rauhfuß, fiel Theo ein und er war froh, dass May die Aufsicht übernommen hatte. Er nickte zu den Sargträgern hinüber und der vorderste, Sportstudent Kurti, zwinkerte ihm unauffällig zu. Kurti schrieb an seiner Abschlussarbeit. Insgeheim hoffte Theo, den jungen Mann auch über sein Studium hinaus halten zu können. Er war ganz einfach ein echtes Bestattertalent, gut erzogen, menschlich und mit einem rabenschwarzen Humor ausgestattet. Tatsächlich hatte Kurti auf der letzten Betriebsweihnachtsfeier in leicht alkoholisiertem Zustand entsprechende Kostproben präsentiert.

Hanna zupfte Theo am Ärmel. In ihrem Aufzug fühlte sie sich als Zaungast der Trauernden unbehaglich. So gingen sie weiter zu einer kleinen Gitterpforte, die hinaus auf den König-Georgs-Deich führte. Mit wenigen Schritten erklommen sie die Deichkrone.

Die Süderelbe floss träge zu ihren Füßen. Sie war an dieser Stelle zwar deutlich schmaler als weiter stromabwärts, wo die

Ozeanriesen den Hafen ansteuerten, aber dennoch einen guten Kilometer breit, schätzte Hanna. Theo wandte sich nach rechts, wo die Grasdecke des Deiches von einem Teerbelag abgelöst wurde.

Hanna jubelte, lief den Steilhang hinunter, stolperte und fiel mit den Knien in den weichen Sand. Sie stand auf, zog die Sandalen aus, ließ sie fallen und lief bis zu den Schenkeln ins Wasser. Dort blieb sie, die Hände in die Hüften gestützt, stehen.

Ein ICE ratterte auf seinem Weg nach München über die für Züge vorgesehene Elbbrücke im Westen. Obwohl die Distanz viel zu groß war, um Menschen darin erkennen zu können, hob sie grüßend die Hand. Als sie kurz darauf neben Theo auf der Decke lag, war der Tag für einen Moment perfekt. Es roch nach Sonnenmilch und Elbwasser.

Theo ließ etwas Sand aus der Hand rieseln. Irgendwo in seinem Kopf verrann eine virtuelle Sanduhr. Wenn es nicht gelang, Nathalie rechtzeitig aufzuspüren, war sie verloren. Er seufzte.

»Eines würde ich gern wissen: Wenn sie so ein Miststück ist, warum macht dir die Sache dann eigentlich so zu schaffen?« Hanna schien wieder einmal Gedanken lesen zu können.

»Keine Ahnung.« Er schwieg. Der herabgerieselte Sand hatte inzwischen ein kleines Häufchen gebildet. Er bohrte seinen Zeigefinger hinein. »Immerhin hab ich den hippokratischen Eid abgelegt. Der gilt auch für schlechte Menschen.«

Hanna boxte ihn in die Seite.

»Aua.«

»Da steckt doch was anderes dahinter.«

Er schloss wieder die Augen und sprach aus, was in ihm rumorte, seit er Reinholds Leichnam hergerichtet hatte. »Tatsache ist: Ich fühle mich schuldig.«

Hanna schnaubte.

»Verstehst du nicht? Ich hab damals einfach nicht genug

getan, um Nathalie und die anderen beiden aufzuhalten. Zu bequem. Zu feige. Was weiß ich.«

»Und darum legst du dich jetzt für Nathalie ins Zeug? Verstehe ich nicht.«

Er überlegte. »Wenn ich sie rette, obwohl sie kein netter Mensch ist, dann ...«

»... dann beweist das, dass du trotzdem zu den Guten gehörst?«

»Vermutlich.«

»Eine Art Jedi-Ritter?«

»Genau.«

Hanna lachte so laut, dass zwei dösende Enten verstört aufflatterten.

KAPITEL 22

»Ich hab da was.« Henry legte ein paar ausgedruckte Blätter auf Hadices Schreibtisch.

Sie nahm den hochgelagerten Fuß von einem Papierkorb, den sie zu diesem Zweck umgedreht neben ihren Stuhl positioniert hatte. »Was ist das?«

»Die Krankenakte von Sylvia Kuhn.«

Hadice hob die Augenbrauen und griff nach den Seiten.

»Wie um alles in der Welt bist du da rangekommen?« Normalerweise erhielt die Polizei derart sensible Daten erst nach zähem Tauziehen und richterlichem Beschluss.

Er zuckte mit den Schultern. »Du glaubst nicht, was plötzlich alles möglich wird, wenn eine Senatorin verschwindet.«

Stirnrunzelnd überflog Hadice die Seiten. Dann hob sie den Blick zu Henry, der noch immer mit überkreuzten Armen im Türrahmen lehnte. »Schizophrenie?«

Henry nickte. Hadice überflog die erste halbe Seite und kapitulierte. Sie wählte die angegebene Nummer des behandelnden Arztes und hatte Glück.

Dr. Martin Franke hatte Sylvia mehrfach während ihrer stationären Aufenthalte in der Klinik für Psychiatrie und Psychotherapie an der Uniklinik Eppendorf behandelt. Der Leiter der Station hatte an diesem Tag denkbar schlechte Laune. Nicht nur musste er die Wochenendschicht für einen erkrankten Kollegen übernehmen und konnte daher nicht wie geplant zur Kieler Woche fahren – für einen leidenschaftlichen Segler wie ihn ein Desaster. Er hatte sich auch mit seiner Frau gestritten, der es auf die Nerven ging, wenn er ihr gegenüber sein psychotherapeutisches Gehabe, wie sie es nannte, an den Tag legte.

»Ich bin deine Frau und nicht deine Patientin«, hatte sie ihn nicht zum ersten Mal in ihrer siebzehn Jahre währenden Ehe angefaucht. Je ruhiger und rationaler er, wie er fand, reagierte, desto mehr brachte sie das auf die Palme. Sie wollte emotionale Auseinandersetzungen. Sie war eine temperamentvolle Frau und hatte keine Lust, ihre Gefühlsausbrüche zu kanalisieren. Und nun klingelte auch noch das Telefon, wo er sich doch gerade zum bescheidenen Highlight des Tages – einem Stück Käsekuchen – niedergelassen hatte. Er rammte die Kuchengabel in das Gebäck und nahm das Gespräch widerwillig entgegen. »Was gibt's?«

Gundula Möller, die schon lange am Empfang des Klinikums arbeitete, nahm Frankes schlechte Laune ungerührt zur Kenntnis. »Die Kriminalpolizei«, sagte sie und betrachtete ihre Fingernägel, die sie am Morgen in einer modischen Cappuccinonuance lackiert hatte. Sie hatte den gleichen Farbton wie die ersten Altersflecken auf ihren Handrücken, stellte sie halb entsetzt, halb belustigt fest.

»Sie erwarten also ernsthaft, dass ich Ihnen jetzt alles über meine Patientin erzähle«, blaffte Franke, nachdem Hadice ihm ihr Anliegen geschildert hatte. »Sie haben doch schon die Patientenakte.« Auch die hatte er zuvor nur äußerst widerwillig aufgrund des ungewöhnlich schnell erteilten richterlichen Beschlusses herausgerückt.

»Ganz genau.« Hadice ließ sich von dem Mediziner nicht beeindrucken. »Herr Dr. Franke, Ihre Einstellung ehrt Sie, aber hier geht es wirklich um das Leben einer jungen Frau, da müssen berufsethische Ansprüche ganz einfach hintanstehen.« Henry, der noch immer im Türrahmen lehnte, grinste. Solches Gesäusel lag Hadice normalerweise nicht. Sie streckte ihm die Zunge heraus.

Am anderen Ende der Leitung hörte sie Franke seufzen. »Ich

will sehen, was sich machen lässt. – Was wissen Sie über Schizophrenie?«

Hadice schielte auf den Bildschirm, auf dem sie die Krankheitsbeschreibung des Gesundheitsportals NetDoktor aufgerufen hatte: »Schizophrenie geht mit Veränderungen der Gedanken, der Wahrnehmung und des Verhaltens einher.«

Franke grunzte zustimmend.

»Soweit ich das verstanden habe, sind Menschen mit Schizophrenie zeitweise nicht in der Lage, zwischen Wirklichkeit und Phantasie zu unterscheiden: Sie hören beispielsweise Stimmen, die andere nicht hören, oder fühlen sich verfolgt.«

»Richtig.« Franke schien ein wenig besänftigt.

»Und das trifft auch auf Sylvia Kuhn zu?«

»So ist es. Das gilt aber nur während ihrer psychotischen Schübe. In der Zwischenzeit ist sie so normal wie Sie und ich«, sagte Franke und dachte dabei an seine manische Leidenschaft für handgenähte britische Herrenschuhe, von denen er inzwischen mehr als zweiunddreißig Paare besaß. Er lächelte ins Telefon. Ganz normal war das auch nicht. Normalität war eben ein Konstrukt, das der Realität nicht standhielt.

»Aber sie hat mehr als einen Krankheitsschub gehabt«, stellte Hadice fest, während sie mit der linken Hand die Krankenakte auf dem Tisch durchblätterte.

Franke seufzte. »Das ist leider richtig. Sehen Sie, Psychosen sind gar nicht so selten, wie man gemeinhin meint. Immerhin jeder Zehnte erlebt im Laufe seines Lebens eine. Etwa jeder Fünfte wird vollständig geheilt, bei den Übrigen tauchen sie aber immer wieder einmal auf. Das ist auch bei Sylvia Kuhn der Fall.« Sein Blick fiel auf die Trümmer seines Käsekuchens, den er während des Gesprächs geistesabwesend zermanscht hatte. »Zum Glück gehört sie nicht zu jenen zwanzig Prozent der Betroffenen, die so schwer erkrankt sind, dass sie keinen Beruf ausüben können.« Er schaufelte Kuchenmatsch auf seine Gabel und balancierte sie Richtung Mund. »Sylvia Kuhn ist eine ganz bemerkenswerte junge Frau. Ein brillante, hochoriginelle Denkerin.«

»Hängt das irgendwie zusammen? Ihre professionelle Brillanz und ihre Krankheit, meine ich?«

»Davon gehe ich aus.« Langsam erwärmte sich der Psychiater für das Gespräch. Genau zu diesem Thema hatte er schon mehrere Fachartikel veröffentlicht. Er ließ die Gabel samt Ladung zurück auf den Teller sinken. »Sowohl Schizophrene als auch besonders kreative Menschen nehmen alle Reize, die in ihrem Gehirn eintreffen, ungefiltert und unsortiert wahr. Die Gefahr dabei ist, in der Flut der Informationen zu ertrinken. Darauf reagiert das Gehirn mit Denkstörungen und Halluzinationen.«

»Und das sind die Hauptsymptome einer Schizophrenie.«

»Richtig. Den Kreativen gelingt es, das Chaos zu nutzen, um originelle, ungewöhnliche Zusammenhänge herzustellen. Übrigens gilt das weniger für die klassischen künstlerischen Talente, wie etwa Maler oder Literaten, das trifft vor allem auf Naturwissenschaftler zu. In Familien von Mathematikern beispielsweise ist die Neigung zu Schizophrenie deutlich höher als in der übrigen Bevölkerung.«

»Und Sylvia Kuhn ist Physikerin.« Hadice schaute zu Henry hinüber, der das Gespräch aufmerksam verfolgte. Sie knabberte an ihrem Daumennagel. »Diese psychotischen Schübe – wie haben die sich denn bei Sylvia Kuhn geäußert?«

Franke presste ein paar Käsekuchenteile nun zu einem kompakten Ball zusammen. »Sehen Sie, ganz typisch für Schizophreniepatienten ist, dass sie Ereignisse, die andere als zufällig betrachten würden, mit Bedeutung versehen. Frau Kuhn war von der Idee besessen, Botschaften vom Universum zu erhalten.«

»Was denn für Botschaften?«

»Es ging darum, eine Art kosmisches Gleichgewicht wieder herzustellen. Ungerechtigkeiten auszugleichen, beispielsweise. Sie hat ein ausgeprägtes Moralempfinden.«

»Universelle Gerechtigkeit?«

»Exakt.«

»Davon hat sie uns auch erzählt.«

Franke schwieg, dann räusperte er sich. »Verzeihung.« Er atmete tief durch. »Das ist allerdings etwas besorgniserregend.«

»Wieso das?«

Er zögerte. »Es könnte darauf hinweisen, dass sie einen neuen Schub hat.«

Für 15 Uhr hatte sich Theo mit Pfarrer Hoffmann in der katholischen St. Maximilianskirche verabredet. Eine der älteren Ordensschwestern, die der Gemeinde angehörten, war gestorben, die Trauerfeier sollte am kommenden Dienstag stattfinden. Nachdem er sich von Hanna verabschiedet hatte, holte er sein Rennrad aus dem Schuppen und fuhr damit den Finkenriek hinunter zum Callabrack. Die Ufer des Tümpels waren von Schilf umsäumt, durch das Enten und mitunter auch ein Schwan pflügten. Ein alter Baum, den vor vielen Jahren einmal ein Blitz getroffen hatte, hatte den himmlischen Stromschlag überlebt und neigte sich nun tief über das Wasser. Der Teich war schon alt, das Wasser grün und unergründlich. In seiner Kindheit hatten sie sich Geschichten erzählt von unglücklichen Frauen, die hier »ins Wasser gegangen« waren. Die Ufer des Bracks waren angeblich steil und trichterförmig. Wer einen Fuß hineinsetze, rutsche unerbittlich in die Tiefe, wurde stets gewarnt. Beim Eislaufen hatte ihn der Gedanke daran immer mit einem köstlichen Gruseln erfüllt. Theo hatte nicht verstanden, wie man sich so das Leben nehmen konnte, bis ihn sein Vater darüber aufgeklärt hatte, dass früher viele Menschen – auch Erwachsene – nicht schwimmen konnten. Diese erstaunliche Information hatte Theo gespeichert.

In gemäßigtem Tempo fuhr er die Straße Am Papenbrack entlang, wo rechts und links Doppelhäuser standen, die von großen, lang gestreckten Gärten umgeben waren. Sie waren für die vielen Arbeiter und ihre Familien gebaut worden, die sich im Wilhelmsburger Hafen und den angrenzenden Industrien ihren Lebensunterhalt verdienten. Damals waren die großen Gärten kein Luxus gewesen, sondern wurden zum Anbau von Obst und Gemüse genutzt. Von der ursprünglichen Fachwerkarchitektur blitzte heute nur noch sporadisch etwas hervor. Die meisten Häuser waren verschalt und auf bis zu dreifache Größe ausgebaut worden, sodass sie inzwischen alle höchst unterschiedlich aussahen. Die Straße mündete am gleichnamigen Teich in eine Sackgasse, die von Fußgängern und Fahrradfahrern aber überquert werden konnte, sodass Theo seinen Weg, der Straße Zur guten Hoffnung folgend, fortsetzen konnte. Er kam am Blumenladen Krippke vorbei. Anders als in den stylischen Geschäften der Innenstadt wurden hier immer noch überwiegend klassische Sträuße angeboten, gern auch mit ein bisschen Glitzer auf den Blättern. Moderner Minimalismus war in diesem Stadtteil noch nicht angekommen.

Er kreuzte die vierspurige Neuenfelder Straße. Bis vor einigen Jahren hatte es dort noch den kleinen Supermarkt Wittfoth gegeben, der trotz seiner höheren Preise viele Jahre dem Einkaufszentrum am Bahnhof Wilhelmsburg getrotzt hatte. Als Schüler hatte sich Theo hier gern auf dem Heimweg ein zimtklebriges Franzbrötchen gekauft. Als der alte Besitzer aus gesundheitlichen Gründen aufgeben musste, hatte sich kein Nachfolger gefunden. Auch die Aldi-Filiale war einem großen türkischen Gemüseladen gewichen. Daneben befand sich ein Dönerimbiss. Der Friseursalon Leinung, in dem ihm seine Mutter mit acht Jahren den ersten professionellen Haarschnitt hatte verpassen lassen, existierte hingegen immer noch. Neu war allerdings sein im Schaufenster ausgestelltes Angebot an Damenmode – ein zweites Standbein des Friseurs.

Theo umkurvte ein paar kichernde Schulmädchen türkischer Herkunft. Von hier waren es nur noch wenige Minuten bis zur

Pfarrkirche St. Maximilian Kolbe. Sie war in den Siebzigerjahren in einer höchst eigenwilligen Konstruktion errichtet worden. Anders als im Süden Deutschlands, wo die katholische Kirche noch immer die Vorherrschaft genoss, hatten im evangelischen Norden die Protestanten die schönen alten Kirchen okkupiert, sodass viele katholische Gemeinden mit Neubauten vorliebnehmen mussten. Graue Betonwände schraubten sich schneckenförmig nach oben und mündeten in einen spitz zulaufenden Turm. Theo musste bei dem Anblick stets an eine aufgedröselte Pappröhre denken, die im Inneren einer Klopapierrolle steckte.

Von innen gefiel ihm das Gebäude deutlich besser. Er mochte die wagenradähnliche hölzerne Deckenkonstruktion und die geschickte Lichtführung. Unter der Decke schwebten große Bilder wie Mobiles. Auch der halbrunde Raum vor dem Altar, der mit flächigen, dicht an dicht gesetzten Natursteinen gepflastert war, gefiel ihm: ein ansprechender Mix aus Naturelementen und der Sachlichkeit des Betons. Nur das Kreuz irritierte ihn: Christus schwebte mit ausgebreiteten Armen vor einer leicht konkaven, weißen Platte, die Theo unweigerlich an eine Satellitenschüssel erinnerte.

Der Pfarrer erwartete ihn bereits. Er war Mitte vierzig, sah aber mit seinem faltenlosen Gesicht und den runden Wangen trotz des zurückweichenden Haaransatzes jünger aus. Er kam auf Theo zu. »Danke, dass Sie sich die Mühe machen«, sagte er.

Theo gab ihm die Hand. »Kein Problem.«

Sie hatten vereinbart, den Ablauf der anstehenden Beerdigung vor Ort durchzusprechen, denn der Pfarrer erwartete hohe Gäste: Sogar Hamburgs katholisches Oberhaupt, der Erzbischof, hatte sich angekündigt. Die Verstorbene, Schwester Theresia vom Orden der Katharinenschwestern, war sechsundsechzig Jahre alt geworden. Davon hatte sie Gott, ihrer Kirche und den

Menschen der Gemeinde dreißig Jahre treu und bescheiden gedient. Doch nun, so hatte sich herausgestellt, hatte sie sich eine höchst unkonventionelle Beisetzung gewünscht.

Theo staunte über die Wahl der Lieder: »Janis Joplin?«

Der Pfarrer nickte. »Oh Lord, won't you buy me a Mercedes Benz«, sang er. »Immerhin fleht sie darin Gott um Hilfe an.«

»Für ein teures Auto und einen Farbfernseher?« Theo grinste.

»Das ist Konsumkritik«, korrigierte der Pfarrer. »Absolut christlich verwurzelt.«

Ebenfalls auf der Liste stand das Lied »Aquarius« aus dem Musical »Hair«.

»Schwester Theresia war ein wilder Feger, bevor sie ihr Leben Gott geweiht hat. Eine waschechte Hippiebraut, wie man sich erzählt.«

»When the moon is in the Seventh House, and Jupiter aligns with Mars, then peace will guide the planets, and love will steer the stars«, zitierte Theo, »ist das nicht ein bisschen zu heidnisch für einen Erzbischof?«

»Make Love not War, ist die Botschaft des Musicals. Das ist eine urchristliche Botschaft – wenn auch die Kirche weniger den körperlichen Aspekt des Liebens im Auge hat.«

»Eine Hymne auf Liebe und Frieden«, ergänzte Theo.

»Daran kann doch nun wirklich keiner etwas auszusetzen haben.« Der Pfarrer zwinkerte ihm zu. »Zumindest hoffe ich das.«

Theo mochte den unkonventionellen Geistlichen. »Haben Sie noch einen Moment Zeit?«

»Soll ich Ihnen die Beichte abnehmen?«

Theo lachte. »Heute nicht.« Dann wurde er ernst. »Aber ich würde gern Ihre Meinung zu einer Geschichte hören.«

Sie setzten sich nebeneinander in eine der Kirchenbänke und Theo erzählte. Und während er berichtete, wurde das Gesicht des Pfarrers immer ernster.

»Der Wunsch nach Vergeltung ist im Menschen tief verwurzelt«, sagte er, nachdem Theo geendet hatte. »Das ist für Christen, für den Menschen überhaupt, eine der größten Herausforderungen: der Verzicht auf Rache.«

»Liebet eure Feinde.«

»... segnet, die euch fluchen, tut wohl denen, die euch hassen«, ergänzte der Pfarrer. »Aber über eine solche Größe verfügen nur die wenigsten.« Er kreuzte die Arme und blickte zum Christus vor der Satellitenschüssel. »Grundsätzlich dient Rache der Bestrafung für ein zuvor geschehenes Unrecht. Sie soll also gewissermaßen die ›alte Ordnung‹ wiederherstellen. So befreit sie von einem tiefen Gefühl der Ohnmacht und der Ungerechtigkeit.«

»Und das funktioniert?«

»Bedingt. Meist hilft das nur kurzfristig. Langfristig hilft es nur, sich auszusöhnen. Nicht um des Übeltäters willen, wie die meisten die Bibel auslegen. Sondern für den eigenen Seelenfrieden. Hass und Bitterkeit sind eine schwere Bürde, die einem Herz und Gemüt verfinstern. Sich auszusöhnen mit Gott – oder mit dem eigenen Schicksal, wenn Ihnen das lieber ist, ist die einzige Möglichkeit, Frieden zu finden.«

Theo überdachte das einen Moment. Er dachte an den Tod seiner Frau und seines ungeborenen Kindes vor mehr als fünf Jahren. Damals war er voller Wut gewesen auf die Ungerechtigkeit des Schicksals. Wie hätte er wohl reagiert, wenn nicht ein Tumor, sondern ein betrunkener Autofahrer verantwortlich für den Tod seiner Liebsten gewesen wäre? Hätte er sich an dem gerächt? Aber wenn, dann doch eher kurz nach der Katastrophe und nicht erst Jahre später.

»Glauben Sie, dass tatsächlich jemand nach so vielen Jahren Rache übt?«

Der Pfarrer schwieg einen Moment. »Das kommt drauf an. Denken Sie an den Grafen von Monte Christo. Der hat auch über Jahrzehnte an seinem Racheplan geschmiedet. So wie Dumas die Geschichte schildert, hat der Gedanke an Rache ihn überhaupt erst dazu befähigt, zu überleben und schließlich die Flucht von seiner Kerkerinsel zu schaffen.«

»Der Graf war aber während seiner Gefangenschaft gar nicht in der Lage, seine Pläne in die Tat umzusetzen. Darum hat er so lange gewartet.«

»Und dann hat er noch Jahre an seinen Plänen gefeilt.« Theo blickte den Pfarrer nachdenklich an.

»Dazu gehört allerdings eine übermenschliche Geduld. Viel wahrscheinlicher ist eine ganz andere Möglichkeit.«

»Und die wäre?«

»Es hat vor Kurzem einen Auslöser gegeben, der die mörderische Reaktionskette angestoßen hat.«

Wenig später traten sie gemeinsam vor die schwere eiserne Kirchentür, die der Pfarrer sorgfältig hinter sich verschloss. Theo betrachtete das Umdrehen des Schlüssels mit Wehmut. »Früher standen die Kirchentüren immer offen«, sagte er und kam sich vor wie ein alter Mann.

»Stimmt. Die Zeiten ändern sich – auch in der Kirche.«

Nur einige Meter vom Portal entfernt zog sich ein breiter Graben entlang, der mit einem deichartigen Wall aus Pflastersteinen gesäumt war. Nachdem er sich vom Pfarrer verabschiedet hatte, stieg Theo hinauf und starrte in das grüne Strudeln des Wassers. Wolken hatten sich vor die Sonne geschoben und es hatte sich merklich abgekühlt. Er balancierte einige Schritte und hob den Blick, der auf sein altes Gymnasium fiel. Sogleich musste er an Nathalie denken. Er ging weiter und blieb vor dem Gebäudekomplex stehen. Anders als zu seiner Schulzeit waren die Wände der Pausenhalle, die direkt am Eingang des Geländes lag, rot verkleidet. Die davorstehende Skulptur aus silberfarbenen Kugeln hingegen war noch die alte geblieben. Er lief die Treppe vor dem Gebäude hinauf und legte beide Handflächen an das Objekt. Hier hatte er vor siebzehn Jahren gestanden, das Abi-Zeugnis in der Hand, aufgereiht mit seinem Jahrgang. Jonas hatte damals schon gefehlt, ebenso Sanna. Er betrachtete sein grotesk verzerrtes Antlitz in den Kugeln. »Verdammt«, sagte er und wandte sich ab.

Am Wochenende war die Schule ausgestorben. Er spazierte auf den Schulhof, den er so viele Jahre täglich betreten hatte. An die Aula schloss sich linkerhand das Gebäude mit dem Schulleiterbüro und dem Lehrerzimmer an. An der Glastür klebten Zettel mit Hinweisen auf Veranstaltungen und Workshops sowie einem Kreativseminar. Gegenüber stand ein vierstöckiger Komplex, in dem Klassenzimmer bis zur zehnten Klasse untergebracht waren. Weiter hinten auf der linken Seite befand sich das Oberstufengebäude. Und schließlich ein Komplex mit Fachräumen: Biologie, Chemie, Physik und Kunst.

Er erinnerte sich noch gut an die mitunter chaotischen Unterrichtsstunden bei Herrn Kolbe. Bei dessen chemischen Darbietungen war so oft etwas schiefgegangen, dass er die Schüler unter Androhung schwärzester Noten zur Assistenz zwingen musste. Theo überlegte kurz, ob die Flecken, die die Experimente an der Decke des Chemielabors hinterlassen hatten, noch immer zu sehen sein würden. Er wanderte um das Gebäude herum und hielt inne, als er eine weitere Person auf dem Gelände erblickte. Sie stand genau dort, wo Jonas vor zwanzig Jahren nach seinem Sturz vom Dach auf dem Boden aufgeschlagen war. Die Frau trug einen beigefarbenen Trenchcoat, der im aufkommenden Wind flatterte. In einem weiten Bogen schnippte sie eine Zigarette ins Gebüsch. Er erkannte sie erst, als sie sich ihm zuwandte.

»Sylvia …«

KAPITEL 23

Hadice bohrte einen Kugelschreiber zwischen Bein und Plastikschiene.

»Lass das«, sagte Henry.

»Aber es juckt wie Hölle.«

»Das macht es nur schlimmer.«

Hadice seufzte und zog den Stift wieder hervor. »Wir müssen sie uns noch einmal vorknöpfen.«

»Sylvia?«

»Wen sonst.«

Wie am Vortag rief sie zunächst bei DESY an und stellte den Apparat auf laut.

»Frau Dr. Kuhn ist heute nicht im Hause«, sagte der Pförtner Einstein. Seine Stimme war unverkennbar.

»Ist das irgendwie ungewöhnlich?«, wollte Hadice wissen.

»Kann ich Ihnen nicht sagen, meine Dame. Hier gibt es über tausend Angestellte …«

»Schon gut. Können Sie versuchen, jemanden aus ihrer Abteilung an den Apparat zu kriegen?«

Einstein stöhnte auf. Hadice stellte sich vor, wie er sich mit einer Broschüre Luft zufächelte.

»Ich probier's.«

Zwölf nervenzehrende Minuten in diversen Warteschleifen unter gnadenloser Musikbeschallung später hatte er tatsächlich jemanden für sie aufgestöbert. Nils Schuhmacher war Doktorand und damit Sklave seiner Herrin. »Sie hat gesagt, sie kommt heute nicht rein.«

Er klingt erschöpft, dachte Hadice. »Kommt das öfter vor?«

»Na ja, eigentlich nicht.«

»Was heißt das: eigentlich?«

»Das heißt, dass wir gerade in einer Versuchsreihe sind, und da hat sie normalerweise gern selbst ein Auge drauf.«

»Und wieso jetzt nicht?«

»Keine Ahnung. Aber in letzter Zeit ist sie seltener im Institut als sonst.«

Hadice warf Henry einen raschen Blick zu. »Seit wann geht das schon so?«

»Keine Ahnung.«

»Es ist wichtig.«

Nils überlegte und kratzte dabei seinen Dreitagebart. Das Geräusch verursachte bei Hadice eine Gänsehaut. »Zwei Wochen vielleicht.«

Hadice warf Henry einen triumphierenden Blick zu. Ungefähr zum gleichen Zeitpunkt war Reinhold verschwunden.

Versonnen blickte Nils nach Ende des Gesprächs auf das Telefon. Bis zu dem Anruf war ihm vor lauter Arbeit gar nicht bewusst gewesen, dass Dr. Kuhn momentan vergleichsweise selten im Institut auftauchte. Er lächelte glücklich. Vielleicht hatte sie endlich seine wissenschaftlichen Qualitäten zu schätzen gelernt und vertraute ihm daher mehr an als früher. Mit neuem Elan vertiefte er sich wieder in die Datenflut, die die letzten Experimente abgesondert hatten. Dabei lag er mit seiner Annahme völlig falsch.

Zwanzig Minuten später standen Henry und Hadice vor einem roten Backsteingebäude in der Eppendorfer Landstraße, in dem Sylvia Kuhn dem Einwohnermeldeamt zufolge lebte. Obwohl sie sie telefonisch nicht erreicht hatten, hatten sie sich entschlossen, persönlich vorbeizuschauen.

Hadice warf einen Blick auf das Klingelschild. »Vierter Stock! Und ich wette, es gibt wieder keinen Aufzug.«

Sie drückte mehrfach energisch auf den Klingelknopf, doch das Summen des Türöffners blieb aus. Als sie es gerade bei einem der anderen Anwohner probieren wollte, öffnete sich die Tür. Vor ihnen stand ein kleines rothaariges Mädchen, dessen breites Grinsen eine Zahnlücke entblößte. »Wollen Sie vielleicht zu uns?«

Hadice fand, dass es hoffnungsvoll klang. Sie erinnerte sich noch gut, dass sie sich als Kind am Wochenende oft gelangweilt hatte.

»Ich glaube nicht«, sagte sie bedauernd. »Wir wollen zu Frau Kuhn.«

»Die komische Frau mit der Brille?«

Hadice nickte.

»Die ist nicht da«, verkündete die Kleine. »Die ist schon seit Ewigkeiten nicht da.«

Henry stieß einen leisen Pfiff zwischen den Zähnen aus. Er ließ sich in die Hocke nieder, um auf Augenhöhe mit dem Kind zu sein. »Wie heißt du?«

»Luise.«

»Und wieso findest du diese Frau denn so komisch, Luise?«

Das Mädchen schnitt eine Grimasse. »Nachts«, sagte sie dann, »macht die manchmal Geräusche.« Sie griff nach einer Haarsträhne und steckte sie sich in den Mund.

»Was für Geräusche?«

»Sie murmelt. Das klingt komisch. Richtig gruselig ist das.«

»Und das kannst du hören?«

»Ja, schon. Wenn die Fenster auf sind. Sie steht dann am Fenster und murmelt. Als ob sie mit den Sternen spricht.«

Luise hatte sie ins Haus gelassen und war stehen geblieben. Wie befürchtet gab es keinen Fahrstuhl, doch das Treppenhaus erwies sich als großzügig, sodass Hadice mit ihren Krücken einigermaßen zurechtkam.

»Gemurmel also«, sagte sie. »Reden mit den Sternen.«

»Also, besonders verdächtig klingt das nicht, finde ich.«

»Dir hat sie ja auch gefallen.«

Henry grinste. »Ich hab nun mal eine Schwäche für intellektuell überlegene Frauen.«

»Lass das nicht deine Ute hören.«

»Wieso? Die ist mir intellektuell ja auch überlegen – haushoch, das kannst du mir glauben.«

Vor der Kuhn'schen Wohnungstür verschnaufte Hadice einen Moment. Sie sehnte sich nach einer Dusche. Sie sehnte sich danach, diesen juckenden, klobigen Folterschuh loszuwerden.

Henry klingelte. Er ließ seinen Finger lange auf dem Knopf, sodass sich der schrille Klingelton in Hadices Gehörgang bohrte. Sie spürte, dass sie Kopfschmerzen bekommen würde.

»Okay. Was haben wir?« Henry zählte die Fakten an einer Hand ab. »Sie hat Grund, sauer auf Reinhold, Sebastian und Nathalie zu sein. Sie leidet unter Schizophrenie und zeigt einem Experten zufolge Anzeichen eines psychotischen Schubs.«

»Sie hat Erfahrung mit Viren.«

»Und sie hat ihr Verhalten in den letzten Wochen dramatisch verändert: Sie engagiert sich weniger für ihr Forschungsprojekt und hat sich in ihrer Wohnung nicht blicken lassen.«

Henry klingelte erneut und klopfte dann an die Tür. »Frau Dr. Kuhn«, rief er, »bitte öffnen Sie.«

»Ich hab doch gesagt, sie ist nicht da.« Das rothaarige Mädchen war ihnen die Treppe hinauf gefolgt. Diesmal wickelte sie eine Haarsträhne um einen Finger und zog heftig daran.

»Na ja, manchmal kriegt man ja nicht alles mit, was die Nachbarn so treiben«, sagte Henry.

»Ich schon. Ich meine, die wohnt genau über uns. Und wenn sie rumläuft, dann knarrt der Boden. Ich merk immer, wenn die da ist!«

»Und jetzt hast du wirklich schon ganz lange nichts mehr gehört.«

Sie nickte. Ihre dichten Locken wippten auf ihrem Kopf wie rostige Sprungfedern. »Außer …«

»Außer was?«, schaltete sich Hadice in das Gespräch ein.

»In der Kammer. Da ist irgendwas. Irgendwas, was lebt.«

Henry und Hadice wechselten einen raschen Blick.

»Ich finde, das reicht«, sagte Hadice. »Wenn wir anführen, dass uns nur noch wenig Zeit bleibt, Nathalie Stüven zu retten …«

Henry lächelte dem kleinen Mädchen zu. »Es wär besser, wenn du nach unten in eure Wohnung gehst, Luise.«

»Ist das Ding in der Kammer gefährlich?« Luise sah nicht im Mindesten verschüchtert aus.

»Wahrscheinlich nicht, aber sicher ist sicher.«

Luise ging zögerlich eine Stufe hinunter, blieb dann stehen und schielte über die Schulter zu Henry.

»Abgang«, sagte der. »Solange du nicht bei deiner Mutter bist, können wir da nicht reingehen.«

Luise seufzte laut. Endlich passierte mal etwas Interessantes und dann schickte man sie weg. Mit Leidensmiene trabte sie die Treppe hinunter. Als die Tür hinter ihr ins Schloss fiel, atmete Hadice auf. »Mach schon! Mit dem Fuß hier trete ich keine Tür ein.«

»Wer redet denn hier von roher Gewalt?« Henry zog einen Prick aus der Hosentasche hervor, ein professionelles Werkzeug zum Öffnen von Türen. Es dauerte weniger als eine Minute und die Tür sprang auf. »Voilà.« Mit einer galanten Geste überließ er seiner Kollegin den Vortritt.

»Sylvia?«, rief Hadice in die Diele. »Ich bin's, Hadice. Bist du da?«

Als niemand antwortete, betraten sie die Wohnung. Sie war sparsam möbliert und nahezu klinisch rein. Das Sonnenlicht, das durch die Fenster hereinströmte, ließ das blank gebohnerte Parkett in einem warmen Honigton leuchten. Sämtliche Wände waren offenbar erst kürzlich weiß gestrichen worden, keinerlei Dekoration unterbrach die strahlenden Flächen.

Als Erstes steuerten sie die Küche an. Die Einbauschränke waren ebenfalls weiß und wirkten mit ihren glänzenden Lackfronten, als hätte hier noch nie ein Mensch gekocht. Die verchromten Armaturen blitzten und das Spülbecken aus weißem Porzellan sah aus, als habe man es noch nie benutzt. Wie bei den meisten Altbauten ging die Speisekammer von der Küche ab.

Sie hörten das Geräusch sofort. Ein Surren und dann ein wiederholtes Rumpeln, als würde ein großes Insekt gegen eine Scheibe donnern.

»Das klingt irgendwie nicht wie ein Mensch«, sagte Hadice.

»Lass mich.« Henry trat vor und entsicherte seine Waffe. Dann öffnete er behutsam die Tür zur Abstellkammer.

Sofort kam ihnen ein flaches schwarzes Ding entgegen. Es steuerte direkt auf Hadice zu. Die machte einen ungelenken Schritt zur Seite.

»Was zum Teufel ist das?« Ihr schoss der Verdacht durchs Hirn, dass es sich um irgendein irres Experiment handelte, das Sylvia nach Hause verlegt hatte. Das Ding blinkte gefährlich und wechselte abrupt die Richtung.

Henry lachte schallend. Als er wieder Luft holen konnte, sagte er: »Sie hat vergessen, ihren Putzroboter auszustellen.«

Jetzt ließ sie sich schon von einem verdammten Haushaltsgerät erschrecken! Hadice war sauer.

»Hält so ein Ding denn tagelang durch?«

»Normalerweise nicht. Aber seine Ladestation ist in der Kammer.«

Während Henry ins Nachbarzimmer ging, öffnete sie routinemäßig den Kühlschrank. Bis auf eine Flasche Mineralwasser und eine noch ungeöffnete Tüte Milch war er leer. »Wovon lebt die Frau?«, fragte sie und ließ die Tür des Kühlgeräts mit leisem Ploppen zufallen. Auch im Wohnzimmer war kaum eine Spur von Leben zu finden. Eine weiße, teuer aussehende Couch stand unter dem Fenster, über die sich eine moderne Leselampe neigte. Sehr puristisch, dachte sie.

Sie öffnete eine weitere Tür und befand sich im Schlafzimmer. Auch hier blieb Sylvia ihrem Stil treu: deckenhohe schneeweiße Einbauschränke und ein Bett mit weißen, teuer aussehenden Bezügen. Hadice öffnete den Kleiderschrank, der nur spärlich befüllt war. Dafür waren die T-Shirts und Pullover mit militärischer Akkuratesse gefaltet und gestapelt worden. »Die Frau hat ja wirklich 'nen Knall«, sagte sie.

Vom anderen Ende der Wohnung her hörte sie Henry rufen. Schnell humpelte sie hinüber zu ihm. Ins Arbeitszimmer der Physikerin. Weißer Schreibtisch, weiße Regale, gefüllt mit weißen Ordnern, registrierte Hadice, bevor ihr Blick auf die Wand gegenüber dem Schreibtisch fiel.

»Schau dir das an.«

Hadice stieß einen leisen Pfiff aus. Die Wand war über und über mit ausgedruckten Zeitungsartikeln, Fotos und weiteren Papieren beklebt. Zwischen den Zetteln hatte jemand mit einem schwarzen dicken Stift säuberliche Pfeile gezogen, die Querverbindungen in der Kollektion herstellten: ein gigantisches Netzwerk von eigenartiger Ästhetik.

Sekunden später entdeckte Hadice die Todesanzeige von Sebastian und dann ein verwaschenes Konterfei von Reinhold in dem Geflecht, das Sylvia vermutlich aus einem alten Klassenfoto herauskopiert hatte. Auch Zeitungsausschnitte, die Nathalies politische Auftritte dokumentierten, hingen an der Wand. Dazwischen verstreut immer wieder Bilder und Texte, deren Zusammenhang mit dem Übrigen sich Hadice nicht unmittelbar erschloss: ein Bild der einstürzenden Zwillingstürme des World Trade Centers, eine Zeitungsnotiz über den Tod eines vernachlässigten Kindes.

Henry deutete auf ein Blatt, das im Zentrum des Geflechtes

hing. Es war die Einladung zum Jahrgangstreffen von Theos Abiturklasse. »Das scheint irgendwie das Epizentrum zu sein.«

Sie sahen einander an. Sollte das Klassentreffen tatsächlich der Auslöser für die Morde gewesen sein? Hadice zog ihr Handy hervor. »Ich lasse sie zur Fahndung ausschreiben.«

Ihr war entgangen, dass auch Theos Gesicht am Rande der Mindmap auftauchte.

KAPITEL 24

»Theo«, sagte Sylvia und lächelte unergründlich. Ihre Hornbrille hatte sie trotz des bedeckten Himmels gegen eine Sonnenbrille ausgetauscht. Wie sie dort so im Wind stand, in ihrem Trenchcoat und mit den wehenden Haaren, sah sie zu seiner Überraschung aus wie eine geheimnisvolle Femme fatale aus einem Film noir. Verwundert bemerkte Theo, dass sie Lippenstift aufgelegt hatte. Das bisschen Farbe reichte aus, um sie verwandelt erscheinen zu lassen.

»Weißt du noch?«, sagte sie und nickte zum Dach hinauf, das Jonas als Absprungrampe aus dem Leben hatte dienen sollen. Theo schluckte. »Sicher.« Er löste seinen Blick von der Stelle, auf der vor zwanzig Jahren sein Klassenkamerad aufgeschlagen war. »Was treibt dich her?«

Sie lächelte nur.

»Wie wär's mit Vergangenheitsbewältigung?«, schlug Theo vor.

»Vielleicht eher so etwas wie rückwirkende Vergangenheitskorrektur.« Sie schob die Brille ins Haar und sah ihm in die Augen. Zum ersten Mal bemerkte er, dass sie besonders hellblau waren. »Wie meinst du das?«

»Hast du Lust auf einen Kaffee?«

Verwirrt bemerkte er, dass er sie ausgesprochen attraktiv fand. Nicht zu fassen. Die unscheinbare Sylvia Kuhn. »Aber gern«, hörte er sich sagen. Immerhin war das eine ausgezeichnete Gelegenheit, ihr etwas auf den Zahn zu fühlen, redete er sich ein und wusste doch, dass das maximal die halbe Wahrheit war.

Sie schob die Sonnenbrille zurück auf ihre Nase. »Ausgezeichnet.«

Hanna hatte den Nachmittag am Computer verbracht. Der neue Artikel zum Thema »Impfen oder nicht« war ihr nicht so leichtgefallen. Der Gedanke an die verschleppte Senatorin, die vermutlich mit jeder Stunde, die verstrich, dem Tod näher kam, hatte es ihr schwer gemacht, sich zu konzentrieren.

Sie hängte den Artikel an die Mail und schickte ihn in die Redaktion der »Welt«, wo er in der nächsten Ausgabe erscheinen sollte. Dann erhob sie sich und trat auf den Balkon. Sie zündete sich eine Zigarette an und warf einen Blick auf die Armbanduhr. Schon halb sechs! In zwei Stunden war sie mit Theo im StrandPauli verabredet, einer alternativschicken Beachbar direkt am Hafen.

Im Haus gegenüber wurde ein Fenster geöffnet. Die alte Frau Hansen winkte ihr freundlich zu. Hanna bewunderte die alte Dame um ihren Lebensmut. Obwohl sie vor Schmerzen nur noch mühsam laufen konnte, bewältigte sie mindestens einmal am Tag die drei Stockwerke, »um unter Menschen zu kommen«, wie sie sagte. Dann humpelte sie in die Bäckerei nebenan, verzehrte ein Gebäckteilchen und trank eine Tasse Milchkaffee, auch wenn der seit Jahren Latte macchiato hieß.

Hanna winkte zurück. Sie beschloss, der Nachbarin spätestens am Montag einen Besuch abzustatten und ihr ihre Hilfe bei Einkäufen anzubieten. Unten auf der Straße fuhr ein alter Citroën vorbei, der sie an Theo erinnerte. Theo. Noch immer war sie sich ihrer Sache mit ihm nicht sicher. Nachdenklich drückte sie die Zigarette in dem bunten Tonaschenbecher aus, den sie aus einem Portugalurlaub mitgebracht hatte, und ging zurück in die Wohnung.

Sie merkte, dass sie ihm noch immer nicht vorbehaltlos vertraute. Dieses Zaudern war ihr im Grunde fremd. Früher hatte sie sich immer von null auf hundert bis über beide Ohren verliebt und sich ohne Netz und doppelten Boden in eine Beziehung gestürzt. Aber das war natürlich vor ihrer gescheiterten Ehe gewesen. Die Trennung von ihrem Mann war ein langer und schmerzlicher Prozess gewesen. Sie hatte es einfach nicht wahrhaben wollen, dass vom Flächenbrand der großen Liebe nach fünf Jahren nur noch ein Häufchen Asche übrig geblieben war. Sie ging hinein und schloss die Balkontür hinter sich.

Während sie das kühle Duschwasser über ihren Körper fließen ließ, hing sie weiter ihren Gedanken nach. Sie glaubte eigentlich nicht, dass die Enttäuschung sie zu einem misstrauischen Menschen gemacht hatte. Nie hatte sie daran gezweifelt, sich eines Tages wieder verlieben zu können – und genau so war es jetzt ja auch gekommen. Nur dass sie sich nicht, wie sonst immer, fallen ließ. Warum nur?

Theo ließ eigentlich keinen Zweifel daran, dass er ernsthaft interessiert war. Sie trocknete sich ab, schlüpfte in Slip und BH, wählte eine teure Bodylotion und cremte sich gründlich ein. Verdammt, der Kerl sah einfach zu gut aus! Sie registrierte die Blicke der anderen Frauen, wenn sie mit ihm unterwegs war, aber statt mit Stolz erfüllte es sie mit Zweifel. All die Bilder verflossener Jugendlieben, die sie aus seinem Schuhkarton gefischt hatte! Und die Tatsache, dass er in ihrer Abwesenheit eine Nacht mit einer Unbekannten verbracht hatte, schürte ihre Bedenken erst recht. Theo war ein Mann, den man auf Dauer nur schwer für sich allein haben konnte. So viel war klar. Und das verunsicherte sie zutiefst.

»Warte einen Moment«, sagte Sylvia. Sie legte Theo die schmale Hand auf den Oberarm. Die flüchtige Berührung hinterließ ein prickelndes Gefühl auf seiner Haut. Erstaunt beobachtete er, wie sie im Garten des Hauses verschwand. Es war ein schlichtes, weiß verputztes Einfamilienhaus. Der Garten mit seinen präzisen Blumenrabatten und den zurechtgestutzten Büschen wirkte fast steril. An der Tür hing ein getrockneter Blumenkranz, der vergeblich versuchte, dem Ganzen einen Anstrich von Landhausstil zu verleihen.

Theo lehnte sich an den Pfosten des Gartentors und schloss die Augen. Die Wolken hatten sich wieder verzogen und die Sonne wärmte sein Gesicht. Die Wärme machte ihn schläfrig und er spürte, wie sich eine angenehme Trägheit in ihm ausbreitete. Er hatte Sylvias Einladung ohne zu zögern angenommen. »Es ist nicht weit«, hatte sie gesagt und erklärt, sich gerade um das Haus ihrer ehemaligen Tagesmutter zu kümmern, die, soweit er verstanden hatte, für längere Zeit verreist war.

Zu seiner Überraschung öffnete sich die Haustür von innen. Sylvia war offenbar durch einen Hintereingang hineingelangt. Sie winkte ihn zu sich. In der Dunkelheit des Hauses konnte er sie nur schemenhaft erkennen. Als er auf der Türschwelle angekommen war, ergriff sie seine Hand und zog ihn herein. Rasch schloss sie die Tür hinter ihm. Im Flur herrschte Dämmerlicht. »Wir müssen doch aufpassen, dass uns niemand sieht«, wisperte sie.

»Hat man dir verboten, Herrenbesuch zu empfangen?«, fragte er amüsiert.

Sie beachtete seinen Einwand nicht und schob die Gardine des Fensters, das in der Haustür eingelassen war, einen Spalt zur Seite. Konzentriert blickte sie hindurch. Dann drehte sie sich zu ihm um und lächelte ihn an. »Alles in Ordnung.«

Sie nahm ihn bei der Hand und führte ihn in ein Wohnzimmer, dessen Jalousien heruntergelassen waren. Zweifellos benahm sie sich entschieden merkwürdig. Theo fühlte sich, als sei er in einen Film gestolpert, dessen Handlung er nicht kannte. Er stellte fest, dass ihm das surreale Gefühl gefiel.

»Warum sind die Fenster zu? Ich dachte, du hütest hier ein.«

Sylvia lächelte. »Das muss ja nicht jeder wissen, das verstehst du doch, Theo.«

Er verstand rein gar nichts, beobachtete aber fasziniert, wie sie langsam ihren Trenchcoat aufknöpfte. Darunter trug sie ein eng anliegendes schwarzes Kleid aus einem glänzenden Stoff. Theo schluckte. Er hatte nie wahrgenommen, was für eine erstklassige Figur die unscheinbare Sylvia hatte. Wobei von unscheinbar an diesem Nachmittag keine Rede sein konnte.

Sylvia ging hinüber zu einer altmodischen Schrankwand aus schwerer Eiche und öffnete eines der Fächer. Darin befand sich eine verspiegelte Hausbar, deren Beleuchtung beim Öffnen automatisch ansprang. Sie betrachtete den Inhalt mit gerunzelter Stirn und wählte dann eine Flasche Whisky, die teuer aussah. Fragend hielt sie ihm das Etikett entgegen. Er nickte leicht. Whisky trank er so gut wie nie, aber heute passte er. Der Film noir ging offenbar weiter. Sie nahm zwei Gläser, schraubte die Flasche auf und schenkte ein. Der Alkohol funkelte wie flüssiges Gold.

Sie ging zu ihm hinüber, reichte ihm ein Glas und setzte sich neben ihn auf die wuchtige Couch, die mit kratzigem, olivgrünem Plüsch bezogen war. Lässig streifte sie die Pumps ab und zog die nackten Beine unter sich. Dann prostete sie ihm zu. »Cheers«, sagte sie.

Sie tranken. Der Whisky schmeckte weich und angenehm rauchig. In seinem Magen machte sich Wärme breit. Sylvia stellte ihr Glas auf dem Tischchen vor der Couch ab. Ihr Lippenstift hatte einen roten Stempel darauf hinterlassen.

»Ich bin froh, dass du endlich gekommen bist. Du hättest mich nicht so lange warten lassen sollen.«

Theo starrte sie verwirrt an. Wovon zum Teufel sprach sie?

»Ich wusste natürlich schon immer, dass du zu uns gehörst«, fuhr Sylvia fort und legte ihm eine Hand auf den Oberschenkel.

»Wen meinst du mit ›uns‹?«

»Du brauchst nicht so zu tun, als wüsstest du nicht Bescheid. Dies ist ein sicheres Haus. Ich habe es eigenhändig abgeschirmt.« Sie nickte zur Decke.

Theo blickte hinauf und bemerkte erst jetzt, dass dort ein kompliziertes Geflecht aus silberfarbenen Drähten aufgespannt war. Es sah aus wie ein riesiges Spinnennetz. Das ist ja total verrückt, dachte er, als er Sylvias Lippen auf seinem Mund spürte.

Um Punkt halb acht fuhr Hanna mit Schwung auf den Parkplatz vor der Strandbar. Sie zog noch einmal den Lippenstift nach und stieg dann aus ihrem Mini.

Die Bar war dem lauen Wochenendabend entsprechend gut besucht. Hanna ließ ihren Blick über die Anwesenden schweifen. Eine Gruppe junger Frauen wiegte sich, die bloßen Füße im Sand vergraben, lachend zur Loungemusik. Sie wurden von zwei jungen Männern beobachtet, die lässig an einer Bar lehnten, die mitten auf dem Strand aus zusammengeschweißten Metallteilen errichtet war. Auf ihrem Dach trug sie eine kleine Aussichtsplattform, die an die Kommandobrücke eines Schiffes erinnerte. Ein Pärchen saß eng umschlungen auf einem Bett aus rostigem Eisen, das mit wasserabweisenden Kissen bestückt war. Ein kleiner Junge pflügte selbstversunken mit einer Miniaturplanierraupe durch den Sand. Theo war offenbar noch nicht da. Hanna ging zu einer weiteren Bar hinüber, die in einer lang gesteckten, zum Wasser hin offenen Hütte untergebracht war. Das Dach bestand aus etwas, das Hanna für getrocknete Palmwedel hielt. Der junge Mann mit den Rastazöpfen hinter dem Tresen verlieh dem Ganzen einen Hauch von Karibik.

Hanna bestellte sich ein Glas Weißwein. Sie streifte die Sandalen ab, packte sie an den Riemchen und schlenderte an bunten Liegestühlen und wetterfesten Loungesofas vorbei bis ans Geländer, das den Strand vom Elbufer abgrenzte. Sie warf einen Blick auf die Uhr. Schon Viertel vor acht. Die Sonne senkte sich langsam und tauchte alles in goldenes Licht. Am gegenüberliegenden Ufer der Elbe lag ein großes Containerschiff im Dock. Kräne reckten ihre Hälse in den Abendhimmel. Unter ihr tuckerte eine Barkasse vorbei. Sie nahm einen Schluck Weißwein. Das ist meine Stadt, dachte Hanna und musste ob ihres Anflugs von Sentimentalität grinsen.

»Einmalig, oder?«, sprach eine Stimme ihre Gedanken aus.

Die Frau, die neben ihr mit dem Rücken zum Wasser am Geländer lehnte, lächelte einnehmend. Das enge, schwarze Top über der Cargohose ließ einen flachen Bauch mit gepierctem Nabel sehen. Ihr dreieckiges Gesicht mit den großen Augen wurde von einem verwuschelten, weiß blondierten Pagenschnitt umrahmt. In der Hand hielt sie eine gedrungene Bierflasche der Marke Astra. Sie erinnerte Hanna an die junge Debby Harry von der Popband Blondie.

»Tatsächlich, ganz einmalig.« Hanna lächelte zurück. Die Frau hob die Bierflasche und prostete Hanna zu. Dabei blickte sie ihr tief in die Augen. Oha, dachte Hanna und hob ein wenig verlegen ihr Weinglas. »Cheers.« Die Frau zwinkerte ihr zu. Sie hatte dunkle Augen unter kräftigen, schön geschwungenen Brauen. Hanna bemerkte, dass ihre Mundwinkel auch nach oben wiesen, wenn sie nicht lächelte.

»Mareike«, sagte die Frau.

»Hanna«, sagte Hanna.

»Wartest du auf jemand?«

Hanna zuckte die Achseln. »Scheint sich wohl zu verspäten.«

»Vielleicht kann ich dir ja so lange Gesellschaft leisten.«

Warum nicht, dachte Hanna und sagte: »Sehr gerne.«

Sie zogen sich zwei freie Beachstühle heran, sodass sie ihre Füße auf dem Geländer ablegen konnten.

Mareike nahm einen letzten tiefen Schluck aus ihrer Flasche und nickte Hanna auffordernd zu. »Auch noch eins?« Sie deutete auf Hannas halb leeres Weinglas.

»Danke. Aber ein Wasser wäre toll.«

»Geht klar.« Mareike sah sie an. »Lauf nicht weg, ich bin gleich wieder da.«

Heideidei, dachte Hanna amüsiert. Die Frau schien zu wissen, was sie wollte. Sie fischte ihr Handy aus der Tasche und warf einen Blick darauf. Theo hatte nicht versucht, sie zu erreichen. Als das Mobiltelefon in ihrer Hand plötzlich die Titelmelodie der Serie »Mit Schirm, Charme und Melone« von sich gab, hätte sie es fast in den Sand fallen lassen. Theo, leuchtete der Name auf dem Display.

»Da ist ja die personifizierte Pünktlichkeit. Ich hoffe, du hast einen dramatischen Grund parat.«

Der Anrufer schwieg.

»Hanna, ich bin's, May«, sagte May auf der anderen Seite der Elbe. Erst da wurde Hanna klar, dass der Anruf vom Festnetzanschluss des Bestattungsinstituts kam.

»Ist Theo bei dir?«

»Nein.« Hanna runzelte die Stirn. »Wir haben uns schon mittags getrennt, weil ich noch arbeiten musste. Aber wir hatten uns für halb acht am Hafen verabredet. Und er ist immer noch nicht da. Er hat sich auch nicht gemeldet.«

»Da geht es dir wie mir.« Mays Stimme klang grimmig. »Um sechs hat er hier einen Kunden versetzt. Zum Glück war ich zufällig da und konnte einspringen.«

Hanna überlegte. »Das sieht ihm eigentlich nicht ähnlich, oder?«

»Nein. Das sieht ihm ganz und gar nicht ähnlich.«

Hanna merkte, wie ihr leiser Zorn auf Theo einem beklommenen Gefühl wich. »Vielleicht sollten wir Hadice anrufen.«

May zögerte. »Hast du ihre Nummer?«

»Kann schon sein. Wenn nicht, krieg ich die schon raus.« Solche Recherchen gehörten zu den leichtesten Übungen einer Journalistin. Sie hörte, wie May am anderen Ende tief Luft holte.

»Halt mich auf dem Laufenden«, sagte die junge Bestatterin leise. May war eine sehr zurückhaltende Person, aber Hanna wusste, dass sie und Theo sich sehr nahestanden. Vermutlich machte sie sich inzwischen ebensolche Sorgen um Theo wie sie. Nachdenklich beendete sie das Gespräch.

Ein Schatten fiel auf ihren Schoß. Mareike hielt ihr ein Glas Wasser entgegen. »Bad news?«

Hanna zuckte hilflos die Schultern. »Mein Date scheint sich in Luft aufgelöst zu haben.«

»Männer«, sagte Mareike.

KAPITEL 25

Lars Hansen pfiff leise vor sich hin. Paul hatte sich platt auf den Boden gelegt und verfolgte das Tun seines Herrchens mit großen, feuchten Glotzaugen. Von Zeit zu Zeit nieste er heftig. Vermutlich kitzelte ihn der Geruch nach Lösungsmitteln in der platten Nase. Lars fuhr sich mit beiden Händen durch seinen blonden Schopf, trat einen Schritt zurück und begutachtete sein Werk. Der große Spiegel mit dem geschnitzten Holzrahmen hatte bräunliche Altersflecke. Er stammte aus dem Nachlass eines alten Herrn, in dessen Arbeitszimmer er eine umfangreiche Sammlung verblüffend drastischer Aktbilder aus der Frühzeit der Fotografie gefunden hatte. Er hatte sie sehr gewinnbringend an einen Händler für derartige Sammlerstücke verkauft und den Erben, zwei unverheirateten Schwestern des Verstorbenen, den vereinbarten Anteil ausgezahlt, ohne auf nähere Details einzugehen.

Den ramponierten Spiegel hatte er in einem mintgrünen Ton gestrichen, wobei er einzelne Elemente der Verzierung durch einen ochsenblutfarbenen Anstrich hervorgehoben hatte. In der Mitte des Rahmens, oberhalb des Glases, hatte er einen alten Puppenkopf aus Porzellan eingelassen, der schon bei leisen Erschütterungen mit den Augen klimperte. Wie die meisten der eigenwilligen Objekte, die Lars aus altem Trödel herstellte, übte er einen eigentümlichen Reiz auf den Betrachter aus. Sie wirkten wie Boten aus einer phantastischen Parallelwelt.

Die ehemalige Autowerkstatt in einem Hinterhof am Vogelhüttendeich, die Lars als Atelier diente, war von allerlei wundersamen Wesen bevölkert. Der Rumpf eines alten Schaukelpferds mündete nun in den barbusigen Oberkörper einer Schaufensterpuppe und wurde so zum weiblichen Zentaur. An der Decke hing ein glitzerndes Mobile aus silbernen Löffeln und Gabeln, die Lars kunstvoll verbogen hatte, sodass sie geradewegs aus einem Bild von Salvador Dali entsprungen zu sein schienen. Eine Lampe aus den Fünfzigerjahren trug ein anmutiges Kinderröckchen aus rotem Seidentaft als Schirm. Inzwischen verdiente er mit seinen Objekten weit mehr als mit seinem Job als Entrümplungsunternehmer, der ihm allerdings einen steten Quell von Materialien sicherstellte.

»Sieht aus wie der Zauberspiegel aus ›Alice im Wunderland‹«, sagte Fatih anerkennend. Der junge Türke saß in einem dreibeinigen Ohrensessel, den ein paar untergeschobene Bücher vor dem Kippeln bewahrten. Leise auf seiner Gitarre klimpernd, hatte er die letzten zwei Stunden damit verbracht, an einem neuen Song zu feilen. Seine dunklen langen Haare fielen ihm dabei ins Gesicht. Die Augen hatte er dick mit Kajal umrandet und seine Kleidung war wie üblich exzentrisch: ein Rüschenhemd aus schwarzer Seide, eng anliegende schwarze Satinhosen und spitz zulaufende Stiefeletten – ebenfalls in Schwarz.

Fatih war mit der alten Anna Florin befreundet gewesen, die im Winter ermordet worden war. Er hatte engagiert dazu beigetragen, den Täter zu finden. Seitdem war er immer öfter bei Lars in der Werkstatt aufgetaucht, wo sie, ohne viel zu reden, einträchtig nebeneinanderher arbeiteten.

Lars drückte den Pinsel in einem Marmeladenglas voll Terpentin aus und wischte ihn sorgfältig mit einem Lappen trocken. Da spürte er sein Handy vibrieren, das er wie üblich auf stumm geschaltet und in der Gesäßtasche seiner Jeans verstaut hatte.

Die Nummer auf dem Display war ihm unbekannt, die Stimme der Anruferin hingegen erkannte er sofort, sie war einzigartig – dunkel und rauchig.

»Lars«, sagte Hanna, »ich bin's, Hanna.«

Ihm war sofort klar, dass irgendetwas vorgefallen war. Mit einer Geste bedeutete er Fatih, mit dem Spielen aufzuhören.

»Theo ist verschwunden.« Hanna lachte, doch es klang verzweifelt. »Ich meine, er hat nicht nur mich versetzt, sondern auch einen Kunden, sagt May. Und bei seinem Handy springt nur die Mailbox an.«

Lars stellte behutsam Glas und Pinsel auf seiner Werkbank ab. Das klang tatsächlich gar nicht gut. Schon gar nicht, wenn man bedachte, dass Theo wieder einen Mörder suchte.

»Ich würde gern Hadice informieren, aber ich hab ihre Nummer nicht«, sagte Hanna.

»Kein Problem, ich rufe sie an.«

Sie verabredeten, sich in Theos Haus zu treffen. Vielleicht fanden sie dort irgendwelche Hinweise.

Fatih, der das Gespräch aufmerksam verfolgt hatte, verkündete: »Ich bin dabei.«

Dann wäre die alte Truppe ja wieder zusammen, dachte Lars.

»Auch das noch, verdammte Axt«, sagte Hadice.

Henry bemerkte, dass seine Kollegin blass geworden war. Ihr sonst goldener Teint hatte sich nahezu grünlich verfärbt. So hatte er sie noch nie gesehen. »Was?«

»Theo. Theo ist jetzt auch noch verschwunden.«

Henry hob fragend die Augenbrauen.

»Mein Schulfreund«, sage Hadice ungeduldig. »Der Bestatter. Der diese ganze Geschichte erst ins Rollen gebracht hat.« Sie humpelte ans Fenster und starrte auf die Hamburger Dächer hinab. Von Weitem grüßte der Michel mit seinem Kupferdach, das nach der Sanierung vor einigen Jahren erst jetzt wieder seine grüne Farbe angenommen hatte.

»Gut«, sagte Henry, »wann und wo hat man ihn zuletzt gesehen?«

Hadice zuckte die Achseln. In ihrem zerknitterten Seidenkleid, das sie seit dem Vortag trug, sah sie sehr schmal aus.

»Irgendwann am späten Nachmittag. Und jetzt ist bald neun.« Sie warf ihm einen langen Blick zu. »Ich weiß schon, normalerweise ist so was bei einem Erwachsenen kein Grund zur Besorgnis. Aber in diesem Fall … Ich meine, ich kenne Theo. Der ist normalerweise die Zuverlässigkeit in Person.«

»Du fürchtest also, dass sein Verschwinden etwas mit der Sache zu tun hat?«

Er sah, wie sie die Fäuste ballte. »Was denn sonst? Es wäre ja nicht das erste Mal, dass er auf eigene Faust ermittelt.«

Henry trat zu ihr und legte ihr vorsichtig eine Hand auf die Schulter. »Nur die Ruhe.« Sie wirbelte herum und verlor wegen ihres geschienten Beins die Balance. Er packte sie, damit sie nicht stürzte. »Der hat doch sicher ein Handy, dein Freund, oder?« Hadice machte sich los von ihm und blies eine Strähne aus der Stirn. »Na klar. Aber bis die ihn orten, vergeht eine halbe Ewigkeit.«

»Gib mal her, die Nummer«, sagte Henry. »Ich kenne da jemanden, der mir noch einen Gefallen schuldet.« Henry kannte überall Leute, die ihm noch einen Gefallen schuldeten.

Hadice schaute unter ihren Kontakten nach Theos Nummer und gab sie dann an Henry weiter.

Da Theos Gerät offensichtlich ausgeschaltet war, konnten sie es zwar nicht orten, aber es war möglich herauszufinden, wo er gewesen war, als er seinen letzten Anruf empfangen hatte. Und auch die Nummer dieses Anrufers ließ sich ermitteln. Es dauerte keine halbe Stunde, dann hatten sie die Daten. Der Anruf war um 16.42 Uhr von einem Mobilanschluss aus erfolgt. Die Nummer gehörte einer gewissen Franziska Richter.

Theo spürte eine Hand an seiner Schulter, die ihn sachte rüttelte. Schon die leise Erschütterung verursachte ihm Brechreiz. Er würgte.

»Theo«, sagte eine Stimme, »alles in Ordnung?«

Sie kam ihm vage bekannt vor. Es war ihm zu mühsam, darüber nachzudenken, wem sie gehörte.

»Theo«, sagte sie noch einmal.

Er öffnete die Augen einen Schlitz weit. Im Dämmerlicht konnte er nur erkennen, dass sich eine Frau mit langen Haaren über ihn beugte.

»Lasst mich doch alle in Ruhe«, stöhnte er und schloss die Augen wieder.

Nathalie zögerte. Wer wusste schon, womit diese Irre Theo schachmatt gesetzt hatte. In jedem Fall war es vermutlich besser, wenn er wach blieb. Entschlossen holte sie ein Glas Wasser. Sie hob seinen Hinterkopf an und flößte ihm etwas davon ein.

Theo verschluckte sich und hustete. »Verdammt, was soll das?« Er rang nach Luft.

Nathalie tätschelte ihm die Wange. Sie packte sein Kinn und zwang ihn, sie anzuschauen. »Trinken«, befahl sie.

Er stöhnte und ließ sich widerwillig noch ein paar Schlucke einflößen.

»Nathalie, wie kommst du denn hierher?«

»Das wüsste ich, ehrlich gesagt, auch gern.« Sie lachte. Es klang eingerostet.

Theo betrachtete sie. Langsam kam das Karussell in seinem Kopf zum Stillstand. Von der stets tadellos frisierten, exquisit gekleideten Senatorin war wenig übrig. Ihr blondes Haar hing strähnig und verfilzt herunter. Das Abendkleid, das sie noch immer trug, war zerknittert und schmuddelig. Um die Schultern trug sie eine Decke undefinierbarer Farbe. Trotzdem hielt sie sich sehr aufrecht, das Kinn leicht erhoben, der Blick entschlossen.

»Besser?«, fragte sie ungeduldig.

»Oh, mir geht's fabelhaft.« Er kämpfte gegen eine weitere Welle der Übelkeit.

»Los, sag schon, wie bist du hier gelandet?« Theos Auftauchen gab ihr einen Teil ihres üblichen Kampfesmuts zurück und drängte die zunehmende Verzweiflung zurück.

Er versuchte, seine Gedanken zu ordnen. Sein Kopf schmerzte. Er griff sich an den Hinterkopf und ertastete eine tüchtige Beule.

Hatte man ihn niedergeschlagen? »Nachdem du verschwunden warst, hab ich angefangen, mich selbst ein bisschen umzuhören.«

»Erzähl.« Wenn Theo ihrem Entführer so nahe gekommen war, dass dieser ihn schnappen konnte, dann konnten andere das auch schaffen. Sie war elektrisiert.

Er berichtete von seinen Besuchen bei Franziska und Benno und seinen vergeblichen Mühen, eine Spur von Sanna zu finden.

»Du meinst, Sanna steckt dahinter?«

»Ich weiß es nicht. Sie oder vielleicht auch Benno. Aber neben Jonas habt ihr ihr mit Sicherheit am übelsten mitgespielt.«

Nathalie presste die Lippen aufeinander. »Vermutlich«, sagte sie dann. Sie fuhr mit der Zunge über ihre Schneidezähne. Sie fühlten sich belegt an. »Aber wie bist du hierhergekommen?«

Theo setzte sich auf und wartete, bis der Schwindel nachgelassen hatte. »Gute Frage. Ehrlich gesagt, weiß ich es nicht. Ich muss wohl so eine Art Blackout haben.«

»Ging mir auch so. Aber das gibt sich.« Sie erhob sich und ging unruhig auf und ab. Mit ihrer Decke sah sie aus wie ein alter Indianerhäuptling.

»An was kannst du dich als Letztes erinnern?«

Theo zögerte. »Da war dieses Gespräch mit dem Priester am Nachmittag. Und dann bin ich zu unserer alten Schule hinübergelaufen ...« Er stutzte.

Nathalie merkte es und blieb erwartungsvoll stehen.

»Und da hab ich Sylvia getroffen.«

»Sylvia Kuhn? Was wollte die denn da?«

»Ich weiß nicht mehr genau ...« Er sah sie vor sich in ihrem wehenden Trenchcoat. »Sie sah ganz verändert aus, richtig toll.«

»Wer, Sylvia?« Nathalie schüttelte ungläubig den Kopf.

»Sie hat mich auf einen Kaffee eingeladen.«

»Und bist du mit ihr mit?«

»Ich glaube schon.« Theo starrte vor sich hin. »Aber verdammt, ich weiß es nicht mehr.«

Nathalie stieß ein enttäuschtes Schnauben aus. »Wenn du sie zufällig getroffen hast, dann hast du sicher keinem Menschen erzählt, wohin du wolltest.« Sie lachte auf. »Das darf doch einfach alles nicht wahr sein.« Sie baute sich vor ihm auf. »Und die Polizei?«

Ihrem Ton war anzuhören, dass sie es gewohnt war, dass man ihr Rede und Antwort stand.

»Oh, keine Sorge, die laufen jetzt auf Hochtouren. Aufrufe im Fernsehen, das ganze Programm …«

Sie nickte grimmig.

Wider Willen musste er ihre Haltung bewundern. »Hadice ist auch dabei. Du weißt, die ist ein Terrier. Die gibt nicht so schnell auf. Und sie ist sehr clever.«

Sie setzte sich neben ihn. Er stellte fest, dass sie ein wenig streng roch.

»Wie viel Zeit bleibt mir noch?« Sie war nahe daran, hysterisch zu werden, doch ihre Stimme klang vollkommen beherrscht.

»Wie lange bin ich schon hier?«

»So ein, zwei Stunden vielleicht. Ich habe keine Uhr und mein Zeitgefühl hat auch gelitten.«

Da er ganz offenbar keine schwere Schädelverletzung hatte, konnte der Schlag auf den Kopf allein keine so lange Ohnmacht erklären. Wer immer ihn ausgeknockt hatte, hatte ihm offenbar anschließend noch ein Betäubungsmittel verpasst. Theo versuchte, seinem wattigen Hirn ein paar simple Rechenaufgaben abzuringen.

»Du bist Donnerstagnacht verschwunden.«

Nathalie nickte. »Ich war nach der Oper noch auf ein Glas im ›Vier Jahreszeiten‹. Und da habe ich jemanden getroffen. Eine Frau.« Sie lachte kurz auf. »Sie war ausgesprochen sympathisch, aber ich kann mich einfach nur vage daran erinnern, wie sie ausgesehen hat.«

»Könnte es Sylvia gewesen sein?«

»Kann ich mir eigentlich nicht vorstellen.« Sie zog die Brauen zusammen, sodass sich zwei senkrechte Falten auf ihrer sonst so makellosen Stirn bildeten. »Andererseits, mit einer Perücke und Schminke? Sie hat ja kein besonders markantes Gesicht. Das lässt sich vielleicht ganz gut verändern.«

»Könnte es Benno gewesen sein?«

»Benno? Du machst Witze.«

»Keineswegs. Er tritt als Travestiekünstler auf. Und glaub mir, du würdest ihn nicht wiedererkennen.«

Sie schüttelte ungläubig den Kopf. »Wer immer es auch war, er muss mich so gegen Mitternacht ausgeknockt haben.«

»Wir können wohl davon ausgehen, dass sie dir K.-o.-Tropfen verabreicht hat. Und dann hat sie dich vermutlich erst mal nach Hause geschafft, bevor … bevor sie dich infiziert hat.«

»Also sagen wir: vielleicht 2 Uhr morgens.«

»Heute ist Sonnabend – und wenn deine Schätzung stimmt, dann müsste es jetzt irgendwas zwischen 9 und 10 Uhr abends sein.«

»Sonnabend erst«, sagte Nathalie leise. »Ich hatte gedacht, ich wäre schon eine Ewigkeit hier.« Sie zog die Knie an und umschlang sie mit den Armen. Dann blickte sie Theo in die Augen. »Wie lange habe ich noch, was denkst du?«

Zum ersten Mal hörte Theo ein leises Beben in ihrer Stimme.

»Na ja, so ganz genau lässt sich das nicht sagen.«

»Theo!«

»Wo ist die Bisswunde?«

Kommentarlos entblößte sie ihren Hals.

»Es ist noch keine achtundvierzig Stunden her. Wenn wir Glück haben, sind es vielleicht noch vierundzwanzig Stunden. Vielleicht auch ein bisschen mehr. Wie gesagt, da spielen so viele Faktoren eine Rolle und die Datenlage ist ziemlich dünn …«

Sie unterbrach ihn mit einer Handbewegung. »Und wenn ich kein Glück habe?«

Dann ist es vielleicht schon zu spät, dachte er. »Ich weiß es nicht.«

Nathalie ließ die Stirn auf die Knie sinken. Theo legte ihr vorsichtig eine Hand auf den Rücken. So saßen sie eine Weile schweigend nebeneinander.

Irgendwann hob sie den Kopf. »Was ist eigentlich mit dir?«

»Was meinst du?«

»Hat sie dich auch – infiziert?«

Er erstarrte. »Aber ich hab doch gar nichts getan!«

Sie musterte ihn schweigend. »Eben«, sagte sie dann.

Während er sie noch anstarrte, schlug plötzlich die Tür ihres Verlieses auf. Sie fuhren beide zusammen. Eine schmale hochgewachsene Gestalt zeichnete sich in der Öffnung ab. In der einen Hand hielt sie eine Pistole. In der anderen blitzte eine Spritze.

KAPITEL 26

Der letzte Anruf war um 16.42 Uhr bei Theo von einer mobilen Nummer aus eingegangen. Er war auf eine Franziska Richter zugelassen.

»Der Name sagt mir irgendwas.« Hadice fixierte die Buchstaben, als wollte sie sie zwingen, ihr Geheimnis preiszugeben.

»Ruf doch einfach an. Vielleicht bringt uns das weiter.«

Wortlos schnappte sich Hadice ihr Smartphone und tippte die Nummer ein.

Es klingelte drei, vier, fünf Mal.

»Hallo«, quäkte ihr eine Kinderstimme entgegen.

»Hallo, wer ist denn da?«

»Carlito Richter.«

»Carlito.« Hadice zwang sich zu einem zuckersüßen Säuseln. »Ist denn deine Mama auch da?«

»Ja.« Carlito atmete laut in das Mikrofon.

»Und kann ich die mal sprechen?«

»Nee.«

»Es ist aber sehr wichtig.« Hadice beschloss einmal mehr, niemals Kinder zu bekommen.

»Geht nicht, die schläft.« Dann war die Leitung unterbrochen.

»Verdammter Bengel.« Sie versuchte es erneut, doch es sprang nur die Mailbox an. Offenbar hatte der Knirps das Mobiltelefon jetzt auch noch komplett ausgeschaltet. Zähneknirschend hinterließ sie eine Nachricht mit der dringenden Bitte um Rückruf.

»Reg dich nicht auf.« Henry hatte sich bereits ins Melderegister eingeloggt und suchte nun nach der Adresse der Handybesitzerin. Mit einem Mausklick sendete er die Daten an den Drucker. »Wir fahren jetzt einfach rüber.«

Er griff sich die Adresse aus dem Drucker und lief hinüber in Grasmanns Büro. Der Einsatzleiter stand mit dem Rücken zur Tür und sah aus dem Fenster in den Hof, wo die Schatten der geparkten Streifenwagen immer länger wurden. Er wandte sich um und zog eine Augenbraue hoch. »Und? Was habt ihr für mich?«, fragte er, als auch Hadice hinkend auftauchte.

Henry berichtete, während Hadice hibbelig ihre Krücken in den Teppich bohrte. Sie hätte die Wände hochgehen können.

»Und die Auswertung der letzten Ortung?«, wollte Grasmann wissen.

»Auf die warten wir noch. Aber ich würde meine Hand dafür ins Feuer legen, dass er immer noch irgendwo in Wilhelmsburg steckt.«

»Das denke ich auch.« Grasmann knetete sein Kinn. »Immerhin sind die anderen Verschwundenen auch dort aufgetaucht.«

»Was macht die Fahndung nach Sylvia Kuhn?«, fragte Hadice ungeduldig.

»Bis jetzt gibt es noch keine Hinweise.«

Sie stöhnte frustriert.

Grasmann warf einen Blick auf die Uhr. »Aber in einer guten Stunde wird ihr Bild in den ›Tagesthemen‹ gezeigt.«

Kurz darauf waren sie schon auf dem Weg nach Wilhelmsburg. So spät am Abend waren die Straßen der Hansestadt frei. Henry fuhr schneller als erlaubt. Die Gebäude der Amsinckstraße flogen vorbei. Im abnehmenden Tageslicht des Großstadtabends grüßte eine leuchtende Miniaturausgabe des Riesenrads und lud zum Besuch des Hamburger Doms, jener großen Kirmes auf dem Heiligengeistfeld, die dreimal jährlich stattfand und somit fast schon eine Dauerinstitution in Hamburg war.

Hadice saß mit verkniffenem Gesicht auf dem Beifahrersitz. Der Knöchel, den sie entgegen ärztlicher Anweisung im Zuge der Ermittlungen nicht geschont hatte, schmerzte heftig. Sie kam sich vor wie der Hase aus der Fabel, der vom Igel und seiner Frau genasführt wird. Jede hoffnungsvolle Spur schien ins Nichts zu führen. Sie schloss die Augen und lehnte den Kopf nach hinten an die Nackenstütze. Sie verloren gerade ein Stück Kontrolle über die Ermittlungen. Wir reagieren statt zu agieren, dachte sie. Die Suche nach Sanna war derzeit vollkommen von ihrem Radar verschwunden, auch weil sie wusste, dass die Kollegen sich der Sache annahmen. Nachdem sie seit Stunden im Adrenalinrausch funktioniert hatte, machte sich nun die Erschöpfung breit. Sie war total erledigt.

Henry warf ihr einen raschen Blick von der Seite zu. »Wenn das jetzt auch nichts wird, fahr ich dich nach Hause und du schläfst dich erst mal aus.«

Die kultivierte Frauenstimme des Navigationsgeräts lotste sie auf die Reichsstraße. Henry nahm die Ausfahrt zum Wilhelmsburger Zentrum. Er staunte einmal mehr, wie nah die Elbinsel, die in seiner inneren Landkarte in irgendeinem Randbezirk von Hamburg verortet war, tatsächlich an der Innenstadt lag.

Auch an einem warmen Sonnabendabend war der Stadtteil sehr ruhig. Nachtleben fand hier offenbar wenig statt. Im Licht einer Bushaltestelle stand lediglich eine Gruppe junger Frauen, die mit frisch geföhnten Haaren, knalligem Lippenstift, der bestimmt kussfest war, und hochhackigen Sandalen einen bunten, lebendigen Kontrast zu der stillen Straße setzten.

Auch im Schwentnerring war alles still. Henry stellte den Motor ab. Hadice seufzte. »Ich hab langsam das Gefühl, dass das hier alles sinnlos ist.«

»Aber das scheint doch anfangs immer so«, erwiderte er. »Jede Menge Sackgassen und dann passt plötzlich alles zusammen.« Er umrundete den Wagen und öffnete die Tür für sie. »Komm schon, Mädchen, jetzt nicht schlappmachen.« Hadice hasste es, wenn man sie Mädchen nannte. Aber an diesem Abend fand sie es tröstlich.

Sie fanden den gesuchten Namen sofort. Laut Klingelschild lag die Wohnung im dritten Stock des nach hinten versetzten

Gebäudes. Henry klingelte energisch. Zwei, drei Mal. Alles blieb still. Hadice hatte sich erschöpft an die Haustür gelehnt. Er trat einen Schritt zurück. In der Wohnung war, so weit er erkennen konnte, alles dunkel. Laut Melderegister wohnte hier Franziska Richter, fünfunddreißig, mit Carlos Richter, fünf Jahre alt. Eine alleinerziehende Mutter, dachte Henry. In der anderen Wohnung auf derselben Etage brannte Licht.

»Ich probier's mal bei den Nachbarn.« Er klingelte bei »I. Ziccosinski«. Wie zum Teufel sprach man das aus?

Diesmal ertönte der Summer schon nach einer halben Minute.

»Bleib du ruhig unten, ich schau mal kurz nach.«

Der Mann, der ihn an der Tür im dritten Stock erwartete, sah ihm neugierig entgegen. Henry schätzte ihn auf Ende vierzig. Seine kurz geschorenen Haare waren grau meliert, er trug verwaschene Shorts und ein T-Shirt mit dem Aufdruck: TSV-Wilhelmsburg. Der Bauch, der sich darunter wölbte, ließ allerdings vermuten, dass die sportlich aktiven Zeiten des Mannes schon eine Weile zurücklagen.

»Na, Meister, was kann ich für dich tun?«

Henry hielt ihm seinen Polizeiausweis entgegen.

»Oha, hoher Besuch«, witzelte der Mann.

»Ich wollte eigentlich mit Ihrer Nachbarin sprechen.«

»Franziska?« Ziccosinski lachte. »Was willst du denn von der? Die ist harmlos, dafür lege ich meine Hand ins Feuer.«

»Haben Sie eine Ahnung, wo sie sein könnte? Sie hat doch ein kleines Kind?«

»Carlito«, nickte der Mann. »Pfiffiges Kerlchen.« Er kratzte sich am Kopf. Die Stoppeln raschelten. »Die sind heute weggefahren. In irgendein Wochenendhaus von einer Bekannten, soweit ich weiß.« Er machte eine vage Bewegung mit der Hand. »Irgendwo bei Buxtehude.«

»Wissen Sie, wo genau? Oder wie die Bekannte heißt?«

Der Nachbar hob bedauernd die Hände. »Keinen Schimmer. So gut kenne ich die Dame nun auch wieder nicht – leider.« Er zwinkerte vielsagend. »Sie war allerdings ziemlich froh, rauszukommen. ›Der Junge treibt mich hier in den Wahnsinn‹, hat sie nur gesagt. Der ist ja auch sonst schon ein quirliges Kerlchen, aber jetzt hat er auch noch Windpocken und war seit Tagen eingesperrt. Da geht der buchstäblich die Wände hoch.«

Hadice hatte sich auf die Treppenstufe niedergelassen, das schmerzende Bein lang ausgestreckt. Sie war vollkommen fertig. Wenn sie die Augen schloss, sah sie tanzende Lichter. Ich muss was essen, dachte sie. Seit einem hastig verschlungenen Sandwich am Mittag hatte sie keinen Bissen mehr zu sich genommen. Sie öffnete die Augen, doch die Lichter verschwanden nicht. Sie bewegten sich in langsamen Kreisen durch das Gebüsch, das den schmalen Rasenstreifen vor den Häusern begrenzte. »Glühwürmchen«, sagte sie leise. Sie konnte sich nicht mehr erinnern, wann sie zuletzt welche gesehen hatte. Die Sommer ihrer Kindheit schienen hingegen voll von ihnen gewesen zu sein. Wahrscheinlich waren die kleinen Kerle wie so viele Viecher vom Aussterben bedroht. Sie hörte, wie Henry hinter ihr leise die Tür öffnete und sich neben sie setzte. Er brauchte nichts zu sagen, sie wusste schon, dass auch dieser Versuch ein Fehlschlag gewesen war.

Benno stand vor dem geöffneten Kühlschrank in seiner winzigen Küche. Er lebte in einem ehemaligen Geräteschuppen auf dem Grundstück der Gärtnerei. Ihm gefiel, dass das Häuschen so weit ab vom Schuss lag. Es war klein, aber gemütlich: Unten ein einziger Raum, der als Küche und Wohnraum diente, unter dem Dach ein Schlafzimmer, dessen schräge Wände bis zum Boden reichten. Ein winziges Duschbad hatte er separat eingebaut. Benno trug ein schlichtes bordeauxrotes Seidenkleid und lange Glitzerohrringe, Lippenstift und falsche Wimpern. Auf die Perücke hatte er angesichts des warmen Wetters verzichtet. Er befand sich auf halber Strecke zwischen Benno und Delilah.

Daher war er sich unsicher in der Wahl seines abendlichen Getränks. Delilah bevorzugte Champagner, alternativ höchstens ein gutes Glas Weißwein. Benno hingegen trank ganz gern auch mal ein Bier. Im Hintergrund liefen die »Tagesthemen«. Benno entschloss sich für Bier. Er öffnete die Flasche und gab der Kühlschranktür mit der Schulter einen Stups.

Aus dem Fernsehen erklang die Stimme von Caren Miosga. Als der Name Nathalie Stüven fiel, war Bennos Interesse geweckt. Er trat vor den Bildschirm und setzte die Bierflasche wenig ladylike direkt an den Mund. Die Mattscheibe ließ er dabei nicht aus den Augen. »Die Hamburger Polizei bittet um Hilfe bei der Suche nach der folgenden Person«, sagte Miosga. Dann wurde ein Bild von Sylvia Kuhn eingeblendet. Benno verschluckte sich, hustete und wischte sich mit dem Handrücken über den Mund. Du meine Güte, Sylvia? Wurde die jetzt etwa verdächtigt? Er erinnerte sich an das dünne, große Mädchen, das unentwegt an ihren Haarsträhnen gelutscht hatte. Er hatte das immer ein bisschen eklig gefunden. Die Vorstellung, dass irgendjemand ernsthaft glauben könnte, dass sie jetzt Nathalie verschleppt und Sebastian und Reinhold erledigt haben könnte, amüsierte ihn. Andererseits war sie immer schon ein bisschen durchgeknallt gewesen. Insofern war sie eventuell doch gar keine völlig unwahrscheinliche Täterin in den Augen der Ermittler. Der Gedanke bereitete ihm Vergnügen.

Die Suche nach Nathalie musste wirklich eine große Sache sein, wenn man jetzt schon eine der wichtigsten deutschen Nachrichtensendungen einspannte.

Sylvia. Seit Jahren hatte er nicht an sie gedacht, bis er sie vor Kurzem zufällig in Wilhelmsburg getroffen hatte. Sie war in ein Haus an der Mühlenwettern gegangen, in dem er vor vielen Jahren ein einziges Mal zu einem Geburtstagsfest von ihr eingeladen gewesen war. Wer hatte das Fest noch veranstaltet? Ihre frühere Tagesmutter? Außer ihm waren nur noch zwei andere aus der Klasse dabei gewesen, Sanna und Jonas – das Opferquartett, wie er aus einer Distanz von bald zwanzig Jahren belustigt dachte. Obwohl für alles gesorgt gewesen war, was normale Teenager für eine gelungene Party brauchten – Chips, Grillwürstchen, Kuchen und sogar eine Bowle mit sehr viel Limonade und sehr wenig Alkohol, war die Party komplett schiefgelaufen. Sylvia war mürrisch gewesen und hatte sein Geschenk – eine wunderschöne Orchidee – nur mit Verachtung gestraft. Sie hatte ganz offensichtlich keine Lust auf die Party gehabt. Die übrigen Gäste hatten sich unbehaglich gefühlt. Nur Sylvias Tagesmutter war um sie herumgewieselt und hatte verzweifelt versucht, gute Laune zu verbreiten. Die Veranstaltung hatte trotzdem in einem Fiasko geendet. Sylvia hatte sie alle als geistlose Trottel beschimpft, die ihr nur ihre kostbare Zeit stahlen, und schließlich die schöne Orchidee auf dem Boden zertrampelt. Das hatte er ihr nie verzeihen.

Dann erschien zu seiner Verblüffung nun auch noch das Konterfei von Theo auf dem Bildschirm. »Ebenfalls vermisst wird in diesem Zusammenhang der sechsunddreißigjährige Theo Matthies aus Hamburg-Wilhelmsburg«, sagte Miosga.

Theo? Benno nahm einen weiteren Schluck Bier. Stand jetzt etwa Theo unter Verdacht? Das war nun wirklich eine vollkommen lächerliche Idee. Theo war ein Weichei, das keiner Fliege etwas zuleide tun könnte. Ganz im Gegensatz zu ihm, Benno.

Miosgas Blick aus ihren großen Augen war ernst und eindringlich. Und da verstand Benno. Theo stand nicht unter Verdacht. Man fürchtete offenbar, er sei auch verschleppt worden.

Behutsam stellte er die leere Bierflasche auf den weißen hochglanzlackierten Couchtisch. Miosga erzählte etwas über sachdienliche Hinweise. Unten über den Bildschirm kroch eine Telefonnummer der Polizei. Benno griff zur Fernbedienung und löschte das Gesicht der Moderatorin aus. Dann blieb er grübelnd sitzen. Dass Sylvia unter Verdacht stand, kam ihm gut zupass. Er hatte sie immer arrogant gefunden und sie spätestens nach der desaströs verlaufenen Party fast ebenso sehr verabscheut wie Nathalie und ihre Schergen. Er hatte nichts dagegen, ihr Ärger zu machen und sie bei den Bullen zu verpfeifen. Andererseits hatte er nicht die geringste Lust, die Polizei zu kontaktieren.

Er stieg in die Dachkammer hinauf und setzte sich vor den großen Spiegel. Langsam ließ er den Blick über seine kostbare Perückensammlung wandern. Er besaß inzwischen zwölf unterschiedliche Modelle, die meisten von ihnen bestanden aus teurem Echthaar. Welche er trug, wählte er abhängig von seiner Stimmung aus. Er strich mit der Hand über den roten Bubikopf, wickelte eine blonde Locke um seinen Zeigefinger und fuhr dann über den schwarzen Pagenkopf. Genau das Richtige für diesen Abend. Diese Frisur hatte Klasse. Er stülpte sie sich über und tauschte die Glitzerohrringe gegen Perlen aus. Jetzt war die Verwandlung perfekt. Jetzt war er Delilah. Und Delilah hatte eine Idee. Summend tippte sie eine Nummer in ihr Mobiltelefon.

KAPITEL 27

Hanna hantierte nervös mit ihrer Zigarettenschachtel. Bei Lars in der Werkstatt herrschte absolutes Rauchverbot. Normalerweise stöberte sie begeistert in seinem Kuriositätenkabinett herum. Aber jetzt fehlte ihr dafür der Sinn. Ihr gegenüber saß Fatih mit lang ausgestreckten Beinen in seinem Sessel. Seine Augen folgten dem sonst so gelassenen Lars, der ruhelos durch den Raum tigerte. Auch Paul war offensichtlich irritiert. Sein glotzäugiger Blick pendelte zwischen seinem rastlosen Herrchen und Fatih hin und her, als wollte er Letzteren fragen: ›Was ist denn mit dem los?‹

»Setz dich, Digger, du treibst den Hund in den Wahnsinn«, sagte Fatih. Lars leistete der Anweisung zwar nicht Folge, blieb aber immerhin stehen.

»Um 15 Uhr hatte er also den Termin mit diesem Pfarrer. Von dem hat er sich gegen 16 Uhr getrennt, wie May herausgefunden hat. Um 18 Uhr ist er zu einem Kundengespräch nicht aufgetaucht. Und sein Handy ist abgeschaltet.« Er raufte sich die Haare. »Stellt sich also die Frage, was in der Zwischenzeit passiert ist?«

»Es gibt eigentlich nur zwei Möglichkeiten – entweder er hat einen Geistesblitz gehabt und ist zu jemandem gegangen. Oder er hat jemanden getroffen«, resümierte Hanna.

»In beiden Fällen können wir wohl davon ausgehen, dass er auf den Tollwutkiller gestoßen ist. Und der hat ihn jetzt einkassiert.« Fatih sprach aus, was sie alle dachten.

»Aber er kann doch unmöglich so dämlich sein, so was alleine durchzuziehen. Und dann nicht einmal jemandem zu erzählen, wohin er geht.« Hanna ballte die Fäuste.

»Menschen«, sagte Fatih, »machen eben unfassbar dämliche

Sachen. Sogar schlaue Menschen bauen manchmal krassen Mist.«

Hanna spürte, wie ihr die Kehle eng wurde. Sie drückte mit Daumen und Zeigefinger einer Hand auf die Augenwinkel, damit ihr nicht die Tränen hochschossen.

Lars ging zu ihr hinüber, hockte sich vor sie und umfasste ihre Hände. »Hör mal, Hanna, bis jetzt hat der Mörder noch keines seiner Opfer sofort massakriert. Und es gibt keinen Grund für ihn, ausgerechnet mit Theo anders zu verfahren.«

»Aber was, wenn Theo ihn überrumpelt hat? Wenn der Täter in Panik geraten ist?«

Lars schüttelte den Kopf. »Unser Mörder hat eine ganz klare Mission: Er will Rache. Oder Gerechtigkeit. Er hat es auf Nathalie und ihre Leute abgesehen. Theo hat nichts damit zu tun.«

»Ich weiß nicht.« Hanna ließ den Kopf sinken. »Sogar Theo selbst sieht das offenbar anders. Heute hat er mir gestanden, dass er ein unheimlich schlechtes Gewissen hat, weil er dem Treiben der drei nicht energischer entgegengetreten ist.«

»Du meinst so was wie unterlassene Hilfeleistung?«

Hanna nickte. »Und wenn der Täter das genauso sieht, vielleicht tut er Theo dann doch etwas an.« Sie zuckte zusammen, als ihr Handy sich bemerkbar machte. Beim Versuch, es aus ihrer Handtasche zu nesteln, rutschte ihr die Tasche aus der Hand, sodass der Inhalt auf den Boden purzelte: Lippenstift, Schlüssel, ein Tampon, eine Metallbox mit Pfefferminzbonbons und eine halb leere Packung Zigaretten. Sie zog das Mobiltelefon hervor. ›Anonym‹ stand auf dem Display. »Winter«, meldete sie sich atemlos.

»Hier ist Benno«, sagte der Anrufer.

Hadice nagte an ihrem Daumennagel. Sie bemerkte es erst am Geschmack des Blutes auf ihrer Zunge. Nach Hannas Anruf hatte sie sofort versucht, Benno zu erreichen. Doch sein Festnetzanschluss klingelte ins Leere. Also waren sie und Henry schnurstracks zu der Adresse gefahren, die Benno Hanna genannt hatte. Sie lag nur wenige Minuten von Franziskas Wohnung entfernt.

Mit seinen geschlossenen Jalousien wirkte das Haus unbewohnt und abweisend. Aber genau so hatte Benno es Hanna beschrieben.

Hadice wäre auf ihrem einen Bein am liebsten sofort in das Haus gestürmt.

Henry warf ihr einen strengen Blick zu. »Jetzt gehen wir erst mal hübsch brav klingeln.«

Hadice wusste, dass er recht hatte. Allerdings war Geduld nicht eben ihre größte Stärke, und dass die Gesetze sie so oft zur Untätigkeit verdonnerten, machte sie mitunter schier wahnsinnig.

Als Henry auf den Klingelknopf drückte, blieb alles still. Sie warteten einen Moment. Dann zuckte er die Achseln.

»Ich geh hier nicht weg, bevor ich weiß, ob Theo in dem Haus ist«, zischte Hadice.

»Erst mal können wir hier gar nichts machen. Was haben wir schon in der Hand? Eine Zeugenaussage aus zweiter Hand, die besagt, dass Sylvia hier hineingegangen ist. Sylvia. Nicht etwa Theo. Dafür kriegen wir nicht mal einen Durchsuchungsbeschluss, geschweige denn wir können auf Gefahr im Verzug plädieren.«

»Dann observieren wir eben das Haus.«

»Hadice, du bist jetzt schon total durch den Wind.«

Sie sah ihn finster an.

»Also gut. Lass uns trotzdem zurück zum Wagen gehen. Da haben wir auch einen schönen Blick auf diese wertvolle Immobilie.«

Hadice ließ sich davonziehen. Sie ahnten nicht, dass sie beobachtet wurden.

Aus dem schräg gegenüberliegenden Haus fiel Licht auf den Gehweg. Henry deutete hinüber. »Ich werde mal bei den Nachbarn nachfragen, ob die mehr wissen«, sagte er. »Setz du dich so lange ins Auto und ruh dich ein bisschen aus.«

Sie zögerte kurz. »Alles klar. Besser du machst das alleine. Ich bin viel zu auffällig mit meinen Krücken.«

Er nickte kurz.

Hadice sah ihm nach. Mit seinem massigen Körper war Henry ebenfalls nicht gerade unauffällig. Sie hoffte, dass Sylvia nicht gerade jetzt zwischen einer der Jalousien hervorspähen und ihn wiedererkennen würde. Sie stieg ins Auto.

Es war natürlich möglich, genau betrachtet, sogar eher wahrscheinlich, dass Sylvia gar nicht hier war. Sylvia nicht und Theo auch nicht und erst recht nicht Nathalie. Andererseits war Theo bestimmt in Wilhelmsburg verschwunden.

Schließlich war Reinholds Leiche auch in Wilhelmsburg aufgefunden worden. Und den delirierenden Sebastian hatte man ebenfalls auf der Elbinsel entdeckt. Alles deutete darauf hin, dass der Täter von hier aus operierte. Und das scheinbar leer stehende Haus schien daher keine schlechte Operationsbasis für den Mörder zu sein.

Im Rückspiegel beobachtete sie, wie Henry leise das Gartentor öffnete und den Weg zum Eingang hinüberlief. Einmal mehr fiel ihr auf, wie geschmeidig er sich trotz seiner Körperfülle bewegte.

Henry suchte nach einem Klingelknopf, fand aber nur einen metallenen Türklopfer in Form eines Fischs mit übergroßen Augen und aufgeplusterten Lippen. Während er wartete, hatte er das unangenehme Gefühl, beobachtet zu werden. Er blickte sich um und sah direkt in die Augen einer mächtigen getigerten Katze, die auf einem der gemauerten Torpfosten Platz genommen hatte. Sie starrte ihn unverwandt an. Ihre Augen leuchteten im Licht der Straßenlaterne. Er schrak zusammen, als sich die Tür vor ihm plötzlich öffnete und sich zwei weitere Katzen zwischen seinen Beinen ins Freie drängten.

»Ja bitte?«, sagte die kleine Person vor ihm. Zunächst glaubte er, ein Kind vor sich zu haben. Dann erkannte er, dass die junge Frau vor ihm kleinwüchsig war. Ihr Scheitel reichte gerade bis zu seiner Hüfte. Ihre Beine und Arme waren für ihren übrigen Körper zu kurz, der Kopf zu groß. Er widerstand dem Impuls, sich vor sie hinzuhocken, wie er es bei Kindern machte, um mit ihnen auf Augenhöhe sprechen zu können. Er wusste, dass er mit seinen massiven ein Meter vierundneunzig selbst Erwachsene häufig einschüchterte. Manchmal war das von Vorteil. Häufig aber auch nicht.

Er setzte sein gewinnendstes Lächeln auf. »Hendrik Sibelius«, sagte er, »ich bin von der Polizei.«

»Tatsächlich?« Die kleine Frau vor ihm wirkte unbeeindruckt. Sie war es gewohnt, dass Menschen sie weit überragten. Auf ein paar Zentimeter mehr oder weniger kam es da nicht an.

»Möchten Sie vielleicht hereinkommen?« Sie hatte schönes Haar in einem dunklen Goldton, das sie zu einem losen Knoten geschlungen trug. Ihre Augen waren groß, dunkelgrau und von langen Wimpern umgeben. Sie blickte ihn ruhig an, ihn, den Polizisten, der um 23 Uhr an ihrer Tür stand.

Henry erspähte im Hintergrund zwei weitere Katzen im Flur, die sich ausgiebig putzten.

»Besser nicht«, sagte er, »ich bin Katzenhaarallergiker.«

»Dann ist das in der Tat keine so gute Idee. Ich habe nämlich fünf von den Biestern.« Sie lächelte.

»Es geht auch ganz schnell. Frau …«

»… Evi Liebermann.«

»Kennen Sie Ihre Nachbarn, die aus dem Haus mit den heruntergelassenen Jalousien?«

»Ruth und Jürgen? Aber sicher.«

»Sind sie verreist?«

Sie nickte. »Schon seit ein paar Wochen. Sie haben ein Haus, irgendwo an der Nordsee. Amrum, glaube ich.« Mit einer Handbewegung scheuchte sie eine der Katzen fort, die näher gekommen war und sich an ihre Beine schmiegen wollte. »Seit Jürgen in Rente ist, verbringen sie dort viel Zeit.«

»Haben Sie vielleicht hier jemanden in letzter Zeit ein- und ausgehen sehen?«

»Sicher. Sylvia hütet dann immer das Haus. Ruth war früher ihre Tagesmutter und irgendwie sind die beiden wohl immer in Kontakt geblieben.«

»Sie meinen, sie schaut dann nicht nur nach dem Rechten, sondern sie wohnt dann hier?«

»Ich glaube schon. Jedenfalls teilweise.«

»Aber es sieht so unbewohnt aus.«

Evi Liebermann zuckte mit den Achseln. »Ist ihr offenbar lieber so. Sie ist ein bisschen verschroben.«

Ein bisschen ist gut, dachte Henry. Sylvia Kuhn hatte zweifellos einen gewaltigen Hau.

»Haben Sie sie heute zufällig schon gesehen? Vielleicht sogar in Begleitung?«

Evi biss sich auf die Unterlippe. Henry wunderte sich, dass sie keine Fragen stellte, nicht wissen wollte, warum ihn all das interessierte, wie die meisten Menschen es getan hätten.

Vom Wagen aus beobachtete Hadice das Gespräch zunehmend nervös. Henry stand im Lichtschein, der aus der geöffneten Tür fiel, wie auf einem Präsentierteller. Und Sylvia hätte ihn lange genug gesehen haben können, um ihn wiederzuerkennen. Hadice fluchte leise. Und warf einen nervösen Blick auf das Haus, in dem sie Sylvia vermuteten. Es wirkte nach wie vor dunkel und still. Hadice fand, es sah aus, als lauere es auf jemanden.

Henry horchte auf, als Evi sagte: »Da war tatsächlich heute jemand. Irgendwann am späten Nachmittag. Ich habe nämlich die Hecke im Vorgarten geschnitten.« Vor Henrys Augen erschien kurz das Bild der winzigen Evi Liebermann mit einer großen ratternden Heckenschere.

Hadice seufzte erleichtert, als sie sah, wie Henry sich verabschiedete und den Rückweg antrat. Sie langte ungeduldig zum Türgriff auf der Fahrerseite, um ihm zu öffnen. Henry schwang sich in den Wagen, der unter seinem Gewicht erbebte. Er sah sie an. »Bingo«, sagte er dann.

Evi Liebermann hatte Sylvia irgendwann zwischen vier und halb fünf in Begleitung eines Mannes ins Haus gehen sehen, dessen Beschreibung auf Theo zutraf. Sie hatte zudem angegeben, überrascht gewesen zu sein. »Sonst nimmt sie eigentlich nie jemanden mit, soweit ich weiß«, hatte sie gesagt und Henry entschuldigend angeschaut. Dass man ihr Neugierde unterstellen könnte, war ihr offenbar unangenehm.

»Und, hat sie ihn auch wieder gehen sehen?«, wollte Hadice wissen.

»Das nicht. Aber sie hat später die Hecke hinterm Haus geschnitten, da hätte sie ihn sowieso nicht sehen können.«

»Reicht das für einen Durchsuchungsbeschluss?«

Henry seufzte.

Dann brach die Hölle los.

May stand am Sprossenfenster und blickte in den Sommerabend. Seit Theos Verschwinden war sie Stunde um Stunde immer rastloser geworden. Und so war sie froh, dass Hanna, Lars und Fatih beschlossen hatten, sich mit ihr in Theos Haus zu treffen. Hinter ihr am Küchentisch saß trotz der späten Stunde Lilly und malte ein Bild. Krummbeinige Träger schleppten einen gigantischen, offenbar gläsernen Sarg, in dem eine Person undefinierbaren Geschlechts lag. Hinter ihnen schritt eine bunte Schar Angehöriger, in absonderlichen Aufmachungen. Sie trugen phantasievolle Hüte, die eher nach Ascot als auf eine Beerdigung passten. Am Rand des Bildes stand ein Totengräber, der vage an Quasimodo erinnerte, vor dem offenen Grab, in der Hand eine große Schaufel. Lilly malte für ihr Alter ziemlich gut. Beerdigungsszenen waren ihr Lieblingsmotiv.

Sie hatte sich geweigert, allein zu Hause zu bleiben. »Ich kann sowieso nicht schlafen, bevor Theo wieder da ist«, hatte sie argumentiert und die sonst so strenge May hatte ein Einsehen gehabt, zumal am nächsten Tag keine Schule war.

Anfangs war May wütend gewesen, weil Theo den Termin mit dem Kunden verpasst hatte. Sie, die sonst im Umgang mit den Hinterbliebenen stets eine für sie untypische Geduld an den Tag legte, hatte diesmal mit zunehmender Gereiztheit den alten Mann beobachtet, der wieder und wieder die Seiten des Kataloges umgewendet hatte auf der Suche nach dem angemessenen Sarg für seine jüngst verstorbene Frau. Dabei war ein Strom an Anekdoten aus seinem Mund gequollen, wie er Annelise im Jahr 1953 auf einer Tanzveranstaltung kennengelernt hatte, er, der schneidige junge Dachdecker, und sie, die Tochter des Kaufmanns, mit den blitzenden Augen und dem frechen Mundwerk, in das er sich sofort verliebt hatte. Wie hübsch sie ausgesehen hatte bei ihrer Hochzeit, mit ihren blonden Locken und den langen Beinen, wie Elke Sommer, hatte er ein ums andere Mal beteuert. Wie sie zusammen den Laden des Vaters übernommen und wie ihnen die Sturmflut im Jahr 1962 alles genommen hatte. Während er sprach, stand das Wasser in seinen verblassten Augen und May hatte ihm die kühle, von Altersflecken übersäte Hand getätschelt und dabei heimlich auf die Uhr geschielt.

Sie atmete erleichtert aus, als sie Hannas weißen Mini auf den Hof einbiegen sah. Im Licht der Scheinwerfer tanzten die Mücken. Sie beobachtete, wie der große, schlaksige Lars sich aus dem kleinen Auto herausfaltete und erst einmal streckte. Paul sprang hinterher und begab sich sogleich schnüffelnd auf Entdeckertour. Dann stieg Hanna aus und klappte die Lehne ihres Sitzes nach vorn, damit auch Fatih herausklettern konnte. May freute sich, ihn zu sehen. Sie hatte ihn vor ein paar Monaten flüchtig kennengelernt und gleich gemocht.

Sie öffnete die Haustür. »Kommt rein«, sagte sie zu Lars und Fatih.

Hanna hob grüßend die Hand. Sie hatte sich noch rasch eine Zigarette angezündet, von der sie hastig einige Züge nahm. Dann warf sie sie auf den Boden und trat sie aus.

Kurz darauf saßen alle in Theos Küche. Die Neuankömmlinge waren noch im Dönerladen von Fatihs Mutter vorbeigefahren und hatten Proviant für die Nachtwache besorgt. Es duftete nach geröstetem Fleisch und Knoblauch. May machte sich an der Espressomaschine zu schaffen. Schweigend stellte sie jedem eine Tasse hin. Ihnen allen war klar, dass sie hellwach bleiben sollten.

»Schickes Bild«, sagte Fatih zu Lilly. Auch er hatte durchaus einen Hang zum Morbiden.

»Und jetzt?«, fragte May.

»Woran war Theo denn zuletzt dran?«, wollte Lars von Hanna wissen.

»Ich glaube, er hat sich auf Sanna eingeschossen. Wir haben versucht herauszukriegen, was aus ihr geworden ist. Aber das war nicht so leicht. Offenbar ist sie schon vor vielen Jahren mit ihren Eltern ausgewandert.«

Hanna wölbte die Hände um ihre Espressotasse, als müsste sie sich trotz der lauen Nacht wärmen. »Lars, weißt du nicht ein bisschen mehr darüber?«

Er hob bedauernd die Hände. »Das war vor meiner Zeit. Ich bin erst in der Oberstufe dazugekommen. Sanna habe ich nie kennengelernt.«

»Aber warum hat Theo sich ausgerechnet an ihr festgebissen?« May schaute Hanna an.

»Ich weiß es auch nicht. Er hat nur gesagt, er habe das Gefühl, dass alles mit Sanna zusammenhängt. Wahrscheinlich, weil ihn die schlimme Geschichte von damals so beeindruckt hat.«

»Welche schlimme Geschichte?«, wollte Lilly wissen, die das Gespräch aufmerksam verfolgt hatte.

»Nathalie hat ihren größten Traum zerstört. Weißt du, Sanna wollte Balletttänzerin werden und hatte schon einen Termin für ein Probetanzen bei John Neumeier. Das ist ein ziemlich berühmter Ballettmeister hier in Hamburg.«

»Und diese Nathalie hat es ihr versaut?«, fragte Fatih.

»Sie hat sie im Geräteraum der Turnhalle eingesperrt, sodass sie den Termin verpasst hat. Danach hatte sie einen Nervenzusammenbruch, soweit ich das verstanden habe.«

»Das ist wirklich bitter«, sagte Fatih.

»Ziemlich«, sagte Lilly. »Wenn mir jemand versaut, dass ich Ärztin werden kann, würde ich den auch umbringen.«

Hanna sah das kleine Mädchen verblüfft an. Zwischen Lillys Augen hatte sich eine feine Zornesfalte gegraben. Hanna schauderte. Irgendwie war sie plötzlich davon überzeugt, dass das Kind ganz genau meinte, was es da sagte. Sie erhob sich. »Wartet mal, ich hol kurz was.«

Sie ging hinüber in den angrenzenden Wohnbereich und sah sich suchend um. In den hohen Bücherregalen, die eine Wand vollständig ausfüllten, entdeckte sie die Kiste mit Theos alten Fotos, die sie am Vormittag gemeinsam durchgesehen hatten. Das war erst Stunden her und ihr kam es jetzt wie Tage vor.

Sie zog die Schachtel heraus und trug sie hinüber zum Küchentisch.

»Was ist das?«, fragte Lilly neugierig.

»Alte Fotos von Theo.«

»Kann ich mal sehen?« Lilly streckte bittend die Hand aus.

»Moment.« Hanna blätterte sie rasch durch. Sie fand die gesuchten Bilder und zog sie hervor. »Hier, das in der Mitte ist Sanna.«

Lars schaute ihr über die Schulter. »Die beiden anderen sind Benno und Sylvia.«

»Unsere drei Hauptverdächtigen«, sagte Hanna.

May griff nach dem Foto und betrachtete es stirnrunzelnd. Während Sylvia herausfordernd in die Kamera schaute, hatte Benno seinen Blick auf Sanna gerichtet. Der Schnappschuss hatte die Sehnsucht in seinen Augen festgehalten. Der hat dich geliebt, meine Süße, dachte May im Stillen. Sanna hingegen, mit ihren schwarzen Locken und den runden Wangen, sah so aus, als würde sie auf etwas blicken, das nur sie allein sehen konnte. Und Hanna, die das Bild gemeinsam mit May anschaute, kam der Gedanke, dass sie, wenn sie damals vor vielen Jahren ihre ungewollte Schwangerschaft nicht abgebrochen hätte, jetzt eine Tochter haben könnte, die so aussehen würde wie Sanna auf diesem Bild aus dem Sommer Anfang der Neunzigerjahre.

»Ist sie nicht ein bisschen mollig für eine Primaballerina?«, fragte May.

»Soweit ich weiß, hat sie später ziemlich abgenommen«, sagte Hanna.

Damals

Ihre Hände ruhten locker auf den Lehnen des Sessels. Die filigranen Finger schimmerten bläulich. Sie bewunderte die zarten Adern, die sich unter der Haut abzeichneten. Unaufhörlich strömte das Blut durch sie hindurch, versorgte jede Zelle mit Sauerstoff und Nährstoffen, ohne dass es sie die geringste Mühe kostete. Sie streckte die Hände vor sich und drehte die Handflächen nach oben und nach unten. Staunte über das perfekte Zusammenspiel von Anweisungen des Gehirns, Nervenreizen und Muskulatur. Die Choreografie der simplen Bewegungen erschien ihr unendlich wunderbar. Keine Maschine, die der Mensch bisher ersonnen hatte, konnte sich so mühelos, so anmutig bewegen. In der Luft spielte sie auf einem unsichtbaren Klavier eine Etüde von Chopin. Sie schloss die Augen und ließ den Klang im Inneren ihres Kopfes entstehen. Wie oft hatte sie dazu ihre Exercises absolviert? Unzählige Male. Sie ließ die Hände in den Schoß sinken. Ihre früher so unerschöpflich wirkende Kraft neigte sich dem Ende zu. Sie war unendlich müde.

Sie schrak zusammen, als sie eine Hand auf ihrer Schulter spürte.

»Sanna«, sagte ihre Mutter.

Sie wusste, dass sie sich Sorgen machte. Dabei gab es dafür nicht den geringsten Anlass. Sie hatte sich nie besser gefühlt als in diesen Tagen. Alles schien von ihr abzufallen. Alle Ängste, alle Verzweiflung, aller Kummer, alle Mühsal. Erst jetzt hatte sie begriffen, dass sie um nichts zu kämpfen brauchte. Nicht um die Anerkennung ihres Vaters, nicht um die Liebe ihrer Mutter. Und auch nicht gegen die eigenen physischen Grenzen. In den letzten Jahren hatte sie ihren Körper zu immer neuen Höchstleistungen getrieben, immer höher die Beine in der Arabesque gestreckt, die komplizierten Sprünge, die dreifache Pirouette so lange geübt, bis für einige Momente das rauschhafte Gefühl zu fliegen wieder über sie gekommen war. In diesen Augenblicken hatte sie gewusst, dass sie perfekt war.

Es hatte ihr nichts ausgemacht, dieses Glück mit niemandem teilen zu können, sie brauchte schon lange keine Lehrerin mehr, die sie lobte, und kein Publikum, das sie bewunderte. Allein das Bewusstsein ihres Könnens war ihr genug. In den ersten Jahren hatte ihre Mutter ihr noch zugeschaut, bis sie sie weggeschickt hatte, weil sie ihren verzweifelten Blick nicht mehr ertragen hatte. »Sie sieht aus wie ein tanzendes Skelett«, hatte sie ihre Mutter einmal zu ihrem Vater sagen hören. Aber da hatte ihr das schon nichts mehr ausgemacht.

Sie wusste, dass alle anderen sie zu dünn fanden. Aber selbst jetzt, wo auch die letzten Muskeln unter ihrer papierdünnen Haut dahinschmolzen, fand sie sich noch schön. Sie betrachtete sich gern im Spiegel im Bad. Ließ die Hände über die Rippen gleiten, die deutlich sichtbar das schlagende Herz umspannten. Arme und Beine waren inzwischen so schmal, dass die Gelenke sich von ihnen abhoben, der Bauch wölbte sich nach innen – das gefiel ihr.

Besonders mochte sie ihre Schulterblätter, die nun deutlich hervortraten – zart wie Elfenflügel.

Sie verstand die Aufregung nicht, die ihr Zustand zu verursachen schien. Nicht die Bemühungen der Psychologen, nicht die Notwendigkeit der quälenden Zwangsernährung, von der sie wusste, dass sie den Prozess der Transformation, in dem sie sich befand, nur verzögerte, aber nicht aufhalten würde. Und auch die Schmerzen, die sie bekam, weil die Knochen beim Sitzen und sogar beim Liegen von innen auf die Schmerzleiter der Haut drückten, waren bedeutungslos geworden.

Schon gleich zu Beginn dieses letzten Klinikaufenthaltes hatte man ihr das Tanzen verboten. Im Gegensatz zu früheren Einweisungen hatte ihr das nichts mehr ausgemacht. Sie brauchte nicht einmal mehr den Tanz. Die Musik und die Bewegungen waren in ihrem Kopf gespeichert. Sie tanzte jetzt im Geist, schraubte sich in Pirouetten immer höher bis zu den Sternen. Alles schien von ihr abzufallen. Zum ersten Mal in ihrem Leben fühlte sie sich vollkommen frei. Sie empfand tiefen Frieden.

Als sie die Augen öffnete, fiel ihr Blick auf die vollkommene Rose, die in einer Glasvase vor dem Fenster stand. Im Sonnenlicht schienen die samtigen Blätter von innen zu leuchten. Carlotta hatte sie ihr bei ihrem letzten Besuch am Vortag mitgebracht. Seit ihre kleine Schwester fortgezogen war, kam sie nur noch selten. Dabei achtete sie darauf, den Eltern nicht zu begegnen. Lange hatte es Sanna bekümmert, dass das Verhältnis zwischen Carlotta und den Eltern so angespannt war. Sie hatte versucht, zwischen ihnen zu vermitteln, Carlotta klarzumachen, dass ihr Zustand ein selbst gewählter war und nichts mit dem Verhalten der Eltern zu tun hatte. Aber Carlotta war schon immer ein Dickschädel gewesen.

Ihre Mutter strich ihr vorsichtig über den Arm. Hier war

ihr ein flaumiger Pelz gewachsen. Ihr Arzt hatte ihr erklärt, dass dies ein Symptom ihrer Krankheit war. Es war ihr egal. Sie fand den weichen Flaum eigentlich sehr hübsch. Lächelnd legte sie ihre Hand auf die ihrer Mutter und blickte zu ihr auf. »Mach dir keine Sorgen, Mama. Mir geht es gut.«

KAPITEL 28

Als die beiden Polizisten zu dem Haus mit den geschlossenen Jalousien gingen, hatte der Mann bereits zwanzig Minuten auf den Eingang gestarrt und versucht, sich zu einem Entschluss durchzuringen. Er saß verborgen im Schatten eines zu einer akkuraten Kugel zurechtgestutzten Buchsbaums. Die hermetisch geschlossenen Fenster sprachen dafür, dass die Bewohner verreist waren. Aber genau wissen konnte man das natürlich nicht. Andererseits brauchte er dringend einen Schuss. Als der Fettwanst und die Frau auf Krücken aufgetaucht waren, wäre er fast abgehauen. Ihr erfolgloses Klingeln hatte ihm jedoch Mut gemacht.

Kaum hatte der große Dicke die Pforte hinter sich zugezogen, löste er sich aus dem Schatten und schlich zur Rückseite des Hauses. Dort hatte er zuvor eine Möglichkeit entdeckt, einzusteigen. Er schlich zu einem Geräteschuppen hinüber, der unmittelbar an das Haus grenzte. Davor stand eine Regentonne. Er blickte sich suchend um, nahm einen apfelsinengroßen Stein, der zur Umrahmung einer Blumenrabatte gehörte, und stieg auf den Rand der Tonne. Als er sich auf das flache Dach zog, tunkte sein linker Fuß in das gesammelte Regenwasser. Er unterdrückte einen Fluch. Einen Moment lang blieb er auf den Boden gepresst liegen. Die kratzige Dachpappe roch nach Teer. Hoffentlich knall ich hier nicht durch, dachte er. Dann erhob er sich vorsichtig und eilte zur Hauswand.

Er zog den Stein aus seiner Tasche und schlang seine Jacke um die rechte Hand. Mit voller Wucht ließ er den Stein gegen das Fenster krachen, das in tausend Teile zerbarst. »Verdammter Mist«, stöhnte er, als die Alarmanlage losheulte.

Mit einem Satz war Henry aus dem Auto. »Hol Verstärkung!«, rief er über die Schulter. Während Hadice noch die Kollegen anfunkte, sah sie ihn bereits an der Haustür stehen. Vermutlich war wieder sein Profi-Schlosserwerkzeug im Einsatz. Sie gab die genaue Adresse an und folgte ihm dann. Heiner Grasmann würde ihr den Kopf abreißen, wenn er wüsste, dass sie auf Krücken in ein ungesichertes Haus hinkte. Sie verdrängte den Gedanken. Sie dachte an Theo.

Henry schob die Haustür langsam auf und verstaute das Werkzeug wieder in seiner Hosentasche. Das Schrillen der Alarmanlage zermürbte seine Nerven. Im Flur des Hauses herrschte Finsternis. Er suchte nach dem Lichtschalter und fluchte leise, als das Drücken darauf ergebnislos blieb. Durch die geöffnete Haustür fiel etwas Licht in die Finsternis. Langsam tastete er sich voran.

Er fuhr zusammen, als er etwas hinter sich poltern hörte. Hadice war mit ihren Krücken an einem der Möbelstücke hängen geblieben, mit denen der Flur vollgestellt war.

»Sag doch einen Ton«, flüsterte Henry, der ihr Auftauchen erst jetzt bemerkt hatte.

Hadice staunte, dass sich Sylvia, die es, ihrer Wohnung nach zu schließen, offenbar eher puristisch schätzte, in dieser vollgestopften Bude wochenlang aufhalten mochte.

Henry zog sein Handy hervor. In dem bläulichen Schein des Displays konnte er sich besser orientieren. Er fand den Steuerungskasten der Alarmanlage neben der Tür. Es war ein gängiges Modell. Sekunden später erstarb der ohrenbetäubende Lärm.

»Sylvia, ich bin's, Hadice!«, rief seine Kollegin in die plötzliche Stille.

Henry war inzwischen in den nächsten Raum vorangegangen. Hier funktionierte das Licht. Hadice entspannte sich. Das Herumstolpern im Dunklen hatte an ihren Nerven gezerrt. Sie folgte Henry und schaute sich um. Ganz offensichtlich handelte es sich um die Küche. Der Raum war maximal zuletzt in den Siebzigerjahren renoviert worden. Verblasste Prilblumen, wie sie damals an den Flaschen des Geschirrspülmittels geklebt hatten, schmückten die Fliesen. Hadice kannte sie noch aus der Wohnung ihrer Großmutter, wo sie seit Jahrzehnten ausblichen. In dem Raum fand sich keine Spur davon, dass er in letzter Zeit von irgendwem genutzt worden war. Die Obstschale auf dem Küchentisch war leer und es stand auch kein benutztes Geschirr herum.

»Glaubst du, sie steckt hier irgendwo?«, fragte sie leise.

»Keine Ahnung, jedenfalls weiß sie dann, dass wir da sind.«

Mit gezogener Waffe ging Henry weiter und schaltete das Licht im Wohnzimmer an. Er pfiff leise durch die Zähne. »Hadice, komm rüber«, rief er gedämpft.

Ihr Blick fiel als Erstes auf zwei Gläser, die auf dem Tisch standen. An einem von ihm klebte dunkelroter Lippenstift. »Offenbar hat sie Besuch gehabt.«

»Ich meinte eigentlich das da.« Henry deutete zur Decke.

»Was um alles in der Welt ist das?«, fragte Hadice, als sie das wahnwitzige Drahtgespinst betrachtete.

»Keine Ahnung, aber ich bezweifle, dass es sich um einen Dekotipp aus ›Schöner Wohnen‹ handelt.«

Hadice starrte noch immer unbehaglich an die Decke. »Ich finde, es sieht aus wie ein gigantisches Spinnennetz.«

»Fragt sich nur, wo die Spinne ist.«

Henry ließ sie allein in dem großen Wohnzimmer stehen, dessen Decke durch das Drahtgeflecht noch tiefer und erdrückender erschien, und stieg die Treppe in den ersten Stock hinauf. Auch hier war alles dunkel und still. Im Schlafzimmer des Ehepaares waren die Bettdecken abgezogen. Auf der Kommode lag ein leichter Staubfilm. Das angrenzende Zimmer hatte früher einem Kind gehört und war mit dem Zeitpunkt seines Auszuges erstarrt. Vergilbte Poster einer Popband hingen an der Wand. In den Regalen standen Schulbücher der Oberstufe: Integralrechnung, Evolutionsbiologie, organische Chemie. Das dritte Zimmer diente offenbar als Abstellraum für Bügelbrett, Kartons unbekannten Inhalts und ausrangiertes Mobiliar.

Als er die Treppe wieder hinunterstieg, stand Hadice immer noch mitten im Zimmer und betrachtete die Decke, als versuchte sie, in dem Gespinst eine Antwort auf die vielen Fragen zu finden, die sie hatte, und deren drängendste war: Wo ist Theo?

»Oben sieht es auch nicht so aus, als hätte sie sich länger hier aufgehalten. Vielleicht hat die Nachbarin sich geirrt.«

»Was ist mit dem Keller?«, fragte Hadice und erwachte aus ihrer Erstarrung. »Wenn sie jemand gefangen hält, dann doch sicher im Keller.«

Sie fischte zwei Beweismitteltüten aus ihrer Handtasche, zog die Latexhandschuhe über und machte sich daran, die Gläser einzupacken – das mit dem Lippenstift und das ohne, von dem sie sicher war, dass Theo erst vor ein paar Stunden daraus getrunken hatte.

»Warte hier, ich gehe nachschauen.« Henry öffnete die Tür zum Keller, die sich in der Küche befand. Er stutzte. Ganz schwach schien dort unten ein bläulicher Lichtschein zu schimmern. Er knipste das Licht an. Anders als die Treppe in den ersten Stock war diese aus rohem, dunklem Holz gezimmert. Sie war sehr steil.

Henry fluchte, als er sich den Kopf an der niedrigen Decke stieß. Unten angekommen, stellte er fest, dass er nicht aufrecht stehen konnte. Er blickte sich um, entdeckte aber nur das übliche Kellerinventar. Eine Waschmaschine, eine brummende Tiefkühltruhe, Regale voller Konserven, Gläser mit selbst gekochter Marmelade, staubige Weinflaschen. Aber nichts, was den bläulichen Schimmer erklären konnte. Am Ende des Raumes befand sich eine schwere Stahltür. Er öffnete sie und hatte die Quelle des Lichts gefunden.

Der Raum war eingerichtet. An einer Wand stand eine Pritsche, darauf ein Schlafsack, daneben ein Campingtisch, auf dem ein Laptop thronte. Er war aufgeklappt und aktiviert. Henry trat näher heran und erkannte, dass er das Bild der Straße vor dem Haus zeigte.

»Ich fasse es nicht«, sagte er, »eine Überwachungskamera.« Die Haustür von Evi Liebermann war gut zu erkennen. Einer Eingebung folgend legte er die Hand auf die Sitzfläche des Stuhls, der vor dem Tischchen stand. Sie war noch warm. Abrupt richtete er sich auf und stieß sich dabei erneut den Kopf an der Decke. Aus den Augenwinkeln nahm er eine Bewegung wahr. Er fuhr herum und sah, wie sich die Tür hinter ihm geräuschlos schloss. Mit einem Satz katapultierte er sich voran, um sich mit der Schulter dagegenzuwerfen. Doch noch im Sprung hörte er das Geräusch des Riegels, der von außen vorgeschoben wurde.

»Theo ist jedenfalls aus irgendeinem Grund davon überzeugt, dass die ganze Sache etwas mit Sanna zu tun hat«, sagte Hanna.

»Dann sollten wir zusehen, dass wir sie irgendwie aufstöbern. Wo steht Theos Rechner?« Fatih zog angesichts von Theos PC die Augenbrauen hoch. Für seine anspruchsvollen Begriffe war das zwei Jahre alte Gerät vollkommen veraltet.

Er startete den Rechner und trommelte mit den Fingern, weil es ihm nicht schnell genug ging.

Lilly hatte es sich mit Paul auf der Couch im Büro bequem gemacht, neben ihr saß May, die die Füße hochgezogen hatte und mit ihren dünnen Beinen und schmalen Schultern selbst noch wie ein Mädchen wirkte. Hanna hatte sich auf der tiefen Fensterbank niedergelassen. Lars stand mit überkreuzten Armen an den Türrahmen gelehnt. Und alle Augen waren auf Fatih gerichtet.

Auf dem Monitor erschien die Eingabemaske für den Benutzernamen und das Passwort. Fatih versuchte, sie zu überspringen, musste aber feststellen, dass Theo tatsächlich ein Passwort festgelegt hatte. Er blickte über die Schulter in die Runde. »Kennt einer von euch zufällig Theos Benutzerdaten?«

Hanna zuckte mit den Schultern.

»Keine Ahnung«, sagte Lars.

»Versuch es mit ›Nadeshda‹«, sagte May leise.

Fatih wandte sich wieder dem Bildschirm zu. Er gab ›Theo‹ als Benutzername ein und dann ›Nadeshda‹ als Passwort. Es funktionierte nicht. Er versuchte ›theo‹ und ›nadeshda‹ in Kleinschreibweise. Wieder Fehlanzeige. Er tippte ›theomatthies‹ und dann ›nadeshdamatthies‹. Endlich öffnete sich die Startseite.

Hanna spürte, wie sich ihr Herz kurz zusammenzog. Lächerlich, schalt sie sich. Sie selbst hatte noch Jahre nach der Scheidung ›freiburg1999‹ als Passwort benutzt – Ort und Jahreszahl, an dem sie ihren Exmann kennengelernt hatte. Quer durch den Raum blickte Lars sie wissend an. Sie wurde rot.

»Ich brauche jetzt alle Fakten zu dieser Sanna, die ihr habt«, sagte Fatih.

Leider waren diese dünn gesät.

»Die Familie ist nach dem Vorfall ausgewandert, hat Hadice erzählt«, sagte Hanna.

»Wisst ihr, wohin?«

»Hadice erwähnte Kanada, glaube ich.«

»Und wie heißt sie mit Nachnamen?«

Hanna überlegte. Sie war sich sicher, dass Theo den Namen genannt hatte. Aber er wollte ihr einfach nicht mehr einfallen. Die meiste Zeit hatte er einfach von Sanna gesprochen.

»Rufen wir doch einfach Benno an«, sagte Lars.

Hanna ließ sich von der Fensterbank gleiten. Sie ging zu ihrer Tasche, die noch am Küchenstuhl baumelte, zog ihr Handy hervor und sah die Anruferliste durch. »Mist, er hat die Rufnummernunterdrückung aktiviert. Wir könnten vielleicht Hadice fragen«, sagte sie zögerlich, »Aber die hat jetzt sicher ganz anderes um die Ohren.«

Sie setzte sich an den Küchentisch und sah noch einmal systematisch das Sammelsurium in Theos Erinnerungsschachtel durch. Sie zog ein Klassenfoto hervor, auf dem sie auch Sanna entdeckte. Sie drehte es um. »Juni 1992« stand darauf. Und dann die Namen der Mitschüler. Inklusive der Nachnamen. Sie ließ das Foto auf den Schoß sinken.

»Sörgel«, verkündete sie. »Sie heißt Sanna Sörgel.«

Fatih gab den Namen in eine spezielle Suchmaschine ein, die zum Auffinden von Personen entwickelt worden war. »Nichts. Für Sanna Sörgel hab ich keinen einzigen Treffer. Das ist ein Ding.« Für ihn war es unvorstellbar, wie man in Zeiten des Internets so unsichtbar bleiben konnte.

»Stimmt.« Hanna massierte sich die Schläfen, hinter denen sich ein zunehmender Druck bemerkbar machte. »Ich glaube, Theo hat das auch schon probiert.«

»Was ist mit den Eltern?«, fragte Fatih.

»Ich hab keine Ahnung, wie die heißen, du vielleicht?« Hanna blickte zu Lars.

»Nein. Wirklich nicht. Aber vielleicht können wir einen von den Schulkollegen anrufen, die Sanna noch gekannt haben.« Lars kratzte sich am Kopf und verzog das Gesicht. »Irgendwo muss Theo diese Liste haben, die vom Klassentreffen, meine ich.«

»Die hängt am Kühlschrank«, ließ Lilly sich vernehmen. Sie hatte die ganze Zeit über keinen Mucks von sich gegeben in der Hoffnung, man möge sie vergessen und nicht doch noch ins Bett schicken.

Lars pflückte die Zettel ab, die mit einem sargförmigen Magneten an der Tür befestigt waren. Dann wählte er Pias Nummer.

»Hallo?« Pia klang putzmunter.

»Ich bin's, Lars.«

»Großer Gott, hast du einen Schimmer, wie spät es ist?«

»Tut mir leid, aber es ist wichtig.«

Pia knurrte.

»Was weißt du über die Eltern von Sanna Sörgel?«

»Du meine Güte. Warum um alles in der Welt willst du das um die Uhrzeit wissen?«

»Lange Geschichte. Aber es ist wichtig, wirklich.«

»Na gut, lass mich überlegen.« Er hörte ein Schnappen, dann ein knisterndes Geräusch und einen scharfen Atemzug. Er schloss daraus, dass sie sich eine Zigarette angezündet hatte.

»Ich weiß noch, dass ihr Vater Arzt war. Orthopäde. Ich war sogar mal bei ihm wegen meiner Skoliose. Man hat immer ewig warten müssen.«

»Weißt du noch, wie er hieß – mit Vornamen, meine ich?«

Pia schwieg. In der Stille hörte er, wie sie erneut an ihrer Zigarette zog. »Bernhard? Gerhard? Leonhard? Irgendwas mit ›hard‹ am Ende, glaube ich. Aber mehr weiß ich wirklich nicht. Nur, dass er ziemlich gut aussah mit seinen dunklen Locken.«

»Okay, danke dir. Und wenn dir noch was einfällt, ruf mich unbedingt an – egal, wie spät es ist.«

»Ich nehme dich beim Wort, Schätzchen.«

Er gab Pia seine Mobilnummer und beendete das Gespräch.

Grübelnd betrachtete er die Liste in seiner Hand. Wer könnte noch etwas wissen?

»Fragen wir doch Fräulein Huber«, sagte May in die Stille. »Die kennt Gott und die Welt und hat ein Gedächtnis wie ein Elefant.«

Wie in jedem Jahr hatte Fräulein Huber sich auch dieses Mal wieder im Juni in die Sommerfrische aufgemacht, wie sie es nannte. Dann fuhr sie mit der Bahn die achthundert Kilometer bis nach München, in ihre alte Heimat, wo noch immer ihre Schwester lebte. Drei Wochen im Jahr tauchte sie ein in ihr bayerisches Element, trank viele Radlermaß und den einen oder anderen Russ' – ein Mixgetränk aus Weißbier und Zitronenlimonade. Aß große fleischige Brezen mit Obazda – einer bayerischen

Biergartenspezialität, die im Wesentlichen aus zerdrücktem Camembert, Frischkäse und Paprika bestand, und kraulte mit der verblüffenden Eleganz einer Seekuh durch den Starnberger See.

Jetzt saß sie satt und zufrieden mit ihrer Schwester auf dem winzigen Hinterhofbalkon der Schwabinger Wohnung, streichelte die Katze auf ihrem Schoß und genoss die warme Nachtluft. Mehr als dreißig Jahre hatte sie zuerst Theos Vater und dann Theo selbst dabei geholfen, die Leichen zurechtzumachen. Über jede einzelne von ihnen hatte sie eine Notiz in ein kleines schwarzes Heft geschrieben, das sie immer mit sich herumtrug. Der erste Tote war Herbert Brenner gewesen, den es im Herbst 1975 im Alter von siebenundachtzig Jahren beim Beischlaf mit seiner sehr viel jüngeren Frau dahingerafft hatte. Die letzte und exakt die dreitausendste Leiche war Anja Köppke, dreiundfünfzig, die sich das Leben genommen hatte. Noch immer hatte Fräulein Huber auf ihrem Mobiltelefon eine besondere Melodie für das Bestattungsinstitut Matthies gespeichert, sodass sie auch jetzt sofort wusste, woher der späte Anruf kam.

Sie grub das uralte Handy aus ihrer voluminösen Handtasche, die sie stets bei sich trug. »Ja mei, des ihr a oide Frau net amal im Urlaub in Ruhe lassen könnt«, sagte sie mit gespieltem Zorn.

»Ich bin's, Fräulein Huber, May.«

Es ist typisch für May, sich nicht lange mit Entschuldigungen ob der späten Störung aufzuhalten, dachte die Huber. »Was gibt's denn, Schatzerl?« Sie sah die zierliche junge Asiatin vor sich, die sie höchstpersönlich als ihre Nachfolgerin angeschleppt hatte, als sie selbst zu Theos Entsetzen in den Ruhestand gegangen war. Das Mädchen war ein Goldstück.

»Erinnern Sie sich an einen Dr. Sörgel? Der muss in den Neunzigerjahren in Wilhelmsburg praktiziert haben. Als Orthopäde, glaube ich …«

»Der Dr. Sörgel? Freilich kann i mi an den erinnern. A fesches Mannsbild ist der gewesen, hat aber die Nas schon recht hoch getragen, der Herr Doktor. Zu dem bin i einmal gegangen und dann nimmer.«

May sah ihre Hoffnung, Informationen aus Fräulein Huber herauszubekommen, schwinden. »Wissen Sie zufällig, wie er mit Vornamen hieß?«

Fräulein Huber musste nicht lange überlegen: »Gerhard hat der geheißen, Dr. Gerhard Sörgel.«

May blickte zu Fatih hinüber und hob den Daumen. »Er heißt Gerhard.«

»Und warum, bittschön, rufst a oide Frau dafür mitten in der Nacht an?«, fuhr Fräulein Huber fort.

»Das ist ein bisschen kompliziert.« May zögerte. Sollte sie Fräulein Huber von Theos Verschwinden berichten? Sie hatte ihn schon als kleinen Jungen gekannt und hing an ihm. Sie beschloss, vorerst nichts zu sagen. »Hören Sie, Fräulein Huber, ich erklär's Ihnen später, aber jetzt hab ich's gerade ein bisschen eilig.«

»Gib mir mal den Theo«, sagte Fräulein Huber argwöhnisch.

»Der ist nicht da, tut mir leid.« Mays Stimme klang ungewohnt kleinlaut.

»Maderl, was ist da überhaupt los bei euch?«

Und so kam May nicht umhin, Fräulein Huber haarklein alles zu berichten, während Fatih sich bereits in die Tiefen des World Wide Web begab, auf der Suche nach Dr. Gerhard Sörgel in Kanada.

»Welche Sprache ist da eigentlich verbreiteter – Englisch oder Französisch?«, wollte er wissen.

»Englisch«, sagte Lars.

Und so stellte Fatih die Suchmaschine zunächst so ein, dass sie bevorzugt englischsprachige Seiten vorschlagen würde.

»Und?«, fragte Hanna, die näher gekommen war und ihm über die Schulter spähte.

»Nada.« Fatih deutete auf den Bildschirm, »›Sörgels‹ beziehungsweise ›Soergels‹ mit ›oe‹ gibt es ein paar, aber keinen Gerhard.«

Er veränderte erneut die Optionen der Suchmaschine, sodass nun Französisch bevorzugt wurde – und landete einen Treffer. Er rief die Seite des niedergelassenen Orthopäden Dr. Gerhard Sörgel in Montreal auf. Anschließend öffnete er den Link ›l'équipe du cabinet médical‹, unter dem sich die Fotos aller Mitarbeiter fanden. Sörgel war trotz der tiefen Falten, die sich um seine Mundwinkel gegraben hatten, ein gut aussehender Mann Mitte sechzig mit vollem, grau meliertem Haar.

»Das muss er ganz einfach sein.« Hanna notierte sich die angegebene Praxisnummer.

Sie kamen überein, dass Hanna, die gut Französisch sprach, den Anruf übernehmen sollte.

»Wie spät ist es da jetzt überhaupt?«

Fatih suchte nach der aktuellen Quebec-Time im Netz. »16 Uhr – Teatime.«

»Aber da ist auch Sonnabend. Ich glaube kaum, dass er den in seiner Praxis verbringt.« Trotzdem machten sie einen Versuch. Nach dreimaligem Klingeln sprang der Anrufbeantworter an. Sprechstunde Montag bis Freitag 7.30 Uhr bis 17.00 Uhr. Fatih suchte weiter. Und fand einen Soergel, G. in der Avenue Montrose im feinen Stadtteil Westmount. Er schrieb die Nummer auf einen Zettel und reichte ihn Hanna.

Sie holte tief Luft und wählte die dreizehnstellige Ziffernfolge. Die anderen richteten ihre Blicke auf sie, sogar der Mops spürte die Spannung im Raum und setzte sich aufrecht hin, den Blick fest auf Hanna geheftet. Sie wandte sich ab und trat, das Telefon am Ohr, zum Fenster.

In 5750 Kilometern Entfernung eilte eine schlanke, nicht mehr junge Frau zum Telefon. In der Hand hielt sie eine Gartenschere, mit der sie soeben die verblühten Rosen abgeknipst hatte. »Allo, oui?«, sagte sie und wischte sich mit dem Handrücken den Schweiß von der Stirn.

»Bonjour, je m'appelle Hanna Winter. Desolé de vous déranger le samedi après-midi, Madame.«

Die Frau in Montreal wunderte sich kurz, dass die tiefe Stimme am Telefon einer Frau gehören sollte. »Ne vous inquiétez pas«, sagte sie dann. Erst dann registrierte sie den deutschen Akzent und die Hamburger Vorwahl. Sehr vorsichtig legte sie die Gartenschere auf das Telefontischchen aus poliertem Nussbaumholz.

»Verzeihung, aber können wir deutsch sprechen?«, fragte die Stimme jenseits des Ozeans.

Melanie Sörgel zögerte. »Ja, natürlich.«

»Bin ich richtig beim Anschluss von Dr. Gerhard Sörgel, vormals Orthopäde in Hamburg-Wilhelmsburg?«

»Das stimmt«, sagte die Arztfrau.

»Ich bin auf der Suche nach Ihrer Tochter. Sanna.«

Melanie Sörgel spürte, wie ihr schwindelig wurde. Sie presste das Telefon gegen ihre Brust, in der ihr Herz plötzlich das doppelte Tempo eingeschlagen hatte. Sie holte tief Luft. Dann beendete sie das Telefonat ohne ein weiteres Wort.

Hanna drehte sich wieder zu den anderen herum. »Aufgelegt«, sagte sie verblüfft.

KAPITEL 29

Hadice stand noch immer in der Mitte des Wohnzimmers, als aus dem Keller plötzlich dumpfe Geräusche drangen. Was zum Kuckuck treibt der Kerl da unten?, dachte sie. Sie verfluchte ihren gebrochenen Knöchel, der sie langsam und unbeweglich machte. Der Raum mit den heruntergelassenen Jalousien wirkte klaustrophobisch. Sie wandte sich um, um die Fenster zu öffnen, als sie eine Stimme hinter sich hörte: »Hadice, was mache ich bloß mit dir?«

In der Tür stand Sylvia. Sie sah vollkommen gelassen aus. In ihrer Hand hielt sie einen schwarzen Gegenstand, den Hadice nicht einordnen konnte.

»Ich bin jedenfalls keine Antimaterie, die du einfach verpuffen lassen kannst.« Hadice lächelte schief.

»Wie kannst du dir da so sicher sein?«, fragte Sylvia, und Hadice dachte kurz: Ja, wieso eigentlich?

»Wo ist Theo?« Sie war grimmig entschlossen, sich von keinerlei elementarphysikalischen Fragestellungen ablenken zu lassen.

»Theo hat eine Mission zu erfüllen.« Sylvia runzelte die Stirn. »Eine wichtige. Und ich bin mir gerade nicht sicher, auf wessen Seite du stehst. Ob du die Sache behinderst oder unterstützt.«

»Was denn für eine Mission?«

»Aber das hab ich euch doch erzählt. Es geht immer noch um die Balance.«

Okay, dachte Hadice, die Frau ist komplett durchgeknallt. Und es ist an mir, sie irgendwie in den Griff zu kriegen.

Unten im Keller hatte Henry aufgehört zu toben und sich stattdessen an den Computer gesetzt. Nicht nur die Straße, auch das Innenleben des Hauses war videoüberwacht, stellte er fest. So konnte er verfolgen, was im Wohnzimmer vor sich ging. Und er dachte: Egal, wie verrückt sie ist, sie hat recht. Damals ist so viel schiefgelaufen. Und das muss jetzt irgendwie wieder geradegerückt werden.

»Ist er noch hier?«, fragte Hadice unterdessen ein Stockwerk über ihm. Ihr Herz raste.

»Nein.« Sylvias Blick war vollkommen klar, was ihre surrealen Gedankengänge umso unheimlicher machte. »Er musste gehen. Das ist Teil des Plans.«

»Was für ein Plan?«

»Deine Frage zeigt nur, dass du nicht Teil davon bist.«

Holy Shit, dachte Hadice. »Wo zum Kuckuck ist er hin?«, versuchte sie es noch einmal und ging einen Schritt auf Sylvia zu.

Im Keller musste Henry hilflos mit ansehen, wie Sylvia den schwarzen Gegenstand in ihrer Hand hob und dieser einen leuchtenden Bogen zu Hadice schlug, die daraufhin erst auf die Knie sank und dann zu Boden.

Sie lag ganz still. Nur ihre Hände und Füße zitterten leicht.

»Willkommen im machtvollen Reich der Elektronen«, sagte Sylvia.

Hinter Hadices geschlossenen Augen flimmerte es. Verdammt, dachte sie, das war ein Stromschlag der Extraklasse. Nachdem der erste, überwältigende Schock abgeebbt war, spürte sie nur noch eine brennende Stelle an der Schulter, wo der Schlag sie getroffen hatte. Sie wusste, dass solche Elektroschocker ungefährlich waren, sofern man nicht gerade einen Herzschrittmacher besaß. Es fühlte sich allerdings überhaupt nicht ungefährlich an. Sämtliche Muskeln versagten ihr den Dienst. Sie lag hilflos da wie eine gestrandete Qualle – als besäße sie weder Knochen noch Muskeln.

»Tut mir leid, aber es ging nicht anders, das wirst du sicher einsehen«, hörte sie Sylvias Stimme.

Nur mühsam gelang es Hadices aufgescheuchten Nervenzellen, die Befehle des Gehirns wenigstens so weit weiterzuleiten, dass sie die Lider heben konnte. Sylvia stand vor ihr und betrachtete sie forschend.

»Na also«, sagte sie, als sie Hadices Blick bemerkte.

Auf der Straße vor dem Haus hielt ein Streifenwagen. Michael Düsterwald und sein Kollege Ole Rasmus waren der Bitte um Verstärkung als Erste gefolgt. Düsterwald schaltete das Licht aus und stellte den Motor ab. Sie stiegen aus dem Wagen und sahen sich wachsam um.

»Alles ruhig«, bemerkte Rasmus.

»Aber die Haustür ist auf.«

Sie warfen sich einen kurzen Blick zu. »Gehen wir rein«, sagte Düsterwald.

Sie schlichen durch den Vorgarten und betraten dann das Haus.

Hadices Augen richteten sich auf die Tür. Auch Sylvia hatte etwas gehört – leichte Schritte, die auf dem Kies knirschten, und dann die Haustür, die etwas über den Teppich in der Diele schleifte. Sie legte warnend den Finger auf die Lippen und verzog sich dann rechts neben die Tür zum Flur.

Wie er es in der Ausbildung gelernt hatte, glitt Düsterwald rasch durch die Tür und stellte sich unmittelbar daneben mit dem Rücken zur Wand. Dann sicherte er den Raum, bereit, jederzeit abzudrücken. Ole folgte ihm. Düsterwald schwitzte stark. Die Pistole in seinen Händen fühlte sich glitschig an.

Noch nie hatte er auf einen Menschen schießen müssen. Das war etwas anderes als die regelmäßigen Schießübungen, die er absolvieren musste. Im Haus herrschte noch immer Totenstille. Der Schweiß rann ihm inzwischen sein Rückgrat hinunter. Er blieb abrupt stehen, sodass Rasmus fast gegen ihn geprallt wäre. Durch eine geöffnete Tür konnten sie eine junge Frau am Boden liegen sehen. War sie verletzt? Düsterwald konnte kein Blut erkennen.

Hadice bemerkte eine Bewegung aus den Augenwinkeln. Es gelang ihr, den Kopf zu drehen. Ein Polizist in Uniform ging, die Waffe im Anschlag, geradewegs auf sie zu. In wenigen Schritten würde er in Reichweite von Sylvias Elektroschocker sein. Sie stöhnte. Nicht!, wollte sie rufen. Doch sie brachte nur ein unartikuliertes Grunzen hervor.

Im Keller verfolgte Henry das Geschehen gebannt am Monitor. Die Überwachungskamera für das Wohnzimmer war so eingestellt, dass er sowohl die am Boden liegende Hadice als auch die neben der Tür lauernde Sylvia im Blick hatte. Was hatte sie nur vor? Er bemerkte, dass Hadice ruckartig den Kopf hob und heftig schüttelte. Ihre Arme bewegten sich unkontrolliert. Dich hat es ganz schön erwischt, mein Mädchen, dachte er besorgt. Da nahm er eine weitere Bewegung wahr. Im Flur hinter dem Wohnzimmer brannte zwar kein Licht, weswegen er nichts Genaues erkennen konnte, doch da war zweifellos noch jemand. Die Kollegen, dachte er. Endlich! Zähneknirschend musste er mit ansehen, wie Sylvia langsam den Elektroschocker hob.

Michael Düsterwalds Atem ging schnell und flach. Hadice machte komische Geräusche und wackelte heftig mit dem Kopf. Erst da bemerkte er eine Person, die sich aus dem Schatten löste und einen Schritt auf ihn zumachte. In der Hand hielt sie einen bedrohlich wirkenden schwarzen Gegenstand. Düsterwald fuhr herum, zögerte den Bruchteil einer Sekunde. Dann schoss er.

Henry sah das Aufblitzen des Mündungsfeuers. Der Knall des Schusses drang bis zu ihm in den Keller. Sylvia erstarrte. Dann machte sie unbeirrt einen weiteren Schritt auf Düsterwald zu.

Der Polizist fixierte sie verstört. Das ist ja wie in einem Zombiefilm, dachte er. Sie war so nah gewesen, er konnte sie unmöglich verfehlt haben. Er sah, wie sie lächelte und den schwarzen Gegenstand auf ihn richtete.

»Der Lauf des Universums lässt sich nicht aufhalten«, sagte sie freundlich. Dass der Schuss aus nächster Nähe sie nicht getroffen hatte, wunderte sie nicht. Sie löste den Stromstoß aus. Düsterwalds Augen verdrehten sich und er sank auf die Knie.

Ole sah einen blauen Blitz und dann seinen Kollegen stürzen. Verdammt, was war das? Er machte einen Schritt durch die Tür und stand einer schlanken Frau mit langem Haar gegenüber. Sie lächelte ihn an.

»Verdammt Junge, nun schieß schon«, brüllte Henry. Dann sah er Sylvia taumeln. Sie stürzte auf die Knie. Das reichte, um Ole aus seiner Erstarrung zu lösen. Er kickte der Angreiferin die Waffe aus der Hand und warf die Frau dann zu Boden. Erst jetzt bemerkte Henry, was sie zu Fall gebracht hatte. Hadice war es gelungen, eine ihrer Krücken zu packen und Sylvia damit die Beine wegzuziehen. Henry atmete laut aus. Er keuchte, als sei er selbst beteiligt gewesen. »Erstklassige Leistung, Frau Kommissarin.« Kurz darauf hörte er, wie der Riegel vor seinem Verließ beiseitegeschoben wurde.

KAPITEL 30

»Keine Spur«, sagte Hadice gerade mal zwanzig Minuten später, »weder von Theo noch von Nathalie.« Sie saß auf einer Liege im Krankenhaus, wo man sie gegen ihren Protest gründlich durchgecheckt hatte, und benutzte widerrechtlich ihr Mobiltelefon.

Hanna stöhnte am anderen Ende der Leitung auf. »Das gibt's doch nicht!«

»Wir haben alles abgesucht, wirklich buchstäblich jede Ecke. Da war niemand und es sieht auch nicht so aus, als gäbe es da irgendein Versteck, in dem sie jemanden hätte gefangen halten können.«

»Vielleicht hat sie noch irgendwo anders einen Unterschlupf.«

»Das können wir natürlich nicht ausschließen.« Hadice knabberte frustriert an ihrem Daumennagel. »Die Kollegen verhören sie gerade. Und sie haben auch ihren Psychiater herbeigeschafft.«

Hanna hörte an ihrer Stimme, wie sehr es sie umtrieb, nicht dabei sein zu können.

Dr. Martin Franke betrachtete die Wand vor sich interessiert. Darauf hatte Henry mit einem Beamer das Bild jener Mindmap geworfen, die sie in Sylvias Wohnung an der Wand klebend vorgefunden hatten. Das Vollbild einer Psychose war etwas, das Franke nach all den Jahren wissenschaftlichen Arbeitens mit der Materie noch immer faszinierte. Je intelligenter der Patient war, desto kunstvoller war das Paralleluniversum, das in seinem Kopf entstand. Und Sylvia Kuhn war zweifellos extrem intelligent.

Er war sich immer der Gefahr bewusst gewesen, dass sie eines Tages eigenmächtig ihre Medikamente absetzen könnte. Die

Pillen hielten nicht nur die psychotischen Schübe in Schach, sie lullten das Gehirn insgesamt ein. Wenn Sylvia Kuhn ihre Antipsychotika einnahm, litt die Brillanz ihres Denkens. Sie hatten lange herumgetüftelt, bis sie eine Dosierung gefunden hatten, die die Patientin in der Realität verankerte, ohne ihr zu sehr die mentalen Flügel zu stutzen.

Aber die Physikerin war mit dem Ergebnis trotzdem nie glücklich gewesen. Er erinnerte sich, wie er mit ihr über den begnadeten Mathematiker und Nobelpreisträger John F. Nash diskutiert hatte, der ebenfalls an Schizophrenie gelitten hatte. Auch er hatte die Tabletten verabscheut, die seinen Geist erlahmen ließen.

»Er hat sie abgesetzt und er ist klargekommen«, hatte Sylvia Kuhn gesagt. Was sie sagte, stimmte. Nash war zwar weiterhin von seinen psychotischen Halluzinationen heimgesucht worden. Aber es war ihm gelungen, sie zu ignorieren.

»Ich könnte es auch versuchen.«

»Die Medikamente heute haben schon viel weniger Nebenwirkungen als zu Nashs Zeiten«, hatte Franke dagegen argumentiert.

»Es ist trotzdem nicht dasselbe.«

»Kommt nicht infrage. Es ist zu gefährlich.« Doch er hatte den trotzigen Blick in ihren Augen gesehen und wusste: Irgendwann würde sie es ausprobieren. Und nun war es offenbar so weit gewesen. Vor einer guten Stunde hatte er sie dazu überreden können, die Tabletten einzunehmen, die ihren Geist wieder aus den Verstrickungen der Wahnvorstellungen herauslocken sollten. Allerdings würde Sylvia noch etwas Zeit brauchen, bis sie zumindest halbwegs wieder in der Realität ankam, die er und die meisten Menschen kannten.

Er war vollkommen fasziniert von der strukturierten Komplexität der Mindmap, die Sylvia angefertigt hatte. Er betrachtete das unübersehbare Zentrum des Netzwerkes genauer.

»Wiedersehen nach siebzehn Jahren«, stand da. Er nahm die

Brille ab und kaute nachdenklich auf einem Bügel herum. In den vielen Stunden, die er im therapeutischen Gespräch mit Sylvia Kuhn verbracht hatte, hatte sie auch aus ihrer Schulzeit berichtet. Franke hatte ein ausgezeichnetes Gedächtnis. Er brauchte seine Unterlagen nicht, um sich an Sylvias Erzählungen von kleinen Schikanen und großen Gemeinheiten zu erinnern. Er nahm nicht an, dass das Mobbing in der Schulzeit Sylvias Krankheit direkt hatte hervorrufen können. Schizophrenie war in hohem Maße genetisch bedingt. Aber Stress konnte zumindest ein Auslöser sein.

Die Einladung zum Abiturtreffen und die damit verbundenen Erinnerungen konnten also durchaus der Hebel für einen erneuten Schub gewesen sein. Insbesondere, wenn Sylvia zuvor bereits eigenmächtig ihre Medikamente abgesetzt hatte. Das ließ zumindest das von Wahn geprägte Gespräch, das er vorhin mit Sylvia geführt hatte, vermuten. Er blickte ungeduldig auf seine Armbanduhr.

Er vertiefte sich noch einmal in die Einladung, die der Projektor an die Wand zeichnete. Dann stieß er einen leisen Pfiff aus. Er drehte sich zu Henry um, der still mit verschränkten Armen an der Wand lehnte.

»Schauen Sie sich das einmal an«, sagte er und deutete auf den Mittelpunkt der Wand. »Sehen Sie diese Einladung?«

Henry nickte.

»Und hier sehen Sie das Datum. Ich meine nicht das der Veranstaltung. Ich meine das des Briefes.« Er presste seinen Zeigefinger auf die Mitte des Bildes.

Henry trat noch einen Schritt näher.

»Zehnter Juni«, las er vor.

»Und wann, haben Sie gesagt, ist das erste Opfer verschwunden?«

Henry blickte ihn an und zog anerkennend die Augenbrauen hoch.

»Mehr als zwei Wochen vorher.«

»Wenn die Einladung also der Auslöser für Sylvias psychotischen Schub war, wie ich vermute …«

»… dann ist es unwahrscheinlich, dass sie etwas mit den Morden zu tun hat.« Henry blies verblüfft die Backen auf. »Warum zum Kuckuck hat sie aber diese irre Mindmap angelegt?«

»Schizophrene Menschen nehmen ihre Umwelt überdeutlich wahr. Alles scheint ihnen daher eine besondere Bedeutung zu haben. Das kann schnell ins Bedrohliche kippen. Darum glauben Psychotiker während eines Schubes auch häufig, sie würden verfolgt. Oder sie glauben an irgendwelche irrwitzigen Verschwörungstheorien.« Franke deutete aus dem Fenster. »Für Sie und mich ist das da unten nur ein Auto, das zufällig vorüberfährt. Für Sylvia Kuhn ist es vielleicht ein Überwachungsfahrzeug des BNDs. Oder es sitzen Außerirdische darin. Denkbar ist alles.«

»Sie meinen, diese Mindmap hat sie nur zusammengestellt, weil sie hinter all diesen Geschehnissen eine geheime Verbindung gewittert hat?«

»Ganz genau. Sylvia Kuhn glaubt an einen elementaren Code, der die Dinge und Ereignisse in der Welt miteinander verbindet. Und den versucht sie zu knacken.«

»Das eigentlich Erschreckende daran ist allerdings, dass sie offenbar mit einigen Verknüpfungen gar nicht verkehrt liegt«, sagte Henry.

Hanna ließ den Cursor der Maus zum rechten unteren Bildrand wandern, sodass die Uhrzeit auf dem Monitor eingeblendet wurde. 00:16 Uhr stand da. Sie saß vor dem Computer in Theos Arbeitszimmer. Hinter ihr hatten sich Lilly, May und Paul zu einem dreifach atmenden Knäuel ineinander verschlungen. Der Mops schnarchte.

Aus der Küche hörte sie das leise Gemurmel von Fatihs und Lars' Unterhaltung. Die beiden schienen sich in den letzten Monaten richtig gut angefreundet zu haben. Hanna lächelte. Sie fand, dass der musizierende junge Türke und der künstlerische Entrümpler gut harmonierten: Beide waren Typen, die aus dem gängigen Raster fielen und ihren eigenen Weg mit großer Selbstverständlichkeit verfolgten. Für Fatih war es sicher gut, nach dem Tod seiner Freundin, der alten Anna, einen anderen Freigeist gefunden zu haben, der ihn auf seinem Weg bestärkte.

Ein kurzes, geisterhaftes Aufscheinen auf dem Bildschirm machte sie darauf aufmerksam, dass eine neue Mail für Theo eingegangen war. Vermutlich Spam, dachte sie im Hinblick auf die Uhrzeit. Trotzdem öffnete sie Theos Postfach.

Der Name des Absenders sagte ihr auf Anhieb nichts, doch das Kürzel der Domain war ihr vertraut: »bnitm.de« stand für das Bernhard-Nocht-Institut für Tropenmedizin.

Neugierig überflog sie den Inhalt. Offenbar stammte das Schreiben von Theos altem Studienkollegen und enthielt eine Liste der Mitarbeiter des Instituts. Haucke Reimers entschuldigte sich für die Verzögerung. »Immerhin ist es mir gelungen, auch die Namen der externen Beschäftigten aufzutreiben«, schrieb er. Als Gegenleistung forderte er ein baldiges Wiedersehen in Form eines feuchtfröhlichen Abends auf Theos Kosten. Hanna hoffte inständig, dass Theo noch in der Lage sein würde, diese Schuld zu begleichen. Sie öffnete den Anhang der Mail und stöhnte. Die Liste war mehrere Seiten lang. Wenn sie die am Bildschirm las, würde sie blind werden.

Sie warf einen bedauernden Blick auf die schlafende Dreiergruppe, stellte dann aber resolut den geräuschvollen Drucker an. Während das Gerät unüberhörbar die Seiten ausspuckte, rappelte May sich auf. Lilly und der Hund grunzten nur unwillig und schliefen weiter.

»Was hast du da?« May kam auf Strümpfen zu ihr herüber.

»Das sind die Mitarbeiter vom Bernhard-Nocht-Institut. Die haben noch am ehesten Zugang zu Tollwutviren.«

Hanna nahm die noch warmen Seiten aus dem Drucker und sah die erste durch.

Sobald sie fertig war, streckte May auffordernd die Hand danach aus und begann ebenfalls zu lesen.

Die Liste war nach Abteilungen und Aufgabengebieten und innerhalb dieser Gruppierungen alphabetisch sortiert. Dahinter standen die jeweiligen Durchwahlen und E-Mail-Adressen.

Erst auf der vorletzten Seite stieß Hanna auf einen Namen, der ihren Blutdruck sofort um mehrere Punkte auf der Skala steigen ließ.

May bemerkte ihren Schreck. »Was ist los?«

»Das gibt's doch nicht! Schau dir das an.« Hanna deutete auf den letzten Namen auf der Seite, der unter der Rubrik »Reinigungskräfte« gelistet war. Sie griff zum Telefon.

Henry und Franke standen noch immer vor der Mindmap, die Sylvias Wahn in ihrer ganzen irrwitzigen Grandiosität so anschaulich darstellte.

Die vielen Zettel und ihre Querverbindungen drehten sich bereits vor Henrys Augen. Wenn er weiter darauf starrte, würde er zweifellos selbst verrückt werden. Er kniff die Augen zusammen, sodass das Bild vor seinen Augen verschwamm. So verschwand die verwirrende Fülle der Details und die Struktur selbst rückte mehr in den Vordergrund. Verblüfft hielt er inne und öffnete die Augen wieder ganz. Jetzt, da das Bild wieder scharf war, konnte er das Muster, das er entdeckt zu haben glaubte, nicht mehr erkennen. Er kniff die Lider wieder zusammen. Da tauchte es wieder auf. Klar und deutlich. Wie hatten sie das übersehen können?

»Für mich sieht es so aus, als ob das Bild ein zweites Zentrum hat«, sagte er dann zögernd zu Franke.

Der Professor nickte bedächtig. »Das Gefühl habe ich auch.« Sie sahen einander kurz an und zeigten zeitgleich auf eine Stelle im oberen linken Bildbereich. Dort klebte ein Porträt, unter dem ein Name stand.

Sie fuhren herum, als die Tür sich öffnete. Hadice kam hereingehumpelt. Ihren Blick konnte Henry nur als triumphierend deuten. Sie hob eine Krücke und deutete auf dieselbe Stelle, auf die der Psychiater und der Ermittler zuvor gestoßen waren.

»Sanna Sörgel«, sagte sie dann. »Theos Freundin Hanna hat ihren Namen gerade auf einer Liste mit Reinigungskräften am Tropeninstitut entdeckt.«

»Auf die sind wir auch gerade gekommen«, sagte Henry.

KAPITEL 31

Sylvia hatte sich auf der Pritsche zu einer embryonalen Kugel zusammengerollt. Schlafend sah sie absolut harmlos aus. Kaum zu glauben, dass diese schmächtige Person mit einem Elektroschocker auf die Kommissarin losgegangen war. Franke weckte sie nur ungern, aber er sah ein, dass es nicht anders ging.

»Wir wissen definitiv, dass Theo kurz vor seinem Verschwinden bei ihr gewesen ist. Ganz abgesehen von der Zeugin, die ihn beschrieben hat, sind seine Fingerabdrücke auf dem Whiskyglas.« Henry hatte ihn beschwörend angeschaut.

»Irgendwas muss er doch zu ihr gesagt haben, wohin er will«, hatte Hadice ergänzt.

Franke legte Sylvia behutsam eine Hand auf die Schulter. Sie zuckte mit keiner Wimper. Er rüttelte sie leicht. Sie schlug die Augen auf. Ihr Blick war schneidend. Franke fragte sich, ob sie den Schlaf nur simuliert hatte. Sie rappelte sich auf, sodass sie sich auf die Ellenbogen stützen konnte. Der Psychiater zog sich einen Stuhl heran und sah ihr ernst in die Augen.

»Frau Dr. Kuhn. Sie müssen mir helfen.«

Sylvia betrachtete ihn argwöhnisch.

»Es ist wirklich sehr wichtig.«

Sylvia schwieg.

»Können Sie mir sagen, wohin Theo Matthies gegangen ist, nachdem er Ihr Haus verlassen hat?«

»Es ist nicht mein Haus.«

»Pardon. Das Haus Ihrer ehemaligen Zieheltern.«

Sylvia schwieg.

»Frau Kuhn!«

»Theo ist in einer Mission unterwegs. Das habe ich Ihnen doch bereits gesagt. Und mehr kann ich zu der Angelegenheit nicht sagen.«

»Aber er ist verschwunden.«

»Dann ist das wohl ein Teil des Plans.«

Franke unterdrückte ein Seufzen. Ganz offensichtlich hatten die Tabletten Sylvia Kuhns Psychose noch nicht wesentlich erschüttert.

»Theo Matthies ist in Gefahr.«

Sylvia lachte. »Das glaube ich kaum.«

»Wenn ich es Ihnen doch sage.«

Sie hob geringschätzig eine Augenbraue.

»Ihm droht das Gleiche wie Ihren ehemaligen Schulkameraden. Sebastian Klasen und Reinhold Lehmann.«

»Und Nathalie Stüven nicht zu vergessen.« Sie runzelte die Stirn. »Aber nicht Theo.«

Franke überlegte kurz, ob Sylvia Kuhn nicht doch eine Rolle in der verwirrenden Angelegenheit spielte. »Aber Theo ist doch auch Teil Ihres Konzepts. Ich meine, die Mindmap, die wir bei Ihnen in der Wohnung gefunden haben.«

»Oh, Sie haben sie also gefunden.« Sie lächelte stolz. »Ist sie nicht wunderbar?«

»Zweifellos.«

»Aber ich glaube kaum, dass Sie den Plan dahinter verstehen.«

Franke musste insgeheim zugeben, dass sie recht hatte. »Aber ich kann erkennen, dass Theo ein Teil davon ist.«

»Genau genommen sind wir alle Teil von allem«, sagte Sylvia.

Franke sah ein, dass er so nicht weiterkam.

»Was ist mit dem Anruf, den Theo bekommen hat?«

Die Physikerin betrachtete ihn erneut argwöhnisch. »Woher wissen Sie davon?«

»Die Polizei hat seine Anruferliste.«

»Verstehe.« Ihr Misstrauen, das ein typisches Symptom ihrer Krankheit war, schien sich für den Moment zu verflüchtigen. Vielleicht schlugen die Medikamente doch schon ein wenig an, hoffte Franke. »Franziska Richter hat ihn angerufen. Auch eine ehemalige Schulkollegin. Daraufhin ist er aufgebrochen und verschwunden.«

»Er wollte zu Sanna Sörgel, nicht wahr?«, wagte Franke einen Vorstoß.

»Wie kommen Sie denn darauf?« Silvia schüttelte den Kopf.

Als Frankes Hoffnungen schon schwanden, sagte sie: »Er wollte nicht zu Sanna. Er wollte zu ihrer Großmutter.«

Als Theo erwachte, fühlte er sich zum ersten Mal in seiner Gefangenschaft hellwach. Der dumpfe Nebel war aus seinem Kopf verschwunden. Neben ihm lag Nathalie auf dem Lager und schlief offensichtlich fest.

Sein Mund war trocken wie ein ägyptisches Wadi. Was zum Teufel hatte diese Wahnsinnige ihnen bloß verabreicht, als sie so urplötzlich im Verlies aufgetaucht war? Sie hatte erst Theo und dann Nathalie ein Paar Handschellen zugeworfen, die sie sich gegenseitig anlegen mussten. Anschließend hatte sie beide gezwungen, ein Glas mit Wasser zu leeren, das ganz offensichtlich kein reines H_2O enthalten hatte.

Erst jetzt fiel ihm die Spritze wieder ein, die er in ihrer Hand blitzen gesehen hatte. Er stöhnte. Vermutlich hatte sie ihn spätestens jetzt auch infiziert. Auf den Zinnober mit dem Fledermausbiss hatte sie wohl diesmal ganz einfach verzichtet. Er merkte, wie sich langsam Panik in ihm ausbreitete, und bewunderte Nathalie, die sich schließlich seit Tagen in der gleichen Situation befand, für ihre Gefasstheit. Hektisch tastete er mit beiden Händen seinen Hals ab und fand tatsächlich eine leicht geschwollene Stelle. War das ein Einstich oder ein Pickel? Mit einem Ruck erhob er sich und griff die Wasserflache vom Tisch.

Gierig trank er. Das kalte Wasser in seinem Magen ließ ihn ruhiger werden.

Wie konnte Sylvia ihm das antun? Die Frau musste wirklich vollkommen irre sein. Er hatte ihr nie im Leben etwas angetan. Okay, er hatte ihr auch nicht geholfen, aber ihn dafür so elendig verrecken zu lassen? Dabei hatte sie ihn noch geküsst.

Er erinnerte sich jetzt, wie er sie freundlich, aber bestimmt weggeschoben hatte. Und dann hatte er ihr von Hanna erzählt. War es das gewesen? War sie beleidigt gewesen, weil er sie verschmäht hatte? So gekränkt, dass sie ihn umbringen wollte? Himmel, da blieb er angesichts der Versuchung einmal standhaft und nun hatte er den Schlamassel.

Weitere Details fielen ihm ein. Dass sein Handy sich gemeldet hatte beispielsweise, mit dem schrecklichen Tony-Marschall-Schlager, den ihm Lilly untergejubelt hatte. Er trank noch einen Schluck Wasser, langsam diesmal, und merkte, wie sich die Puzzleteile seiner Erinnerung weiter ineinanderfügten.

Richtig, Franziska hatte ihn angerufen! Ihr war eingefallen, dass Sanna eine Großmutter hatte, die sie sehr mochte. »Bestimmt weiß doch die Oma, wo ihre Enkelin abgeblieben ist«, hatte sie gesagt. Sie würde in einem kleinen Häuschen ganz am Anfang des Feldrains wohnen. Die Hausnummer wüsste sie nicht mehr. »Aber du kannst es nicht verfehlen. Es ist knallpink.«

Theo hatte sofort gewusst, von welchem Haus sie sprach.

Nach einem Blick auf die Armbanduhr hatte er entschieden, noch vor dem Termin mit den Angehörigen einer Verstorbenen kurz dort vorbeizufahren. Es lag sowieso auf dem Weg.

Das Haus machte einen etwas vernachlässigten Eindruck. Der Rasen war kniehoch gewachsen und der knallbunte Anstrich blätterte in großen Fladen von den Wänden.

Die Gartenpforte hing schief in ihren Angeln, sodass sie über den Kies schrapte, als er sie aufdrückte. Aber die Fenster funkelten sauber in der Abendsonne und auf einer Bank neben der Haustür lagen eine Strickjacke und ein aufgeschlagenes Buch, das offenbar schon einige Jahrzehnte auf dem Buckel hatte. »Gösta Berling« von Selma Lagerlöf entzifferte er, als er die Klingel drückte. Bestimmt hatte Sannas Großmutter den Roman schon viele Male gelesen.

Doch die Frau, die ihm die Tür öffnete, war nicht älter als er selbst.

»Hallo, Theo«, hatte sie gesagt. Und dann hatte sie ihm eins übergebraten. Zumindest wies die enorme Beule auf seinem Kopf darauf hin.

Abrupt ließ er die Wasserflasche auf den Tisch knallen und ging zurück zu Nathalie. Er packte sie mit seinen gefesselten Händen an der Schulter und rüttelte sie leicht.

Sie stöhnte.

»Nathalie, komm schon.«

Im Zwielicht sah er, wie sie langsam die Augen öffnete. »Lass mich«, sagte sie, »mir geht's nicht gut.« Offenbar hatte sie auch eine ordentliche Dosis K.-o.-Tropfen erhalten, oder was die Irre ihnen sonst eingeflößt hatte.

»Es war gar nicht Sylvia, die uns gekidnappt hat.«

»Ist mir egal«, murmelte Nathalie.

»Glaubst du, es ist Sanna gewesen?«

Er war sich selbst unsicher. Es war so viele Jahre her. Und er hatte die Frau an der Tür nur kurz gesehen, bevor sie ihn ausgeknockt hatte. Und später, als sie noch zu ihnen ins Verließ gekommen war, hatte er so gut wie gar nichts erkennen können. Sie hatte im Gegenlicht in der offenen Tür gestanden und ihnen sofort befohlen, sich mit dem Gesicht zur Wand zu drehen.

»Nathalie?« Er sah, dass sie die Augen wieder geschlossen hatte. »Nathalie, komm schon, kann es Sanna gewesen sein?«

»Ich weiß nicht, Theo«, flüsterte sie gequält. Erst jetzt bemerkte er, dass ihr Atem flach und stoßweise ging und der Körper unter seiner Hand schweißnass und glühend war.

»Du hast ja Fieber«, sagte er erschrocken.

Sie öffnete die Augen. »Und wir wissen beide, was das zu bedeuten hat.«

KAPITEL 32

Zwei Einsatzwagen der Polizei durchquerten das schlafende Wilhelmsburg. Dieses Mal wollten sie auf Nummer sicher gehen. Es war inzwischen kurz vor zwei. Auf dem von dichtem Grün umwucherten Papenbrack quakte eine aufgeschreckte Ente. Eine Katze huschte vor ihnen über die Straße, sodass der Fahrer bremsen musste. Ansonsten war alles still.

Sie hatten das Haus von Sannas Großmutter schnell ermitteln können. Der virtuelle Zugriff auf die Grundbuchdatei funktionierte auch mitten in der Nacht. Glücklicherweise hatte es sich um die Großmutter väterlicherseits gehandelt, sodass der Name Sörgel ausreichte, um sie aufzuspüren: In Wilhelmsburg gab es nur einen einzigen Eintrag auf diesen Namen. Die alte Dame, so hatte ein Blick in das Melderegister ergeben, lebte inzwischen offenbar in einem Pflegeheim.

Als sie an dem Haus vorbeifuhren, erinnerte sich Hadice wieder an das Gebäude und auch an die alte Frau, die darin gelebt hatte. Als Mädchen hatte sie sich gewünscht, später in genau so einem Haus wohnen zu dürften.

Es war kleiner als die angrenzenden Häuser. Die pinkfarbenen Mauern waren von Kletterrosen umrankt, die inzwischen wild nach allen Seiten wucherten. Im Garten standen Obstbäume, der Rasen war hoch gewachsen und voller Blumen, sodass die kleine Vogeltränke darin fast verschwand. Die alte Frau hatte bei jedem Wetter draußen gewerkelt, daran erinnerte sich Hadice. Im Herbst trug sie Gummistiefel, im Frühling und Sommer hölzerne Clogs. Das Haar hatte sie stets mit einem Kopftuch aus dem Gesicht gebunden, so wie die Frauen in den Vierzigerjahren es getragen hatten, als Babette Sörgel noch jung gewesen sein musste.

Sie hielten ein Stück weit von dem Haus entfernt. Der Einsatzleiter gab der Sturmmannschaft leise Anweisungen. In ihren schwarzen Ausrüstungen mit den dunklen Helmen sahen sie aus wie Klone von Darth Vader aus Star Wars. Hadice und Henry sollten warten, bis die Mannschaft die Lage gesichert hatte.

Der Mond kam hinter einer Wolke hervor und tauchte die Szene in ein unwirkliches Licht. Der Schlafmangel und der erneute Adrenalinstoß bewirkten, dass Hadice meinte, neben sich zu stehen. Sie beobachtete, wie die dunklen Gestalten lautlos durch den blühenden Garten huschten und sich um das Haus herum verteilten. Der Großeinsatz schien angesichts des friedlich dastehenden Häuschens grotesk. Doch erst beim letzten Mal hatten sie schmerzlich feststellen müssen, wie schnell man sich täuschen konnte. Zwei der Männer positionierten sich links und rechts vom Eingang. Auf einen Funkbefehl hin, den Hadice und Henry nicht hören konnten, drang die Einsatztruppe zeitgleich in das Gebäude ein.

Es dauerte vielleicht drei Minuten, bis einer von ihnen wieder in der offen stehenden Haustür auftauchte. Er hob einen Arm und bedeutete ihnen herbeizukommen.

»Mist«, sagte Henry.

Hadice wusste, warum er fluchte. Dass es so schnell gegangen war, verhieß nichts Gutes.

Der Einsatzleiter zog sich den Helm vom Kopf und klemmte ihn unter den Arm. »Keiner da«, informierte er sie knapp. »Aber der Vogel ist vor nicht allzu langer Zeit ausgeflogen, scheint mir.«

Er ließ sie eintreten, blieb aber selbst vor der Tür stehen. »In der Küche steht übrigens ein Laptop«, rief er ihnen hinterher.

Im engen Flur kamen ihnen einige weitere Männer entgegen. Ohne die Helme hatten sie sich in menschliche Wesen zurückverwandelt. Sie waren noch sehr jung und witzelten ein bisschen herum, um die angestaute Spannung abzubauen.

Die Küche nahm den größten Teil des Untergeschosses ein. Anders als das letzte Haus, das sie durchsucht hatten, wirkte es bewohnt. Auf der Anrichte stand ein Korb mit frischem Obst, ein kleiner Strauß aus Wiesenblumen schmückte den Küchentisch. Auf einem Stuhl lagen ein paar Zeitungen herum. Auf allen Titelblättern sorgte der Fall der verschwundenen Senatorin für Schlagzeilen.

Alles in dem gemütlichen Raum schien so geblieben zu sein, wie Babette Sörgel und ihr Mann es sich vor fünfzig Jahren eingerichtet hatten. Die Einbauküche war abgenutzt, aber von guter Qualität und augenscheinlich sorgfältig gepflegt worden. An der Tür des Kühlschranks klebte noch ein Übersichtskalender, den das »Hamburger Abendblatt« jährlich an seine Abonnenten verteilte. Darin hatte Babette Sörgel mit fast kindlich wirkenden Buchstaben Geburtstage eingetragen, aber auch Aktivitäten wie die Jahresversammlung des Kaninchenzüchtervereins. Offenbar hatte die alte Frau ein reges Sozialleben gehabt, bevor sie ins Pflegeheim gemusst hatte.

Hadice wunderte sich, dass sie überhaupt noch lebte. Die meisten alten Menschen starben schnell, wenn sie ihrer alltäglichen Routine abrupt entrissen wurden und plötzlich keine Aufgaben mehr hatten. Sie zog einen Stuhl unter dem Tisch hervor und ließ sich darauf sinken. Sie fühlte sich mutlos. »Was machen wir jetzt bloß, Henry?«

»Erst mal schauen wir uns das da an.«

Mit behandschuhten Händen hatte er den Laptop aufgeklappt, der nur auf Standby geschaltet gewesen war. Der Monitor zeigte das Gesicht einer jungen Frau mit kurzen schwarzen Locken.

»Eine Videobotschaft.« Hadice beugte sich vor und drehte den Bildschirm so, dass sie besser sehen konnte. Sie betrachtete die Frau ausgiebig. Dann sah sie Henry an. »Wer immer das hier ist, es ist jedenfalls nicht Sanna Sörgel.«

Hanna stand am Fenster und sah hinaus in Theos nächtlichen Garten. Eine Katze schlich über den Rasen und starrte der Frau am Fenster kurz in die Augen. Dann zog sie weiter. Sie blickte auf das Telefon in ihrer Hand. Warum nur hatte Sannas Mutter einfach aufgelegt? Sie hatte es bereits mehrfach versucht. Beim ersten Mal war der Anrufbeantworter angesprungen. Danach hatte es nur noch ins Leere geklingelt. Offenbar hatte die Frau den Anrufbeantworter ausgeschaltet. Sie versuchte es erneut. So einfach konnte sie die Sache nicht auf sich beruhen lassen. Entschlossen drückte sie die Wahlwiederholung.

Gerhard Sörgel und seine Frau Melanie saßen beim Abendessen. Der Coq au Vin war wie immer ausgezeichnet, doch der Arzt bemerkte, dass seine Frau noch lustloser als sonst darin herumstocherte. Von der lebhaften Frau, die er einst geheiratet hatte, war nicht mehr viel übrig geblieben. Sannas Krankheit hatte auch ihr die Lebensenergie geraubt. Durch den Bruch mit dem alten Leben und die Übersiedlung nach Kanada hatte er gehofft, sie aus ihrer Lethargie reißen zu können und seine Tochter aus dem psychischen Teufelskreis herauszuholen, in den sie sich immer tiefer verstrickte. Es war ihm nicht gelungen. Sanna war zwischen Klinik und Elternhaus gependelt, Melanie hatte sich in der Sorge um ihre ältere Tochter selbst zerfleischt. Und auch seine jüngere Tochter Carlotta, die stets ein unbekümmerter Mensch gewesen war, hatte sich verändert. Sie hatte sich von ihren Eltern abgewandt, denen sie einen Teil der Schuld am Zustand ihrer Schwester gab.

Dass es ihm gelungen war, sich ein neues Leben aufzubauen, hatte sie erst recht erzürnt.

Also bin ich nicht gestraft genug, dachte er. Seine Töchter waren für ihn verloren, seine Ehe nur noch eine leere Hülse. Einzig der Garten schien seine Frau noch zu interessieren. Wenn sie zusammensaßen, wirkte sie oft geistesabwesend. Doch an diesem Abend schien sie ihm besonders fahrig.

»Was ist los, Schatz?«, fragte er, wie üblich seine Ungeduld bezähmend.

Sie sah ihn nicht an, sondern pickte weiter mit der Gabel auf ihrem Teller herum. Ihr tadellos frisiertes Haar schimmerte im Licht. Dass sie sich wenigstens äußerlich nicht gehen ließ, rechnete er ihr hoch an. Er zwang sich, ihre Hand zu ergreifen.

»Da war heute Nachmittag so ein Anruf«, sagte sie leise.

»Und?«

»Er kam aus Hamburg.«

Sörgel war erstaunt. Seit seine Mutter im Pflegeheim war und geistig zunehmend abbaute, hatten sie kaum noch Kontakt zu ihrer alten Heimat.

»Wer war es denn?«

Melanie Sörgel zuckte die knochigen Schultern. »Ich weiß es nicht.« Sie hob den Blick und sah ihn an. »Es war eine Frau. Sie hat nach Sanna gefragt.«

Sörgel überließ es Melanie, den Tisch abzuräumen, und zündete sich eine Pfeife an. Er versuchte, den schmerzlichen Gedanken an seine beiden Töchter, so gut es ging, zu verbannen. Heute wollte es ihm nicht gelingen. Als das Telefon klingelte, das er wie üblich neben sich auf den Tisch gelegt hatte, dachte er daher nicht wie sonst zuerst an einen Notfallanruf, sondern an die Anruferin aus Hamburg.

Tatsächlich leuchtete auf dem Display die vertraute Hamburger Vorwahl auf. Und dass die anschließende Ziffernfolge mit 754 begann, zeigte ihm, dass der Anruf überdies aus Wilhelmsburg kam. Ohne weiteres Zögern nahm er das Gespräch entgegen.

Die Frau stellte sich als Hanna Winter vor und entschuldigte sich für die späte Störung.

»Da es bei Ihnen Nacht sein muss, gehe ich davon aus, dass es dringend ist«, sagte der Arzt förmlich. »Sie haben vorhin schon einmal angerufen?«

»In der Tat. Aber das Gespräch wurde unterbrochen …«

»Ich nehme an, dass meine Frau aufgelegt hat.«

»Den Eindruck hatte ich auch.« Hanna zögerte kurz. »Ich hatte sie um Auskunft über Ihre Tochter Sanna gebeten.«

»Ich weiß.« Sörgel legte seine Pfeife in einem Aschenbecher ab. »Sehen Sie, das ist nicht so einfach für uns. Unsere Tochter Sanna ist gestorben. Das ist schon drei Jahre her.«

Er lauschte den unvermeidlichen Entschuldigungen der Frau in Deutschland nur mit halbem Ohr. Warum sie überhaupt so dringend Auskunft über Sanna hatte haben wollen, interessierte ihn nicht. Auf seine Weise war er innerlich fast genauso tot wie seine Frau. Als das Gespräch beendet war, blieb er sitzen und sah zu, wie das Glühen in seiner Pfeife erlosch.

KAPITEL 33

»Aber wie kannst du dir da so sicher sein?«, wollte Henry wissen. »Ich meine, du hast die Frau seit – wie lange? – zwanzig Jahren nicht gesehen? Die kann sich doch vollkommen verändert haben.«

Störrisch schüttelte Hadice den Kopf. »Das ist nicht Sanna, ich habe ein gutes Gedächtnis für Gesichter.«

Sie kamen überein, sich die Videobotschaft unverzüglich anzusehen. Normalerweise überließen sie Computer lieber den Spezialisten, da sie jederzeit damit rechnen mussten, dass kriminelle Elemente perfide Selbstzerstörungscodes eingebaut hatten, die bei unsachgemäßer Benutzung sämtliche Daten löschten. Aber in dem Fall drängte die Zeit. Und die Täterin – sofern es sich tatsächlich um diese handelte – wollte ganz offensichtlich, dass man ihre Botschaft anhörte.

Als Henry gerade die Playfunktion betätigen wollte, hob Hadice die Hand und nestelte ihr Mobiltelefon aus der Handtasche. »Es ist Hanna.« Sie nahm das Gespräch entgegen. Sie lauschte und sagte dann zu Henry: »Sie hat Sannas Eltern erreicht. Sie sagen, dass Sanna gestorben ist.« Dann wandte sie sich wieder dem Telefon zu. »Tut mir leid, wir haben ihn noch immer nicht gefunden. Aber wir haben eine Spur. Ich melde mich bei dir.« Sie steckte das Gerät weg. »Arme Hanna.«

Hinter Henrys Stirn arbeitete es. »Sanna ist also tot. Aber wenn das nicht Sanna ist, wer zum Henker ist es dann?«

»Jemand, der sie rächen will. Nur dass es diesmal nicht allein um ihr verpfuschtes Leben geht, sondern darum, dass sie überhaupt nicht mehr lebt.«

»Und dieser jemand hat das sogar nicht nur in, sondern auch

unter ihrem Namen getan – und sich als Putzfrau ins Bernhard-Nocht-Institut eingeschmuggelt.«

»Hören wir sie uns doch ganz einfach selbst an«, sagte Hadice.

Henry drückte die Playtaste und die Mörderin begann zu sprechen.

»Mein Name ist Carlotta.«

Damals

Die weißen Lilien des Blumengebindes zitterten leicht, als der Sarg am Boden des Grabes aufsetzte. Lilien, dachte Carlotta verächtlich. Sanna hatte Lilien nicht ausstehen können – wegen ihres intensiven Geruches und der Penetranz, mit der ihr Blütenstaub gelborange Flecken auf Möbeln und Kleidung hinterließ. Hätte sie dieses Begräbnis organisiert, hätte sie blaue Blumen gewählt. Blau war schon immer die Lieblingsfarbe ihrer Schwester gewesen. Wie der Blumenschmuck, so war die gesamte Trauerfeier vermurkst gewesen. Sie hatte nicht das Geringste mit der Sanna zu tun gehabt, die Carlotta kannte – weder die getragene Musik von Brahms, die statt der Ballettmusik von Tschaikowsky die Kirche erfüllt hatte, noch die verlogene, salbungsvolle Rede des Pfarrers, der nur davon gesprochen hatte, dass Sanna endlich heimgegangen war. Ihr irdisches Leiden hatte er taktvoll nicht beim Namen genannt.

»Sie ist nicht heimgegangen, sie ist verhungert!«, hatte Carlotta laut gesagt und dabei herausfordernd ihre Eltern angestarrt, die weit weg von ihr in der ersten Reihe der Kirchenbänke Platz genommen hatten. Die Mutter, wie immer tadellos gekleidet und frisiert, hatte teilnahmslos gewirkt, fast als ob sie unter Drogen stünde, der Vater sehr aufrecht und distinguiert. Wahrscheinlich sind alle seine weiblichen Angestellten heimlich in ihn verliebt, dachte Carlotta und spürte eine giftige Wolke in sich aufsteigen, die ihr fast den Atem nahm. Sie war mitten im Gottesdienst aufgestanden und hinausgegangen. Dabei hatte sie die Blicke der Anwesenden im Nacken gespürt, von denen sich einige sicher fragten, wer die junge Frau im feuerroten Mantel war, die diesen Eklat provozierte.

Carlotta hatte den Kontakt zu ihren Eltern schon vor Jahren abgebrochen. Kaum einer hier kannte sie, und kaum einer von ihnen hatte Sanna gekannt. Ihre Schwester war schon bei ihrer Ankunft in Kanada schwer krank gewesen und seitdem zwischen Klinikaufenthalten und dem Haus ihrer Eltern hin- und hergependelt. Bis auf einige Menschen vom Klinikpersonal und ein paar Mitpatienten hatte sie in all den Jahren keinerlei Kontakte geknüpft. Dass die Trauerfeier trotzdem so gut besucht war, fand Carlotta unerträglich. Diese Leute waren wegen ihrer Eltern hier, genauer gesagt, wegen ihres Vaters, und ganz sicher nicht wegen Sanna. Sie hatten hier alle nichts verloren.

Immerhin hatte sie unter den Trauergästen Fleur entdeckt, mit der ihre Schwester sich in der Klinik angefreundet hatte. Sie sah immer noch sehr zart aus, aber selbst durch den dicken Wintermantel konnte Carlotta erkennen, dass die junge Frau deutlich an Gewicht zugelegt hatte. Anders als ihre Schwester schien sie die zerstörerische Krankheit in den Griff bekommen zu haben. »Entscheidend ist, ob die Patienten leben wollen«, hatte ihr Dr. Lépine, der Psychiater ihrer Schwester erklärt. Carlotta hatte genickt. Genau darin liegt das Problem, hatte sie verzweifelt gedacht. Sie entdeckte seine rundliche Gestalt neben Fleur in der Bank. Carlotta hatte den freundlichen Psychiater zu schätzen gelernt. Sein offensichtliches Vergnügen an gutem Essen und gutem Wein schien ihr die beste Reklame zu sein, sich wieder den Freuden hinzugeben, die das Leben zu bieten hatte.

Er war hochkompetent und absolut aufrichtig. Und so

war er der Erste gewesen, der ihr von Anfang an in aller Klarheit gesagt hatte, dass Magersucht eine lebensbedrohliche psychische Erkrankung sei. »Fünfzehn Prozent der Patienten sterben«, hatte er ernst gesagt. Damit war Anorexie, der medizinische Fachbegriff für die Störung, weit tödlicher als Depressionen. Vor allem seine Wärme und Freundlichkeit hatten sie für ihn eingenommen. Sie hatte sich Psychiater immer als kühle Analytiker vorgestellt, die keinerlei Gefühlsregung zeigen durften. Als sie ihm das einmal gesagt hatte, hatte er laut gelacht: »Ja, das Bild, das der alte Freud von unserer Zunft geprägt hat, werden wir wohl so schnell nicht wieder los.«

Auch nachdem sie fortgegangen war aus Montreal, hatte sie den Kontakt gehalten und die Schwester, so oft es ging, besucht. Lépine hatte dann lange Gespräche mit ihr geführt. Sie hatte Unmengen von Fachliteratur zu dem Thema gelesen, auf der Suche nach den Gründen, auf der Suche nach Hoffnung. »Carlotta, die Fachliteratur ist nur bedingt hilfreich«, hatte Lépine immer wieder gesagt. »Jeder Fall ist anders. Jeder Fall ist etwas Besonderes.« Genau das hatte sie an ihm geschätzt, dass er wirklich versuchte zu verstehen – auch sie, Carlotta. »Sie suchen nach einem Schuldigen«, hatte er erkannt und sie eindringlich durch runde Brillengläser angeschaut. »Damit müssen Sie aufhören, sonst wird Sie das zerstören.«

Sie hatte es nicht vermocht. Sie wusste, dass ein Elternhaus, das von Leistungsdenken geprägt war, ein guter Nährboden für eine solche Krankheit war. Das konnte sie ihrem Vater, der die Gesten seiner Zuneigung immer an Bedingungen geknüpft hatte, nicht verzeihen. Ebenso wenig wie sie ihrer Mutter verzeihen konnte, dass sie zu schwach gewesen war, ihrem Mann Paroli zu bieten, oder wenigstens auszugleichen, was er zu wenig gab. »Aber so einfach ist es nie, Carlotta«, hatte Lépine ihr zu erklären versucht. »An dem Ausbruch einer seelischen Erkrankung sind immer mehrere Faktoren beteiligt – innere und äußere.«

Carlotta wusste, dass sie sich auf die äußeren Faktoren konzentrierte. Und dazu gehörten, mehr noch als ihre Eltern, die Mitschüler ihrer Schwester. Sie hatte mitbekommen, wie sehr Sanna unter deren Spott gelitten hatte, hatte sie oft versucht zu trösten. Wenn sie sich weinend in ihrem Zimmer verkrochen hatte, war sie die Einzige gewesen, die hereinkommen durfte. Sie hatte sich an sie gekuschelt und sie gestreichelt in der Hoffnung, sie möge aufhören zu weinen und wieder die fröhliche große Schwester werden, die sie früher gewesen war.

Und sie hatte in der Schule oft genug selbst erlebt, wie Nathalie, Sebastian und Reinhold ihr Gift verspritzten, hämische Bemerkungen machten und die Schwester Schwabbel nannten. Sie hatte nichts davon vergessen, kein einziges Wort, keinen Namen und kein Gesicht.

Und so hatte Lépine, als er sie angerufen hatte, um ihr vom Tod ihrer Schwester zu berichten, unwissentlich einen Prozess in Gang gesetzt, der unaufhaltsam auf den Moment der Vergeltung zusteuerte.

»Vor fast genau einem Jahr bin ich zurück nach Hamburg gekommen. Ich bin unter Sannas Namen eingereist und habe mir unter ihrem Namen Arbeit gesucht. Anders als ich hatte sie noch die deutsche Staatsbürgerschaft. Und ich fand es dann auch passend – schließlich habe ich in ihrem Namen Rache genommen –, es auch unter ihrem Namen zu tun. Ich habe nach all jenen gesucht, die meine Schwester zerstört haben. Und ich habe sie entdeckt. Ich habe herausgefunden, dass keiner von ihnen ein besserer Mensch geworden ist. Also habe ich beschlossen, dass sie es nicht länger verdienen zu leben.

Die Idee, sie mit Tollwut zu infizieren, kam mir schon früh. Ich fand, es sei ein passender Tod, lang und qualvoll und unaufhaltsam – genau so, wie meine Schwester gestorben ist. Und ich gebe zu, es hat mir Genugtuung bereitet, ihnen dabei zuzusehen. Sie sind gestorben, wie sie gelebt haben – wie tollwütige Hunde. Ich weiß, wovon ich rede, ich habe Medizin studiert. Und bei jeder Krankheit, die mir untergekommen ist, habe ich mir ausgemalt, sie würde einen von denen treffen, die meine Schwester auf dem Gewissen haben.« Sie entblößte kurz ihre regelmäßigen Zähne. Es sieht nicht wie ein Lächeln aus, dachte Hadice. Es sieht aus wie ein Fletschen.

»Den Putzjob am Bernhard-Nocht-Institut zu bekommen war nicht schwer. Reinigungskräfte werden dort immer gesucht – denn vielen von ihnen ist es unheimlich, zwischen all den seltsamen Geräten, Versuchsreihen und Proben zu arbeiten. Sie haben Angst, etwas kaputt zu machen, und sie haben noch mehr Angst, sich mit etwas zu infizieren.« Sie lachte kurz und freudlos auf.

»Jedenfalls war es ziemlich einfach, mir die Viren zu beschaffen – und ich weiß, was ich zu tun habe, um sie eine Weile am Leben zu erhalten.«

Sie nahm einen Gegenstand vom Tisch und hielt ihn in die Kamera.

»Die Sache mit dem Fledermausbiss war zugegebenermaßen etwas melodramatisch.« Sie betätigte die Greifer, sodass das Maul des winzigen Fledermausschädels auf und zu klappte.

»Aber die Idee hat mir gefallen und es hatte den praktischen Vorteil, mir einen kleinen Vorsprung zu verschaffen – niemand von euch hat anfangs an Mord gedacht.«

Sie legte den Schädel wieder zurück.

»Anders als meine Schwester hatte übrigens jeder ihrer Mörder eine faire Chance, sein Leben zu retten. Sie hätten sich einfach nur erinnern müssen an das, was sie getan haben. Ich hätte nicht einmal verlangt, dass sie Reue zeigen, aber sie hätten sich wenigstens an ihren, an Sannas Namen erinnern müssen!«

Carlottas Stimme war laut geworden und sie hatte sich vorgebeugt, sodass ihr Gesicht nun sehr nahe an der Kamera war. Ein paar Speicheltropfen landeten auf der Linse. Dann ließ sie sich wieder zurücksinken.

»Wie dem auch sei, ich habe getan, was ich mir vorgenommen habe. Und ich habe dafür gesorgt, dass keiner von ihnen ungeschoren davonkommen wird.«

Sie lächelte noch einmal in die Kamera. »Es hilft euch übrigens nichts, den Rechner gleich vom Netz zu nehmen«, sagte sie dann. »Den Prozess, der in den nächsten Sekunden anläuft, habt ihr bereits mit dem Öffnen des Videos direkt auf dem Server angestoßen.« Sie hob die Hand. »Adieu«, sagte sie. Dann verschwand sie vom Monitor. Stattdessen erschien ein Countdown, der auf fünf Minuten eingestellt war und sogleich anfing, herunterzuzählen.

»Was zum Teufel hat das zu bedeuten?«, fragte Hadice.

»Sie hat sich irgendeine letzte Gemeinheit ausgedacht.«

»Für mich sieht das aus wie ein Bomben-Countdown«, überlegte Hadice laut und sprach damit aus, was auch Henry dachte.

In diesem Moment kam der Einsatzleiter des Sturmkommandos in die Küche. »Wir haben das Grundstück abgesucht. Und wir haben da etwas Interessantes gefunden.«

Im Garten von Babette Sörgel stand ein alter Bunker aus dem Zweiten Weltkrieg. Diese kreisrunden Gebilde waren überall in Wilhelmsburg verteilt, überall dort, wo der Weg für die Bevölkerung in den Wilhelmsburger Hochbunker an der Neuhöfer Straße zu weit gewesen wäre. Über Wilhelmsburg mit seinen Hafenanlagen, den Industriegebieten und dem Rangierbahnhof war die Bombenabwurfrate der Alliierten besonders hoch gewesen.

Babette Sörgel hatte das abscheuliche Relikt unter einem Erdwall begraben, den sie mit blühenden Büschen bepflanzt hatte. Den hinter Rosensträuchern verborgenen Eingang hatte sie frei gelassen. So diente der Bunker ihr viele Jahre einem friedlichen Zweck, als Lager für Blumenmulch, Dünger, Tulpenzwiebeln und Gartengeräte.

»Diese Tür ist zu. Und sie ist verdammt massiv«, sagte der Einsatzleiter zu Henry, der neben ihm stehend den Eingang begutachtete. »Das wäre jedenfalls ein perfekter Ort, um jemanden eine Weile gefangen zu halten.«

Henry nickte.

»Irgendwelche Lebenszeichen?«

»Bislang nicht. Wir haben schon geklopft, aber es rührt sich nichts. Das kann natürlich auch an der guten Isolierung liegen.«

»Und wie kommen wir da jetzt rein?« Hadice hielt den Laptop aus der Küche in der Hand und starrte auf den Countdown.

»Dazu müssen wir erst einen Spezialisten holen.«

»Wie lange noch?«, fragte Henry.

»Eine Minute, 24 Sekunden.« Hadice blickte wie hypnotisiert auf den Countdown und zählte: »23, 22, 21 ...«

»Lassen Sie den Garten räumen«, ordnete Henry an. »Sofort. Hier kann jeden Moment alles in die Luft fliegen.«

Der Einsatzleiter hielt sich nicht mit Nachfragen auf. Er rief seine Männer mit einem knappen Kommando zu sich und ordnete den schnellstmöglichen Rückzug an.

Henry packte Hadice und warf sie sich über die Schulter. Dann eilte er mit ihr zurück zum Haus.

»Was ist, wenn Theo wirklich da drin ist?« Hadice sträubte sich gegen seinen Griff.

Henry stolperte ums Haus, wo sich schon die Kollegen versammelt hatten, weil man dort den bestmöglichen Schutz vor der erwarteten Druckwelle hatte. Er hoffte, dass die Nachbarn nichts von der Explosion abbekommen würden. Für eine Evakuierung fehlte die Zeit.

Hadice starrte auf den Laptop, den sie noch immer umklammert hielt. »15«, flüsterte sie, »14, 13 …«

Sie sah Henry an und zählte den Countdown weiter nach unten.

»Drei, zwei …«

Alle wappneten sich gegen die Explosion.

Doch es blieb still.

Als der Countdown auf null sprang, öffnete sich nur zwanzig Meter von ihnen entfernt mit einem leisen Schnappen die Tür des Bunkers.

Hadice blickte auf die Ziffernfolge, die der Monitor anzeigte. 00:00:00 stand da. »Wo auch immer es geknallt hat, hier war es jedenfalls nicht«, stellte sie fest.

Dass der Countdown zeitgleich noch eine ganz andere Reaktion ausgelöst hatte, bekam vorerst keiner der Anwesenden mit.

Sie rappelte sich auf, und da sie keine Krücken hatte, hüpfte sie auf einem Bein in Richtung Bunker. Henry folgte ihr rasch, um sie zu stützen. Auch in die schwarz gekleideten Männer der Einsatztruppe kam wieder Leben.

Als sie um die Hausecke bogen, sahen sie einen zerzausten Mann auf den ungemähten Rasen taumeln. Er blinzelte und blickte verwirrt um sich.

»Theo«, rief Hadice.

Er drehte sich zu ihr um. »Hadice, wir brauchen sofort einen Krankenwagen. Nathalie geht es schlecht.«

KAPITEL 34

Theo und Nathalie wurden in die Tropenklinik transportiert, einem Ableger des Bernhard-Nocht-Instituts, der seit einigen Jahren ins Eppendorfer Krankenhaus verlagert worden war. Dort erhielten beide sofort eine Aktivimmunisierung gegen Tollwut. Nathalie kam anschließend auf eine isolierte Intensivstation.

»Hat sie eine Chance?«, wollte Hadice von der diensthabenden Ärztin wissen, als sie einige Zeit später im Krankenhaus erschien.

»Eine winzige Hoffnung besteht immer. Aber wenn sich das Virus erst mal eingenistet hat, ist sie verschwindend gering.«

Hadice wandte sich an Theo. »Bist du einigermaßen fit?«

Theo blickte sie aus blutunterlaufenen Augen an. »Frisch wie der junge Morgen.«

Sie schaute auf ihre Uhr. »Direktflüge von Hamburg nach Kanada gibt es zwar nicht. Sie könnte also in jede beliebige Richtung fliegen – London, Paris … Jedenfalls starten in etwas mehr als zwei Stunden die ersten Maschinen. Auf der Passagierliste ist zwar niemand namens Sörgel eingebucht – aber vielleicht reist Carlotta ja auch unter einem ganz anderen Namen.« Sie kramte ein Päckchen Kaugummi aus der Tasche und steckte sich eines der Blättchen in den Mund, um den schalen Geschmack loszuwerden. »Es wäre jedenfalls gut, wenn du mitkommen würdest und die Augen offen hältst. Du bist der Einzige von uns, der sie leibhaftig gesehen hat.«

»Sicher.« Theo schloss erschöpft die Augen.

Nachdem der Krankenwagen abgefahren war, hatte Henry die Nachbarn von Babette Sörgel aus dem Bett geklingelt. »Um Mitternacht hat drüben noch Licht im Haus gebrannt«, hatte ihm eine schlaflose junge Mutter versichert, die mechanisch ihren noch immer schreienden Säugling im Arm wiegte.

»Falls sie tatsächlich mit dem Flugzeug das Land verlassen will, kann sie noch nicht weg sein«, hatte Hadice gesagt.

»Vielleicht nimmt sie aber auch das Auto. Oder den Zug. Oder die Fähre nach Finnland.«

»Natürlich. Die Fahndung läuft ja auch. Aber wenn sie uns am Flughafen entwischt, ist sie weg.«

Trotz der frühen Stunde herrschte am Hamburger Flughafen in Fuhlsbüttel bereits geschäftiges Treiben. Die Mehrzahl der Reisenden waren selbst am Sonntag Geschäftsleute in ihrer Businessuniform, darunter viele Frauen, wie Hadice bemerkte. Routiniert lenkten sie ihre Rollkoffer durch die Sicherheitskontrolle, eine Zeitung unterm Arm, das Smartphone am Ohr für die letzten wichtigen Gespräche vor dem Boarding. Die grauen Herren und Damen hatten keine Minute zu verschenken. Hadice musste an das Kinderbuch »Momo« denken und schauderte.

Scharf von diesen hob sich die andere Bevölkerungsgruppe auf der Durchgangsstation Flughafen ab: Müde Touristen, die nach einer viel zu kurzen Nacht auf ihren frühen Flug nach irgendwo warteten. Sie bewegten sich weniger zielstrebig, waren mit ihrem Gepäck überfordert, mussten heulende Kleinkinder beschwichtigen. Einige von ihnen starrten desorientiert auf die Anzeigetafeln, andere kontrollierten nervös, ob ihre Tickets, ihre Pässe und ihre Pauschalreiseunterlagen noch an Ort und Stelle waren.

Nach einer kurzen Debatte gelang es Hadice, Theo durch die Sicherheitskontrolle zu schleusen. Dort wartete schon der Leiter der Flughafenpolizei auf sie. Er hatte Bilder von Carlotta an seine Leute verteilt, die Henry aus der Videobotschaft abgespeichert hatte.

»Besonders scharf ist das Bild ja nicht«, hatte der fitte Fünfziger mit dem militärisch kurzen Haarschnitt zweifelnd gesagt.

»Versuchen Sie einfach Ihr Bestes.« Hadice gähnte.

Um 6.05 Uhr ging der erste Flieger nach Frankfurt. Sie hatten sich darauf geeinigt, dass ein Zwischenstopp an diesem Drehkreuz wahrscheinlicher war, als ein Flug nach Wien oder Palma de Mallorca, die etwa zeitgleich starteten. Die Anzeigetafel sprang auf »Boarding« um.

»Es geht los«, sagte Theo.

Sie gingen zu dem angezeigten Gate hinüber.

»Es macht nichts, wenn sie dich sieht«, sagte Hadice. »Im Gegenteil, vielleicht macht sie das nervös und sie will abhauen. Dann schnappe ich sie mir.«

»Mit dem Bein?« Theo blickte zweifelnd auf Hadices geschienten Knöchel.

»Wie auch immer. Es sind ja genug Leute hier im Einsatz. Hauptsache, du hältst dich raus.«

»Okay.« Theo positionierte sich direkt neben dem Schalter, an dem eine Bodenstewardess routiniert den Strichcode der Bordkarten scannte.

»Vergiss nicht, sie ist eine Verwandlungskünstlerin. Achte auf ihre Figur, ihre Haltung, ihre Art, sich zu bewegen.«

»Hadice, ich hab die Frau vielleicht eine Minute gesehen, bevor sie mir eins übergebraten hat.«

»Das reicht. Das menschliche Gedächtnis ist ein Hochleistungscomputer. Folge einfach deiner Intuition.«

Aber Theos Intuition rührte sich bei keinem der an Bord gehenden Passagiere. Je kürzer die Schlange wurde, desto unbehaglicher fühlte er sich. Hatte er Carlotta Sörgel bereits verpasst?

Hadice stand etwas abseits und scannte die Passagiere auf auffällige Verhaltensweisen hin. So bemerkte sie eine schlanke junge Frau, die beim Näherrücken der Schlange immer langsamer wurde. Sie kramte in ihrer Handtasche. Kurz bevor sie am Schalter war, scherte sie plötzlich aus und entfernte sich hastig. Sofort war Hadice zur Stelle.

»Polizei! Bitte weisen Sie sich aus.«

Die Frau machte einen Schritt zur Seite und wollte sich an Hadice vorbeidrängen. Die Kommissarin packte sie am Arm. Sie sträubte sich und brachte die Polizistin aus dem Gleichgewicht, sodass sie gemeinsam zu Boden stürzten.

Die Frau brach in Tränen aus.

»Oh no, no, no. I've forgotten my boarding pass on the toilet«, jammerte sie.

»Shit.« Hadice starrte die Frau resigniert an.

Nur etwa zwanzig Meter von ihnen entfernt saß eine elegante Businessfrau an einem Bartresen und beobachtete die Szene. Sie lächelte amüsiert, holte einen Schminkspiegel hervor und zog sich die Lippen nach. Dann machte sie sich auf den Weg zu ihrem Gate. Doctora Justine Moreno arbeitete seit vier Jahren an der Universidad de Buenos Aires. Seit zwei Jahren war sie mit dem viel älteren Professor Paolo Moreno verheiratet, der ihr Lehrer im Bereich Anatomie gewesen war. Sie hatte nichts dagegen gehabt, seinen Namen anzunehmen und bei der Gelegenheit auch ihren zweiten Vornamen als Hauptnamen in den Pass eintragen zu lassen: Justine, was so viel bedeutete wie »die Gerechte«. Sie fand den Namen ausgesprochen passend. Nur Paolo nannte sie noch Carlotta.

Sie nahm ihren kleinen Handkoffer und ging direkt an Theo vorbei, der herbeigelaufen war, um Hadice auf die Beine zu helfen. Ihre Blicke kreuzten sich.

»Theo, könntest du meine verdammte Handtasche für mich aufheben!« Hadice sah ihn finster an.

Theo wandte den Blick von der attraktiven Brünetten ab und bückte sich.

Justine Carlotta Moreno ging davon. Sie sollte nie mehr nach Hamburg zurückkehren.

EPILOG

Hanna erwachte davon, dass sie Theo unten in der Küche telefonieren hörte. Sie krabbelte gähnend aus dem Bett und schlüpfte in das Hemd, das sich Theo nach seiner Rückkehr vom Flughafen ausgezogen und achtlos auf den Boden hatte fallen lassen. Barfuß stieg sie die Treppe nach unten. Sie umschlang ihn von hinten mit den Armen und legte ihre Wange an seinen nackten Oberkörper.

Er streichelte mit der freien Hand ihren Arm. »Vielen Dank, das ist sehr freundlich, dass Sie mich informiert haben.« Er beendete das Gespräch, löste Hannas Arme und drehte sich zu ihr um.

»Das war eben die Ärztin von der Tropenklinik.«

»Nathalie?« Hanna hob besorgt die dichten Augenbrauen. Sie verstand nicht, warum er lachte.

»Du wirst es nicht glauben: Nathalie hat nicht die Tollwut, sondern einen ganz banalen grippalen Infekt!«

»Und die Tollwutinfektion?«

»Es gibt nur eine Erklärung: Carlotta muss ihr rechtzeitig das Antiserum gespritzt haben. Vermutlich, als sie noch mal zu uns rein ist.«

»Das heißt wohl, Nathalie hat ihr genau das gesagt, was sie hören wollte.«

»Scheint so.«

»Sie stirbt also nicht.«

»Nein – vorläufig jedenfalls nicht.«

Während Theo Kaffee machte, trat Hanna auf die Terrasse. Sie hatte keine Ahnung, wie spät es war, aber die Sonne hatte den Zenit schon lange überschritten. Sie mussten lange geschlafen haben. Sie zündete sich eine Zigarette an und holte ihr Handy hervor. Sie hatte es ausgeschaltet, als sie Theo nach seinem fruchtlosen Einsatz am Flughafen vom Polizeipräsidium abgeholt hatte, wo er noch eine erste Aussage hatte machen müssen. Die Mailbox zeigte zwölf Nachrichten an. Während sie sie abhörte, wurden ihre Augen immer größer.

»Ich muss sofort los!« Hanna hatte sich vor Theo aufgebaut und hüpfte aufgeregt von einem Bein aufs andere. »Carlotta hat Nathalies ganze Geschichte ins Netz gestellt! Die Zeitungen drehen alle durch. Vielleicht gibt Hadice mir ein Exklusivinterview!«

Na das kann ja was werden, dachte Theo. Eine rasende Reporterin und ein Bestatter. Beide allzeit abrufbereit. Er verbarg seine Enttäuschung und reichte Hanna einen Kaffee. »Vielleicht solltest du dir vorher noch kurz etwas überziehen.«

Nathalie Stüven saß auf der Kante ihres Krankenhausbettes. Nachdem man festgestellt hatte, dass sie nicht an Tollwut litt, hatte man sie von der Isolierstation in ein normales Einzelzimmer verlegt. Die Antibiotika, die man ihr gegeben hatte, hatten bereits gut angeschlagen, sodass das Fieber schon deutlich gesunken war. Das schicke marineblaue Kostüm, das ihr Vater ihr mitgebracht hatte, bildete einen seltsamen Kontrast zu ihrem blassen, ungeschminkten Gesicht und den Haaren, die sie zwar gewaschen, aber nicht geföhnt hatte.

Ihr Vater durchmaß das Krankenzimmer mit großen Schritten. »Was hast du dir nur dabei gedacht?«

Seit dem Morgen hatte das Telefon nicht mehr stillgestanden. Vor dem Krankenhaus lauerte ein Rudel Reporter. Ihm war sehr schnell klar geworden, dass sie nicht da waren, um eine Heldin zu feiern. Die Meute wollte Blut. Um Punkt 02.19 Uhr war bei allen bundesweiten Nachrichtenredaktionen eine sensationelle E-Mail eingegangen. Sie enthielt einen Link auf Nathalies

Beichte, die Carlotta mitgeschnitten hatte. All ihre Grausamkeiten waren der breiten Öffentlichkeit nun preisgegeben. Und es waren keineswegs nur ihre Jugendsünden, über die sie gesprochen hatte. Einmal in Fluss gekommen, hatte sie auch über Intrigen und unsaubere Deals geredet, die sie so schnell in eine Spitzenposition der Hamburger Politik gebracht hatten.

»Du bist am Ende«, zischte ihr Vater in mühsam unterdrückter Wut. »Vollkommen ruiniert!«

Nathalie sah gleichmütig aus dem Fenster, aus dem sie einen Blick auf eine prächtige alte Rotbuche hatte. Die Blätter bewegten sich im Frühsommerwind. Sie ließ die Tiraden ihres Vaters an sich vorbeirauschen. Er hatte kein Wort darüber verloren, dass er froh war, dass sie noch lebte, dass sie nicht elendig an Tollwut zugrunde gehen würde. Noch während er sprach, stand sie auf, nahm ihre Handtasche und ging hinaus. Er merkte es nicht einmal, als sie die Tür leise hinter sich schloss. Ihre Karriere war zu Ende, wusste Nathalie. Vielleicht fing ja stattdessen jetzt ihr Leben an.

DICHTUNG UND WAHRHEIT

Sämtliche in diesem Buch beschriebenen Personen und Vorgänge sind allein meiner Phantasie entsprungen. Allerdings basieren sie auf Erlebnissen und Beobachtungen aus meiner eigenen Schulzeit – und auf Wissen, das meiner medizinjournalistischen Tätigkeit entspringt. Mobbing ist eine unverzeihliche seelische Grausamkeit. Und junge Menschen, die in sich noch nicht gefestigt sind, trifft diese umso tiefer und zerstörerischer.

Meine Recherchen zu der Art und Weise, in der die Polizei ermittelt, haben mich diesmal vor ein moralisches Dilemma gestellt. Als Journalistin fühle ich mich als zur Wahrheit verpflichtete Geschichtenerzählerin. Doch angesichts der gesetzlichen und bürokratischen Zwänge, der die Ermittler im wahren Leben unterworfen sind, ist es im Rahmen eines Romans tatsächlich schwierig, diese in allen Punkten zu berücksichtigen – der Handlungsverlauf wäre einfach zu zäh. Meine aufrichtige Bewunderung gilt daher den Beamten, die diesen anspruchsvollen und schwierigen Job ausüben und dies trotz der sicher mitunter frustrierenden Arbeitsumstände mit Engagement und Leidenschaft tun.

Insbesondere zwei inhaltliche Unsauberkeiten muss ich richtigstellen:

1. Eine Kommissarin mit gebrochenem Knöchel dürfte niemals aktiver Teil einer Mordermittlung sein – um weder sich noch die Kollegen zu gefährden.
2. Bei der Entführung einer Hamburger Senatorin wäre automatisch der Staatsschutz im Einsatz. Die Ermittlungen in dieser Konstellation würden nicht mehr von der Hamburger Mordkommission geleitet werden.

DANKE SCHÖN

Auch diesmal möchte ich unbedingt vielen Menschen danken! Rainer Gossmann von der Mordkommission in Hamburg, der mich mit viel Geduld über polizeiliches Arbeiten aufklärte und mich ermittlungstechnisch erfassen ließ – eine wahrlich unvergessliche Erfahrung. Ich hoffe, er wird mir meine Beratungsresistenz in manchen Punkten zugunsten der dichterischen Freiheit verzeihen. Dr. Jonas Schmidt-Chanasit und Leni Setiadi vom Bernhard-Nocht-Institut für Tropenmedizin in Hamburg, die mir Einblick in ihre spannende Forschung gewährten und mich über Tollwutviren aufklärten. Einmal mehr meiner Bestatterin Christine Pernlochner-Kügler, die mir Unglaubliches, aber Wahres aus ihrem Metier erzählte. Meiner Schwester Corinna Luerweg, die das Buch mit fachlicher Kompetenz und liebevoller schwesterlicher Aufmunterung begleitete. Meinen TestleserInnen: Michael Düsterhöft, Luise Heine, Christiane Ho, Sabine Krämer, Kirsten Mayer, Ingrid Müller, Susi Stockmann, Nicole Theis und Stefan Weiß. Meiner Redakteurin Christine Neumann, die mich trotz beiderseitigem viralem Handicap durch die letzte Phase dieses verzwickten Projekts schleppte. Sowie meinem lieben artechock-Kollegen Claus Schotten, der den wunderschönen Titel fand.

Und natürlich vor allen anderen wie immer Dir, Alain – ohne Deine Liebe und Unterstützung würde es auch dieses Buch nicht geben.